职业学校教学用书

网上开店

Wangshang Kaidian

钱文君　主　编
胡丹波　副主编

高等教育出版社·北京
HIGHER EDUCATION PRESS　BEIJING

内容简介

本书是中等职业学校教学改革实验教材。

本书以网上开店经营项目为载体，按实际业务流程将网上开店细化成10个子项目，将网络营销、计算机应用技术、物流及财会、文秘等多学科、多专业的知识学习与技能训练融入其中。本书体现了“以项目为引领、以任务为驱动、以能力为本位”的教学理念，将“做中学”与“做中教”有机结合起来。本书主要内容包括：市场调研与货源选择、店铺取名与账户申请、商品分类与店铺装修、成本核算与合理定价、商品描述与图片展示、商品推广与店铺宣传、口碑营销与客户服务、商品包装与物流配送、利润计算与收款提现、个性装修与素材制作。学生在学完本书全部课程后，能够独立进行网上创业。

本书配有教学多媒体课件，内容包括：知识导航、课例观摩、案例分析、资料下载等。课件内容丰富、形式活泼，对教师教学和学生学习大有裨益。

本书可作为中等职业学校电子商务专业及其他财经商贸类专业教学用书，也可作为网络营销从业人员或自主创业人员的参考用书。

图书在版编目(CIP)数据

网上开店/钱文君主编. —北京：高等教育出版社，2011.7

ISBN 978-7-04-032853-0

Ⅰ.①网… Ⅱ.①钱… Ⅲ.①电子商务-商业经营-中等专业学校-教材 Ⅳ.①F713.36

中国版本图书馆CIP数据核字(2011)第114412号

策划编辑 杨成俊　　责任编辑 杨成俊　　封面设计 张申申　　版式设计 范晓红
责任校对 刘春萍　　责任印制 田 甜

出版发行 高等教育出版社
社 址 北京市西城区德外大街4号
邮政编码 100120
印 刷 北京鑫海金澳胶印有限公司
开 本 787×1092 1/16
印 张 11
字 数 250 000
购书热线 010-58581118
咨询电话 400-810-0598
网 址 http://www.hep.edu.cn
http://www.hep.com.cn
网上订购 http://www.landraco.com
http://www.landraco.com.cn
版 次 2011年7月第1版
印 次 2011年7月第1次印刷
定 价 27.30元(含光盘)

物 料 号 32853-00

前　言

2003年5月10日阿里巴巴总裁马云的设想变成了现实,淘宝网正式创立,这一事件标志着我国的电子商务进入了“商务电子化”的新时代,并带动早先成立的易趣转型进入这一新兴的电子商务运作模式。这一网商时代的悄然降临无疑为广大中职学生创造了无限的创业机会。但是,对中职学生来说,在网上做个赚钱的老板也并不是一件容易的事情,从店铺的定位、货源的组织一直到成本与利润的核算一系列的商务活动都需要有一系列精心策划、切实可行、操作简便的指导文献的帮助。这也正是我们编写本书的初衷。

全书立足于网络店铺运作的实际业务流程,以真实的网店为载体,根据中职学生的认知规律,采用任务驱动的编写思路,提炼出10个循序渐进的关键业务,每一个关键业务再细化为两到三个相互关联的子任务。每个具体任务由“任务背景”、“任务准备”、“任务流程”、“任务时间”、“任务指导”、“拓展训练”和“任务评价”7个部分组成,提供全真的实践材料和“必需、够用”的基础理论,示例充分,可操作性强,让学生在“做中学,学中做,做中思”,充分体现“以就业为导向”的职业教育理念。学生可按照本书的章节顺序一步步开展切实可行的网店运作。

本书具有以下特点:

(1) 案例选择本土化。尽量选择本土案例或选择学生身边的成功者作为教学案例,进行分析。

(2) 编写体例新颖。每一章通过一个“引子”引发学生思考,用“创业卡”指引学生明确本章或本项目的学习目标,通过“任务分解”指导学生完成细化的子任务,通过“实训卡”进一步将知识进行巩固和提升。

(3) 语言组织生动。本书在编写过程中力求文笔生动,表达活泼,提高可读性。

本书建议教学学时为56学时,具体内容见下表(供参考):

学时安排建议表

业务	理论学时	实践学时	总学时	备注
业务1	2	2	4	必修
业务2	1	2	3	必修
业务3	3	6	9	必修
业务4	1	2	3	必修
业务5	3	6	9	必修
业务6	2	4	6	必修

续表

业务	理论学时	实践学时	总学时	备注
业务 7	2	2	4	必修
业务 8	2	4	6	必修
业务 9	2	4	6	必修
业务 10	2	4	6	选修
合计总学时			56	

本书由宁波经贸学校组织本校电子商务、计算机、物流、市场营销和财会五大学科的专业教师共同编写。本书由钱文君任主编，胡丹波任副主编。其他参加编写的人员有王刚、蔡雪芬、张琼、莫玮玮。

本书在编写过程中得到了宁波市教育局职业教育研究室的大力支持。宁波大学熊伟清教授对本书进行了审阅，并提出了很多宝贵的意见，在此一并表示衷心的感谢。

由于编者水平有限，不妥之处在所难免，敬请读者批评指正。读者意见反馈信箱：nb_qwj@163.com。

编　者

2011 年 5 月

目　　录

业务 1 创业调查找商机
——市场调研与货源选择

"我的"创业卡

学习目标

@ 了解市场调研的概念,领会它对于创业的意义和作用;

@ 掌握编制一份市场调研问卷调查表的方法、原则;

@ 了解寻找好的货源渠道的途径。

项目招标

宁波是一个海滨城市,拥有丰富的物产资源,根据自己的优势,选择适宜的货源,并利用网络平台开始创业之旅。

任务分解

@ 市场调研寻商机;

@ 寻找适合自身的货源。

引子

蜜蜂王辛巴(简称辛巴)对小蜜蜂们发布 2011 年第一条命令:"社会不同了,做蜜蜂也要会 SWOT 分析,进行市场调研。要知道森林里哪个区域花最多、草最少;哪些是目标对象,哪些是潜在对象;什么时节酿什么蜜……"

我们要做一个有头脑的新蜜蜂!

任务 1.1 市场调研寻商机

【任务背景】

创业就像是一场赌博,成功和失败的概率是多少呢?

我们无法回避风险,但我们可以降低风险。

如何降低风险呢?首先一个好的 IDEA 是成功的开始,是我们每一次创业的根本。那么究竟什么样的IDEA可以认为是好的呢?如果我们仔细对市场上一些成功企业进行分析,我们会发现,这些企业当初创立时都具有这样的特点:新颖性、可行性和市场价值。

【任务准备】

组建一个创业团队,根据个人特点进行合理分工。

【任务流程】

组建创业团队→ SWOT 分析→问卷调查表设计→撰写问卷调查报告。

【任务时间】

理论学习 1 学时,实践操作 1 学时。

【任务指导】

1. 组建创业团队

21 世纪,不是一个个人英雄主义的世纪,合作才是 21 世纪的主题。我们在即将进入创业大军的潮涌前,必须要为自己组建一个创业的团队。那么如何从茫茫人海中,正确选择创业伙伴呢?我们认为选择创业伙伴时应遵循人品第一、性格互补、善于沟通、承担责任的原则。

此外,组建创业团队时可以借鉴其他创业团队的组建模式,一般的团队中都设有若干重要岗位,每个岗位对任职人员的要求侧重点不同,如表 1-1 所示。

表 1-1 创业团队岗位设置及要求

职务	岗位要求
团队主席	具有组织、领导和决断能力,能协调各成员和部门的关系,责任心强
市场主管	具有敏锐的市场应变能力和较强的组织和协调能力,文案策划能力强
财务主管	能进行有效的资金筹措和运作
采购主管	具有供应商的选择和协调能力,能完成采购相关事务
物流主管	能与物流公司协作沟通,掌握打包、包装等相关技术
公关服务主管	掌握公关、广告、客服等方面知识与能力

2. SWOT 分析

团队的成功建设后,必须发挥团队的智慧,共同对现有市场进行分析,为团队的创业之路,明确一个创业的方向。在对若干创业提案进行分析时,我们建议可以采用经典的 SWOT 分析法。

20 世纪 80 年代 SWOT 分析法首先被提出,又称为波士顿矩阵或态势分析法。该方法通过对被分析对象的优势(strengths)、劣势(weaknesses)、机会(opportunities)、威胁(threats)四个方面进行分析和综合评价,对被分析对象的资源优势和劣势、所面临的挑战和机会进行剖析,从而从各个方面进行调整以实现既定的目标(如图 1-1 所示)。

任何的创业团队,在创业提案提出后,都应该从团队的实际情况出发,理性地对团队进行整体优势、劣势分析,再根据现有的市场行情,对机会和威胁进行正确评估,从而确定创业提案的价值性。分析内容可以从资金、技术、核心竞争力、物流、消费者、竞争者、产品、价格等多方面入手。

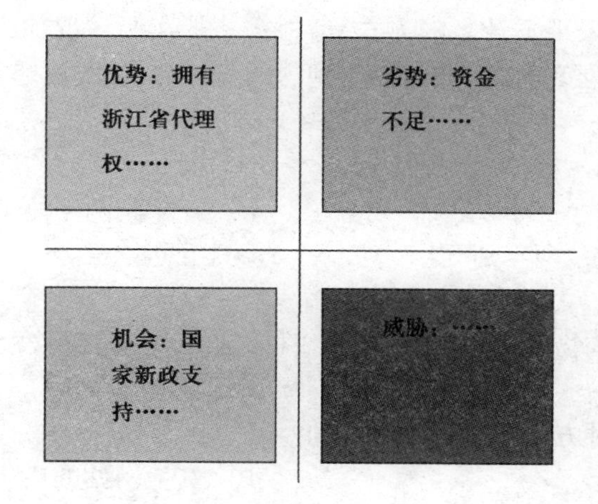

图 1-1　SWOT 分析示例图

3. 问卷调查表设计

确定创业提案后最重要的工作，就是有针对性地开展市场调查，确定目标市场和目标顾客，以制定切实可行的创业营销方案。

经典案例

世界著名企业美孚石油公司曾在 20 世纪 90 年代初期设计了一套针对汽车燃油消费者的调查问卷，访问了 2 000 名车主。结果使公司掌握了 80% 的消费者对燃油价格不敏感的情报，从而决定退出当时正在进行的各大石油公司之间的价格战，并且每加仑燃油涨价 2 美分。这一决定后来被证明是正确的，它让公司每年多赚了 1.2 亿美元。

市场调研的方法很多，主要分为定量研究和定性研究两种。传统的方法有深度访谈、焦点小组座谈会、二手资料收集法、问卷调查法、实地观察法等。而随着计算机和网络技术的高速发展，网络调研以其操作简便和成本低的特点也成为调查研究的重要方法，得到越来越广泛的应用。

但无论是哪种调研方法，在设计问卷调查表时都必须包括：标题、指导语、问卷内容和结束语。标题为本次问卷的主题；指导语部分也称前言或问卷说明，一般包括对被调查者的称谓、调查目的、填写要求、特殊说明事项等；问卷内容是问卷的主要部分，可以采用选择题（单选、多选）、填空题、排序题、简答题等形式；结束语可以署上设计者的代称和必要的联系地址、电话号码等。

示例 1

关于网上购物的调查（标题）

您好，我们很感谢您参加本次问卷调查。本问卷将针对网上购物的相关内容向您咨询若干问题，本问卷采用不计名的方式，请根据您的实际情况如实填写。您的回答将对我们的调查起到很重要的作用，希望能得到您的支持与帮助，祝您万事如意！谢谢！（指导语）

您的性别（ ）A. 男　　B. 女

您的网龄（ ）A. 一年以下　　B. 一年到两年

C. 两年到五年　　D. 五年以上

（问卷内容）

1. 您有过网上购物的经历吗？（ ）（如选 B，请您转到第 5 题）

A. 有　　B. 没有

2. 您是通过何种方式得知购物网站的？（ ）

A. 报纸，杂志　　B. 其他网站的广告链接

C. 朋友介绍　　D. ______________

3. 您选择网上购物的原因是？（ ）（可多选，至多选 3 个）

A. 好奇　　B. 节省时间

C. 价格便宜　　D. 品种齐全

E. 送货上门　　F. ______________

4. 您一般采用何种方式付款？（ ）

A. 网上银行付款　　B. 支付宝

C. 汇款，银行转账　　D. 货到付款

E. ______________

5. 您在网上经常（或者想要）购买的商品是（ ）。（可多选，至多选 3 个）

A. 时尚小饰品　　B. 服装

C. 化妆品　　D. 电子产品

E. 图书　　F. ______________

6. 您愿意为您所选的物品支付多少钱？

A. 50 元以内　　B. 50 ~ 100 元

C. 100 ~ 200 元　　D. 200 元以上

7. 请把 A 产品价格 B 产品品牌 C 产品质量 D 产品款式，按您购物选择时考虑的先后顺序排序 __________

8. 当您在网上购买到不满意的商品时，您怎么办？（ ）

A. 退货，换货　　B. 投诉

C. 给卖家评差　　D. 什么也不做

E. ______________

9. 您觉得什么样的网店才能吸引您的眼球？您对网上商店有什么别的建议和要求？

____

感谢您对上述问题的回答！（结束语）

此外，在进行问卷调查表设计时，我们必须注意六大原则，如表 1-2 所示。

表 1-2　问卷调查表设计时的六大原则

原则	详细说明
合理性	问卷内容必须紧密与调查主题相关
逻辑性	问卷的设计要有整体感；这种整体感既包括问题与问题之间要具有梯度和逻辑性，同时独立的问题本身也不能出现逻辑上的谬误，从而使问卷成为一个相对完善的小系统
明确性	问卷的命题是否准确；提问是否清晰明确、便于回答；被调查者是否能够对问题在自身知识和能力范围内作出明确的回答；等等
简捷性	整份答卷要尽可能简短
非诱导性	问题要简明扼要、客观，不能暗示答案
可操作性	回收后的问卷要便于统计、整理，以备分析

4. 撰写问卷调查报告

问卷调查表设计完毕后，确定问卷发放的份数、形式、地点和时间，然后组织人员进行实地的问卷调查，收获第一手市场资讯。再对有效的问卷调查表进行统计，获得相关真实的市场调查数据，为撰写问卷调查报告做好准备。

和问卷调查表的设计一样，一般的问卷调查报告在撰写过程中，也有相对固定的几个填写项，他们分别是：问卷调查报告目的、问卷设计和发放、问卷调查结果统计、问卷调查结果分析与建议、最后的建议、问卷设计人、报告撰写人和时间等八部分。其中问卷调查报告目的是主要介绍此次问卷调查的目的，与问卷调查表设计的目的应该是一致的；问卷设计和发放主要介绍问卷针对的对象和发放问卷的方式；问卷调查结果统计主要真实展示调查统计数据；问卷调查结果分析与建议主要是逐项对问卷结果进行分析，从每个单独数据中挖掘市场信息；最后的建议是对问卷进行整体综合性的分析，为设计者提供有参考价值的营销建议。

示例 2

问卷调查报告

一、调查目的

大学生的就业问题在当前市场经济、改革开放、高校不断扩招、就业制度改革、毕业生逐年增加的背景下，已成为一个越来越重要问题。保持良好的择业心态，有利于维护大学生的身心健康，对择业有十分重要的作用。最真实地掌握当前大学生就业现状，了解未来几年大学生的就业趋势；最真实地掌握企业招聘大学生的现状，了解企业用人标准，以尝试在毕业生和企业之间建立一次沟通对话的机会。从而能为大学毕业生、为高校和企业提供相关有价值的信息，对促进学生就业起到积极的作用。（问卷调查报告目的）

二、调查方式

采取随机问卷调查。发放问卷采取在北京理工大学珠海学院招聘会现场发卷填写，并当场收回的形式。主要针对07级测控、信工、自动化、电子等专业的毕业生。发出问卷100份，回收100份。（问卷设计和发放）

三、调查结果（问卷调查结果统计）

1．你认为现在的就业形势如何？

答案	A．形势严峻	B．形势正常	C．形势较好	D．不了解
百分比	49	43	5	4

2．您进入毕业时期的去向？

答案	求职	考研	出国	创业	求职考研两手准备	其他
百分比	72	7	6	4	10	3

3．您对求职渠道的选择？

答案	人才网站	校园招聘网	社会招聘会	老师、亲朋	媒体
百分比	52	81	44	22	4

4．您认为自己目前最欠缺的素质主要是？

答案	事务能力	沟通协调	承压	相关经验	专业知识技能	其他
百分比	6	7	16	53	28	2

5．请问您将通过何种方式向用人单位介绍自己的情况？

答案	招聘会现场	寄发自荐材料	就业网站发布资料	熟人介绍
百分比	78	44	44	20

6．请问您的择业观念是什么？

答案	一步到位有固定收入	先就业后择业	不就业继续深造	创业
百分比	18	74	4	6

7．您欲选择什么样的单位就业？（限选两个）

答案	国有企业	民营企业	外资企业	合并企业	政府部门	自主创业
百分比	53	40	52	21	22	12

8．您觉得自己在就业求职的过程中，最具竞争实力的方面是？

答案	学习成绩	专业技能	实习经历	考试 / 技能证书	良好求职心态
百分比	7	31	24	17	41

9．您最希望自己在就业求职过程中得到什么？（限选两项）

答案	从业经验	专业技术	先进管理模式	前沿知识信息	广泛人际关系	团队合作技巧	良好薪酬福利	自我价值实现	稳定工作岗位
百分比	43	37	30	15	27	13	15	25	7

10．您认为您能接受的工资是？

答案	1 000~1 500 元	1 500~2 000 元	2 000~2 500 元	2 500~3 000 元	3 000 元以上
百分比	3	21	47	22	7

四、调查分析（问卷调查结果分析与建议）

1．就业形势分析

根据调查，有 49% 的毕业生认为就业形势严峻，可以看出一半以上的同学并没有认识到就业形势的严峻，没有强烈的危机感。从对 IT、信息类毕业生就业形势的分析来看，目前，电子信息专业的学生仍然面临着非常严峻的考验。我们同学们处于一种动手能力差、实践经验不足的情况，特别是各招聘信息上列出来的要求，只能勉强符合其中的一两条，有些同学基本上很难找到自己能被看重的岗位，更谈不上熟练、精通这样的要求。

我们同学面临的最大劣势是实践能力差，没有相关的研发经验，对工程项目构筑没有概念。接触过工程项目的同学凤毛麟角，几乎所有同学对整个项目的开发流程是一片空白。而在优势方面，我们同学也是有的但并没有得到进一步的发掘。电子信息工程专业有挑战杯和电子设计竞赛，但由于一些新老校区之类的客观因素影响，再加上同学们主动性、积极性不高，导致这么有利的优势渐渐变成遗憾。假使我们同学能充分意识到现有的不足，提早做一些准备工作，为技能提高以及了解就业做一些实际的事情，走在其他竞争对手的前面，相信这将成为我们同学的一个优势。

2．关于毕业出路的分析

在就业竞争异常激烈的今天，也许大家大三起就开始忧心自己毕业后该何去何从了。摆在大家面前最为清晰的，是两条路：继续深造（考研 / 留学）和找工作。现在研究生扩招给大家提供了很好的深造机会。但是一定要清楚自己为什么要考研，千万不要只是为了逃避就业的压力而考研。

调查结果表明，72% 的毕业生选择了求职这条出路。求职的同学，一定要做好充分的就业准备，包括对就业需求的了解，对应聘公司情况的调查，就业心态的调整等。要把握好就业的主动权，只要能够抓住机会，凭借自己的努力，同样可以获得很好的就业前景。对于考研的同学，也应该做好两手准备，因为也许会错过很多好的就业机会，所以也应该花点精力关注一下就业信息。

3．毕业生择业的分析

根据调查结果，74%的毕业生选择了“先就业后择业”的就业观，这种就业观也是比较理性的。通过先就业，在涉世之初积累社会和工作经验，在工作中不断进取，在社会竞争中发现机会，为以后职业发展和职业成功打下坚实基础，同时做好职业生涯规划。

另外，在择业单位的选择上，国有企业和外资企业是毕业生选择的热门企业。不同的企业有不同的管理体系和制度，分工也很不相同。不管选择哪种企业，都要对企业有一定的了解，重要的是能不能得到学习、培训的机会，实现自我价值。总之，适合自己的就是最好的。

五、建议（最后的建议）

1. 关于就业心态的建议

(1) 调整心态，放低架子，虚心学习，在能力没达到时把自己的期望值稍微降低些更务实。

(2) 平衡眼高手低的心态。

(3) 心态要端正，从基础做起。

(4) 大学生在首次就业时，要有好的心理素质，不要期望太高，即使不如意，可作为一次学习锻炼的机会。

2. 关于专业知识的建议

(1) 关键在于提高自身专业知识，调整心态。

(2) 深化专业知识，增强综合能力，薪酬期望要适当。

(3) 夯实基础知识，提高职业素质。

3. 关于品德的建议

(1) 企业喜欢录用德才兼备之人，希望大学毕业生们有良好的职业道德。

(2) 树立良好的职业道德，提高自己的专业技能。

(3) 道德素质很重要的，不要忽视。

(4) 提高品德修养 增强实践经验。

4. 关于实践的建议

(1) 增加对社会的了解和实践，端正就业态度。

(2) 大学生应能够了解社会目前的情况，及时调整就业心态，丰富自己的实践经验，从而达到理想就职。

(3) 提高自身素质；多参加一些社会实践；调整就业心态。

(4) 多参加社会实践，这对求职者、对企业而言是双赢。

(5) 加强社会实践，增强社会适应能力，务实勤奋。

问卷设计者：李红
报告撰写人：陈明
2010年8月9日

【拓展训练】

1. 选择创业伙伴，共同组成一个创业团队，并进行合理分工。

2．提出 3 个创业提案，并对提案进行 SWOT 分析，选择最优的提案。

3．根据提案设计问卷调查表，开展问卷调查并撰写问卷调查报告。

【任务评价】

评价内容	自评	组评	师评
团队分工明确，职责清晰			
SWOT 分析合理，无臆造性			
问卷调查表设计结构完整，符合设计要求			
有效开展问卷调查活动，数据真实			
问卷调查报告设计结构完整			
基于真实数据作出分析和建议			

任务 1.2　寻找适合自身的货源

【任务背景】

大家应该发现网上商品在价格上有一个共同点，那就是便宜，至少要比一般实体店便宜。所以我们在网上创业，找到有优势的货源就显得非常重要。

有了好的优势货源，我们的价格才能在同类商品中独占鳌头。创业成功也就多了一项筹码。

【任务准备】

了解并掌握基本的网络搜索信息的技能。

【任务流程】

了解寻找货源的基本渠道→寻找货源的具体途径→掌握基本的进货技巧→分析出适合自身的进货方案。

【任务时间】

理论学习 1 课时，实践操作 1 课时。

【任务指导】

1．寻找货源的基本渠道

寻找货源可以从网上和网下同时进行。随着电子商务的不断发展和完善，通过网络寻找适合自己的货源已经不足为奇。相反，通过网络获取货源，省去一部分的进货费用，还有利于取得货源的价格优势。而通过网下的进货渠道往往能获取更多有特色的货源，有时候甚至是物美价廉的。作为网上创业者想要在货源上取胜，一定要广开思路，在进货渠道上应关注以下几点：

（1）网上找货源。① 用搜索引擎寻找货源：尝试不同的搜索引擎，如百度、搜狗等。② 到批发网站寻找货源：如在阿里巴巴 1688 批发大市场中搜索。

（2）网下找货源。① 充当市场猎手：换季时在特卖场寻找货源，淘到的款式品质上乘的品牌服饰可成为网上的畅销货。② 关注外贸产品：外贸产品往往以其质量优、款式新而价格相对国外市场低廉等优势，在网上很有市场，如果能够通过熟人拿到这样的外贸尾单，一定能够赚取更多利润。③ 买入品牌积压库存：有些品牌的库存积压较多，在放某些长假时，干脆把库存全部卖给专职网络营销的卖家。如果资金实力允许将货源全部低价吃进，一定能获取丰厚的利润。④ 拿到国外打折商品：国外的世界一线品牌在换季或者节假日会疯狂打折，如果国外有亲戚朋友就可以请他们帮忙代买转而在国内网上销售，会很受广大买家的欢迎。⑤ 批发市场批商品：多跑一些地区性的批发市场，这样不但能够熟悉行情还能以低廉的价格拿到很多商品，甚至与批发商合作。⑥ 向厂家直接进货：创业卖家直接取得生产厂家的货源可能会有一定的难度，因为生产厂家要求的批量往往会比较大。但如果我们能通过一定的方法，如与周围的卖家联合进货等，可以向厂家直接进货，这意味着价格优势与货源的保证。

2. 寻找货源的具体途径

我们以宁波的创业卖家为例，介绍一些常用的寻找货源的具体途径。

(1) 用搜索引擎寻找货源。常用搜索引擎有百度、搜狗、中国雅虎、搜搜、迅雷资源搜索、有道等。

(2) 到批发网站寻找货源。① 阿里巴巴 1688 批发大市场(http://china.alibaba.com)：是全球企业间(B2B)电子商务的著名品牌，汇集海量供求信息，是全球领先的网上交易市场和商人社区。首家拥有超过 1 400 万网商的电子商务网站。是全球最大的采购批发市场，内集结了各类商品的网商。② 义乌小商品批发市场(http://www.onccc.com)：义乌小商品网上批发市场，实现了义乌小商品的有形市场与无形市场结合。③ 衣联网(http://www.eelly.com)：衣联网现在已经是中国最大、最专业的网上服装批发集散地，经营的品类有女装、男装、童装以及毛衣、棉衣、羽绒服、牛仔裤等。在衣联网，您可以直接向一级服装批发商拿货，无需任何转手，让您足不出户，就如同亲临服装批发圣地广州。④ 批发搜(http://www.pifasou.com)：专营各类饰品。⑤ 中国化妆品批发网(http://www.36868.cn)：专营各类化妆品。

(3) 网下寻找货源，宁波周圈各类批发市场。

① 宁波轻纺城：服装、日用小商品为主。

② 宁波二号桥：日用小商品、食品等为主。

③ 宁波望湖市场：服装、鞋帽等小百货为主。

④ 宁波路林市场：粮油、食品为主。

⑤ 宁波慈溪周巷副食品批发市场：副食品为主。

⑥ 杭州四季青市场：服装、鞋帽、箱包等为主。

⑦ 义乌小商品城：玩具、箱包、电子电器、办公用品等。

⑧ 湖州织里童装市场：各类童装。

3. 掌握基本的进货技巧

无论选择网上采购还是网下搜索货源，卖家们必须要懂一些基本的进货技巧以免被骗，给自己造成不必要的损失。

(1) 网上进货技巧。网上进货如隔山打牛，想要进便宜又热卖的货确实不容易。以下要素供参考：

① 识货：由于网上进货不能直接面对供货商也不能直接面对商品，所以看图就显得很重要。所以我们尽量要求供货商提供带有日期的在自然光照下拍摄的未经过任何处理的实

物细节图。如果可以,要求供货商视频看货更佳。

② 识别供货商:进货选对合作伙伴很重要。首先诚信第一,其次供货商是否有发展潜质,能否提供长期的服务也是一个重要方面。那么在审核供货商资质时,我们可以问问他的固定地址、电话、经营时间、合作单位等。如果条件允许可实地考察一下,一般有实力也有诚意的供应商是欢迎你的考察的。

③ 注意随时关注:"时间是检验真理的第一标准",随时关注供货商的动态,产品更新的快与否,可以看出商家在网上经营中是否用心,服务是否到位。也可以看出商家的产品能否跟上时代的潮流。网上经营产品的新颖、服务到位是取胜的重要筹码。

④ 汇款方式:常规的批发有不成文的行规就是先款后货。在网络上则有所不同,淘宝网就通过支付宝这个中间服务商来实现担保货品的交易信用。在阿里巴巴网上也同样可以使用支付宝。但是,淘宝网外的商家网上交易往往也会要求先款后货。这时候我们就要注意,一般如果公司正规的话,都会提供相应的公司账号,而不是个人账号。或者跟其协商采用快递公司的货到付款服务,当面款、当面货。

(2) 批发市场进货技巧。批发市场进货对于新卖家和小卖家是一个不错的渠道。但是,批发市场往往是一个"大杂烩",人来人往,环境混乱且不讲,商品也是鱼龙混杂,没有一双慧眼,缺少讨价还价的能力,不能跟批发商斗智斗勇的,也就难以取得有优势的货源。下面的几点批发市场进货技巧可供参考:

① 说行话,做"行家":在批发市场里的商家,他们即做批发也做零售,而批发和零售价格要差一大截。不学会行话,说不定你拿到的批发价比人家零售价还高。如,买家去买货的时候一般会问卖家:这个怎么卖啦?都有些什么颜色?但专业的卖家去拿货就会问:这个怎么拿?有几色?一听就知道哪个是做大生意的。

② 进货要客观,不要只凭自身好恶:以服装为例,店家切不可仅凭自身的品位好恶进货。因为每个人的生活环境、性格特点、职业等不同,欣赏角度和审美观都会有所不同。

③ 保持清醒的头脑切不可冲动:尤其是女店主,经营的又是服装类商品,很容易犯错误。就像平时逛街一样,明明没有购物打算,但是一时冲动买了一堆,结果回来发现没有一样是真正需要的。

④ 不犯懒,但也要合理分配体力:早起的鸟儿有食吃,不少批发市场半夜就开始出货,而有些新手到中午才去,好货自然已经没有。也有一些卖家很懒,懒得东奔西跑所以每次进货都会跑进同一家店中,而不会货比三家,这样就没办法获取更多的市场行情。当然也要适当分配体力,不要货比三家下来就累坏了,等到跟卖家讨价还价的关键时刻就没有力气了。

4. 分析出适合自己的进货方案

所谓适合自己的才是最好的,卖家在寻找货源的时候也应该牢记这一条。且不可以好高骛远,也不可畏首畏尾。

示例 3

人物:小蔡　　职业:普通上班族

小蔡在淘宝网上开了一家小店,主营汽车座垫。在开店初期小蔡有过很多想法,想卖服装、卖各种日用品等。但因为货源、精力、技术等关系，最终确定了代销方式。通过阿里巴巴网站，小蔡找到了一家小商品代销合作商。这样无论是图片还是数据代销商都会提供，只要在一定时间更新产品即可。由于做代理，就不用涉及物流也不存在货物积压问题，可谓是无本经营。但是，一段时间下来经营惨淡，分析原因不外乎，产品无特色，价格优势不大，所以也就缺少竞争优势。有好货源才能有好出路，于是小蔡痛下决心改变经营方式。小蔡经多方打听了解到身边一个亲戚在天台开汽车座垫厂，经过实地考察后发现天台的汽车座垫品种多样，档次丰富，价格低廉且已经形成了一个庞大的汽车内饰产品市场，很方便采购与合作。于是小蔡重新定位网店，以经营汽车座垫为主，兼营其他汽车内饰。

所谓适合自己的进货方案，简单地讲就是在自身现有的财力、物力、人力条件下，取得最有特色最实惠且有销路的货源。

【拓展训练】

1. 根据创业提案中的产品，在网上搜索进货渠道。
2. 团队利用业余时间在网下搜索进货渠道并写报告。
3. 团队根据情况1、2分析自身产品的具体进货措施并撰写报告。
4. 团队利用业余时间实施进货措施，并结合所学知识分析进货技巧应用的足与不足。

【任务评价】

评价内容	自评	组评	师评
团队分工明确，合作密切			
网上信息搜索全面			
有效开展网下搜索工作且报告内容翔实			
对与适合自身的进货措施分析到位			
真实展开进货，能从中吸取经验教训并写成书面报告			

____________________ 项目实训书　　　　NO：

时间：____________________

团队：____________________

组员：____________________

项目实训目的：____

____

____

____

________________ 市场问卷调查表

____________问卷调查报告

一、目的

二、问卷的设计和发放

三、问卷的调查结果统计

四、问卷调查结果分析与建议

（一）调查结果分析

（二）建议

五、最后的建议

问卷设计：
报告撰写人：
时间：

业务2 开业准备画蓝图——店铺取名与账户申请

“我的”创业卡

学习目标

@了解网店取名的技巧。

@知道淘宝网开店的具体流程。

项目招标

2～3人合伙在淘宝网上开设中学生便利网店，选择一家银行，申请一个银行账号并开通网上银行业务，注册淘宝会员，申请支付宝。网店以服务于广大师生，便捷，让利于消费者为宗旨，专营男女生饰品、生日节日礼物、零食、小型电子电器等商品。

任务分解

@巧取网店店名。

@利用网络，尝试选择一家银行，申请一个银行账号并开通网上银行业务，注册淘宝会员，申请支付宝，开设网上商店。

引子

辛巴问卫兵：“你知道阿里巴巴吗？”

卫兵：“我尊敬的大王，阿里巴巴和四十大盗，谁不知道。而且我还知道打开宝藏的咒语是‘芝麻开门’。”

辛巴：“那就那么定了，我们的店名就叫‘阿里巴巴’。”

任务2.1 巧取网店店名

【任务背景】

网店店名在一定程度上决定了网店的访问量。为什么这么说呢？众所周知，以“淘宝”为例，淘宝网目前有搜索店铺、搜索掌柜、搜索宝贝三种功能，所以店名和掌柜名应以易记为取名原则，以方便买家搜索时尽快找到。

【任务准备】

了解一些取名软件，掌握基本的网站游览和搜索信息的技能。

【任务流程】

学习网店取名技巧。

【任务时间】

理论学习 1 课时。

一个容易被人记住的店名往往会给网店带来大量的客户访问量。所以，我们在正式开始经营网店之前，要认真思考我们网店的名字。在给网店起名时要注意以下几点：

(1) 避免使用超过 3 位的数字和超过 4 个字母，因为 3 位以上数字或 4 个以上字母要比同样数量的汉字难记。

(2) 店名应能直观地反映出网店的主营范围，使消费者易于识别，并产生购买欲望。用户进淘宝搜索，很大部分都是输入自己想要购买商品的类别名称，例如"男装"、"女装"等，如果你的店名里包含这样的类别字，那么你的网店就能容易被顾客搜索到。例如，"时尚女装流行世界"，包括了"时尚"、"女装"、"流行"等几个关键词。

(3) 定店名要长远考虑。例如，一家以数码产品为主，兼售儿童玩具的小店，取名为"玩转数码城"不错。但如果开小店并不是最终目标，想在一定的时期内开设一家网站，现在取店名必须为以后的发展着想，同时，在以后的经营过程中，可能经营其他的商品。综合这些因素，就需要取一个中性，具有地域特色且能够引起他人注意的名称。

(4) 店名要能体现自身优势。网上购物信誉最重要，如果你的网店信用度恰好很高，那么在定店名时最好能从中体现出来。例如，在店名中包含"100% 好评"、"皇冠卖家"、"金冠店铺"、"全好评店铺"等。

【拓展训练】

根据店铺主营商品，如服装、饰品、日用品、小型数码、玩具、运动产品、零食等，为网店取一个具有文化内涵、易记的店名。

【任务评价】

评价内容	自评	组评	师评
店名的文化内涵及合法性			
店名易记，能够引人注目			
店名的独特性			
店名在淘宝搜索的快速性			

任务 2.2 学会开店

【任务背景】

QQ 群里有这样一批人，他们已经申请了淘宝的账户，也拥有网上购物的经历，但想要成功开店还遇到了一些困难与问题，不知道如何通过淘宝认证……

【任务准备】

拥有一张已经成功开通网上银行的银行卡。

【任务流程】

注册淘宝账户→成为淘宝认证商户。

【任务时间】

理论学习 1 课时，实践操作 1 课时。

【任务指导】

1. 注册淘宝账户

首先，我们进入淘宝网的首页：http://www.taobao.com，如图 2-1 所示。

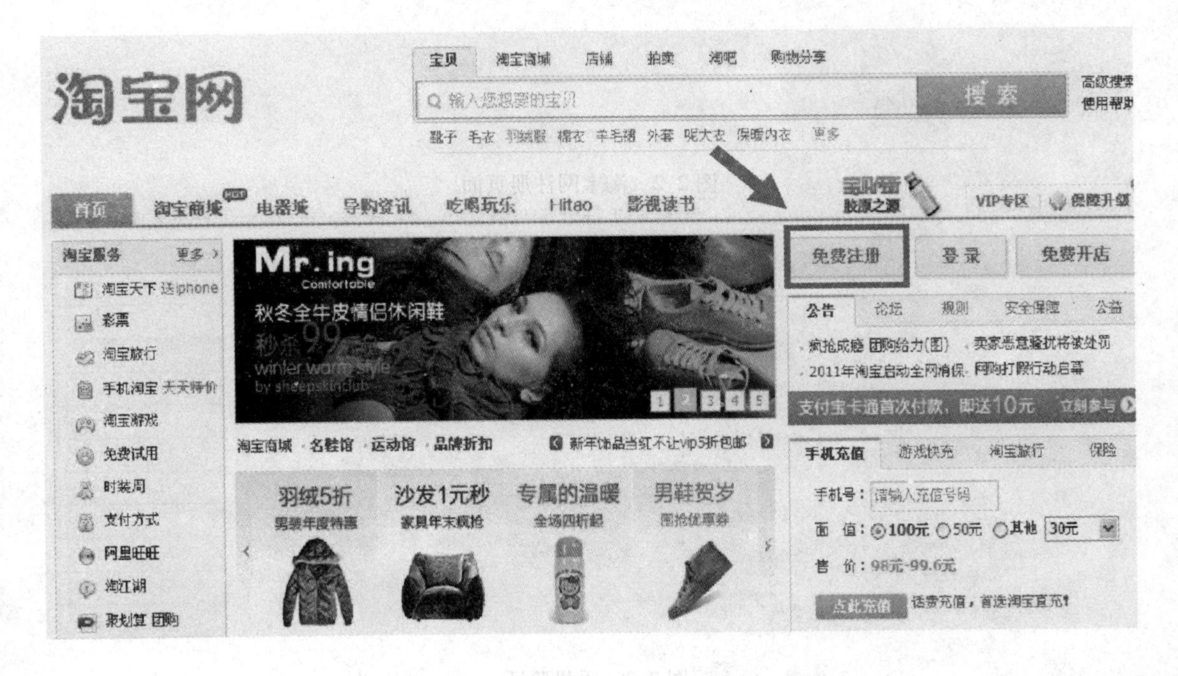

图 2-1　淘宝首页

点击“免费注册”，进入注册页面，完成第一步：填写账户信息，如图 2-2 所示。

根据实际情况，填写所需要的信息，点击“同意以下协议，提交注册”。填写时需要注意：

(1) 当鼠标点击输入框的时候，系统会给出需要填写的内容的提示，如图 2-2 所示，请按照提示填写。

(2) 如果注册时还没有电子邮箱，那么可以依照提示注册邮箱，推荐使用“雅虎邮箱”。

(3) 填写密码时，请将密码记牢，注意淘宝要求密码不能全是数字或字母。

完成信息填写，进入第二步：验证账户信息。注意淘宝网验证方式分为手机验证（如图 2-3 所示）和邮箱验证（如图 2-4 所示）。

选择一种方式进行验证后，系统自动显示校验码获取界面，如图 2-5 所示，而后输入收到的验证码，点击验证，如图 2-6 所示。

验证完毕后，即将进入激活页面，如图 2-7 所示。

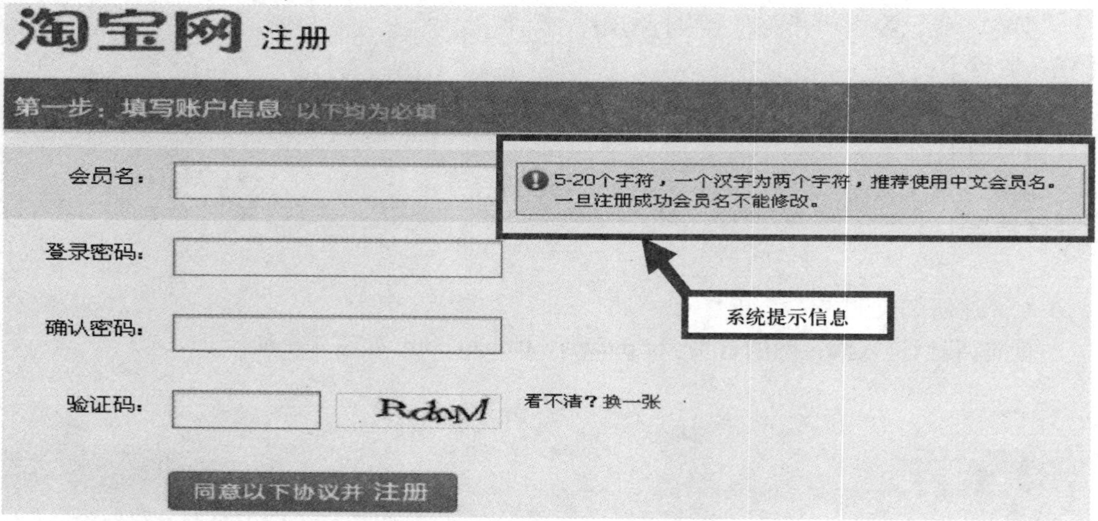

淘宝网 注册

第一步：填写账户信息 以下均为必填

会员名：

5-20个字符，一个汉字为两个字符，推荐使用中文会员名。
一旦注册成功会员名不能修改。

系统提示信息

登录密码：

确认密码：

验证码：RdnM 看不清？换一张

同意以下协议并 注册

图 2-2　淘宝网注册页面

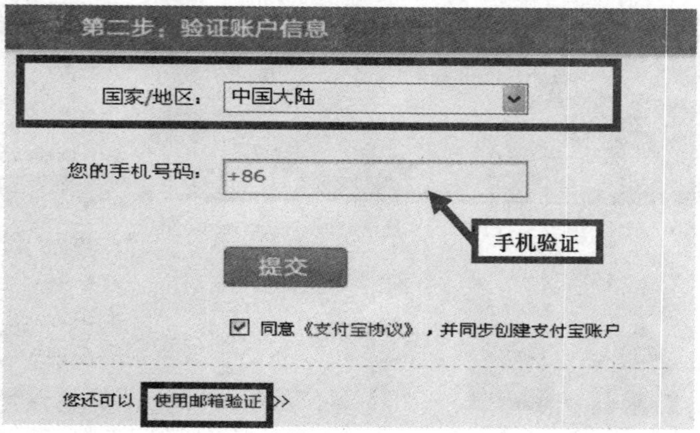

第二步：验证账户信息

国家/地区：中国大陆

您的手机号码：+86

手机验证

提交

同意《支付宝协议》，并同步创建支付宝账户

您还可以 使用邮箱验证>>

图 2-3　手机验证

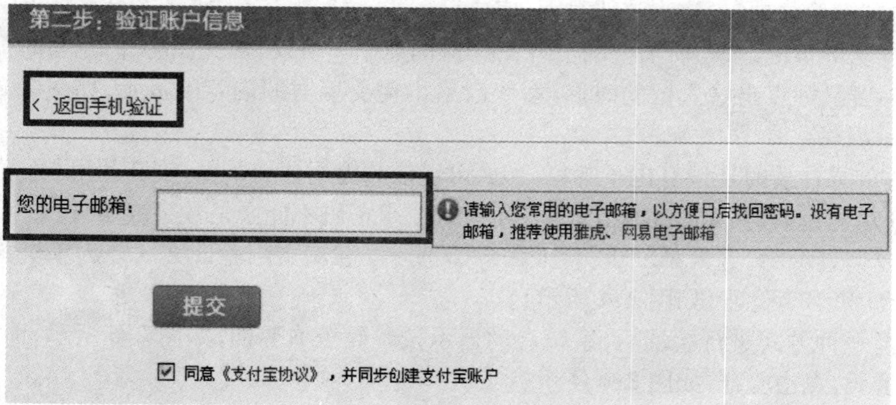

第二步：验证账户信息

< 返回手机验证

您的电子邮箱：

请输入您常用的电子邮箱，以方便日后找回密码。没有电子邮箱，推荐使用雅虎、网易电子邮箱

提交

同意《支付宝协议》，并同步创建支付宝账户

图 2-4　邮箱验证

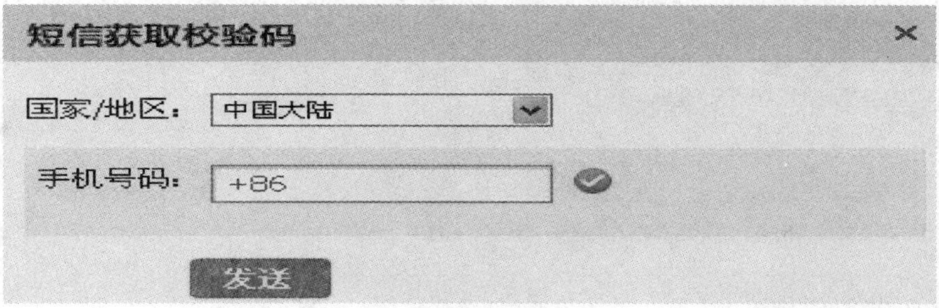

图 2-5　短信获得校验码

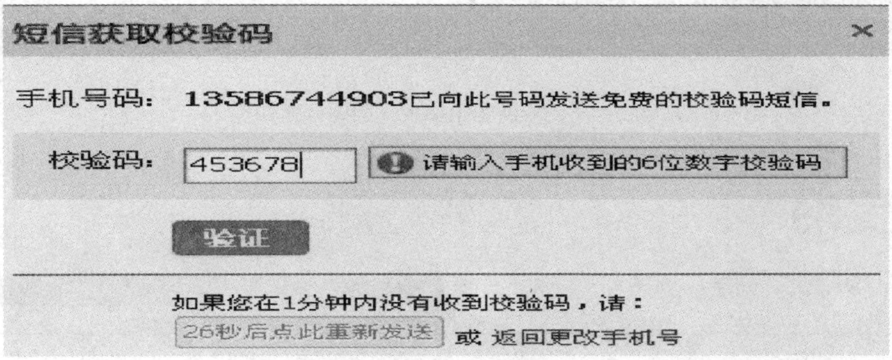

图 2-6　输入验证码

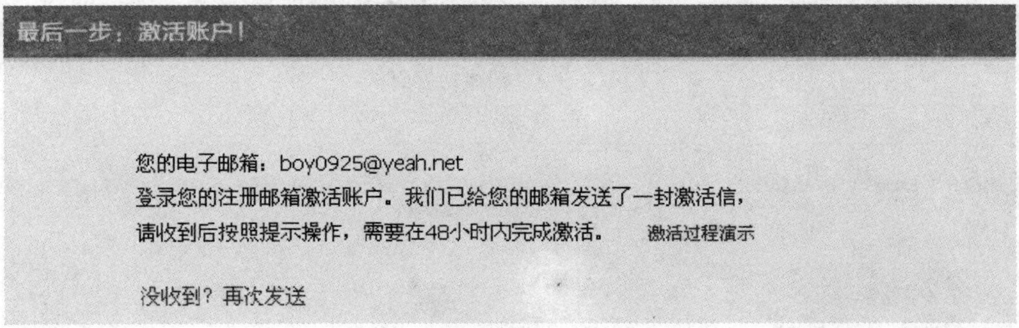

图 2-7　激活账户

进入邮箱后，点击“完成注册”按钮（如图 2-8 所示），页面将自动转入成功注册界面（如图 2-9 所示），所有注册工作已经完成。

那么注册完了用户名后，如何进行下面的工作呢？

2. 成为淘宝认证商户

上面的步骤完成后，我们只是注册了淘宝账号，但是还不能在上面卖东西，我们需要成为淘宝的签约商户，才能真正成为淘宝网店的店长。进入“我的淘宝”中“我是卖家”页面，点击“我要卖”，如图 2-10 所示，淘宝给出了两个步骤，我们先做第一步，点击“实名认证”。

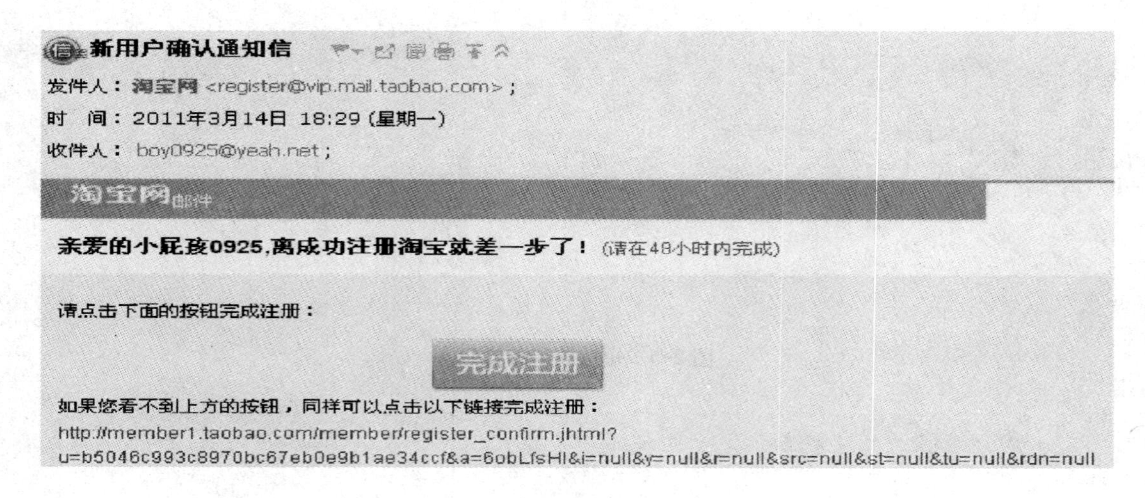

图 2-8　淘宝网给用户发送的确认通知信

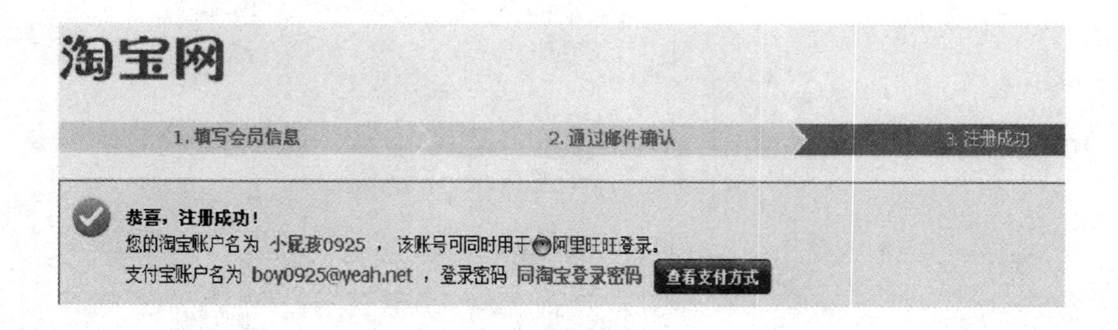

图 2-9　注册成功界面

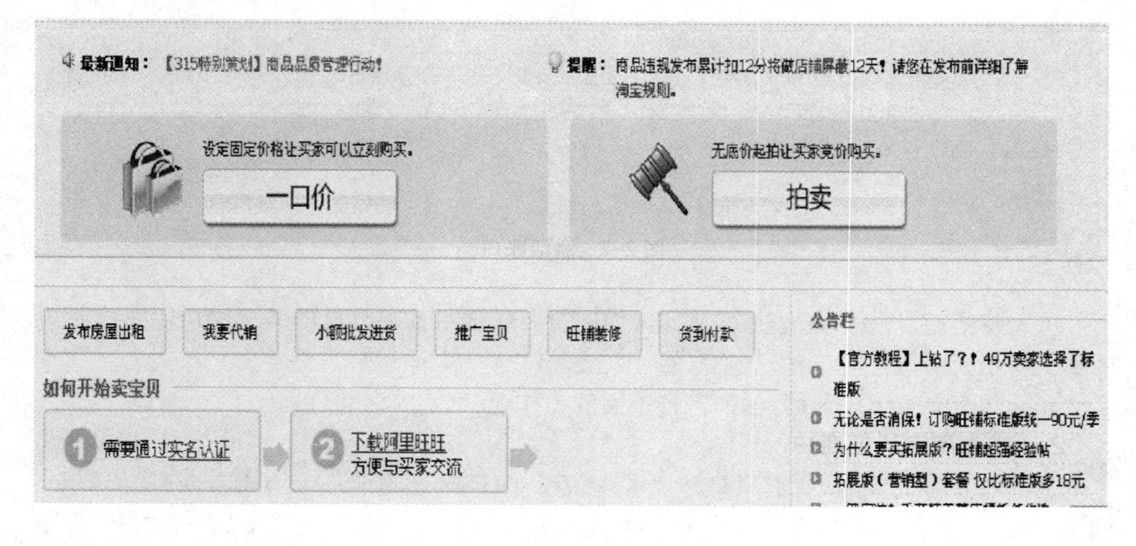

图 2-10　“我要卖”界面

点击后，系统自动出现实名认证页面，如图 2-11 所示，作为新的卖家，开始认证前建议好好阅读《支付宝实名认证服务协议》，如图 2-12 所示，阅读完毕了解协议内容后，可以点击“立即申请”。

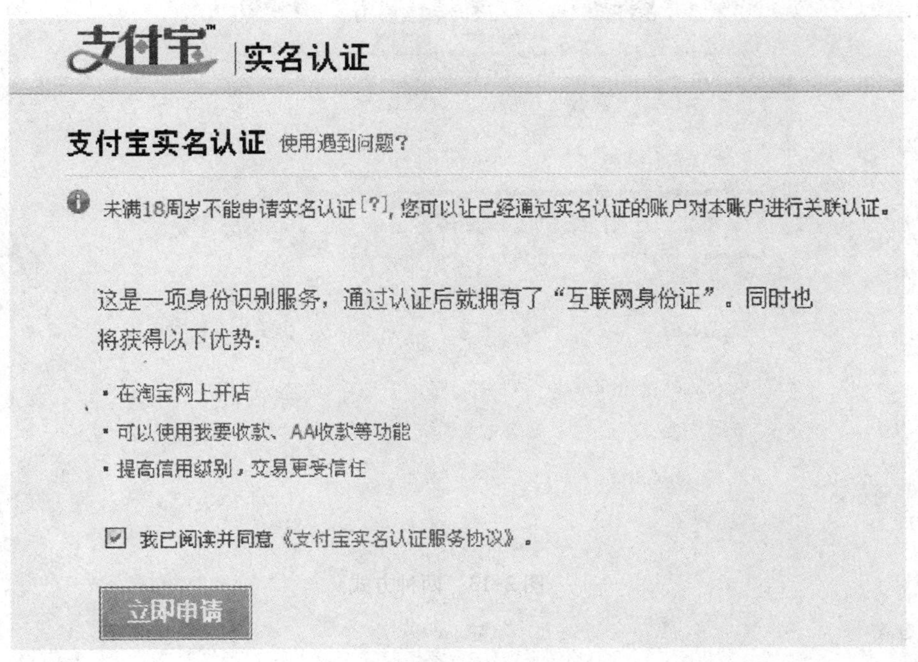

图 2-11 实名认证页面

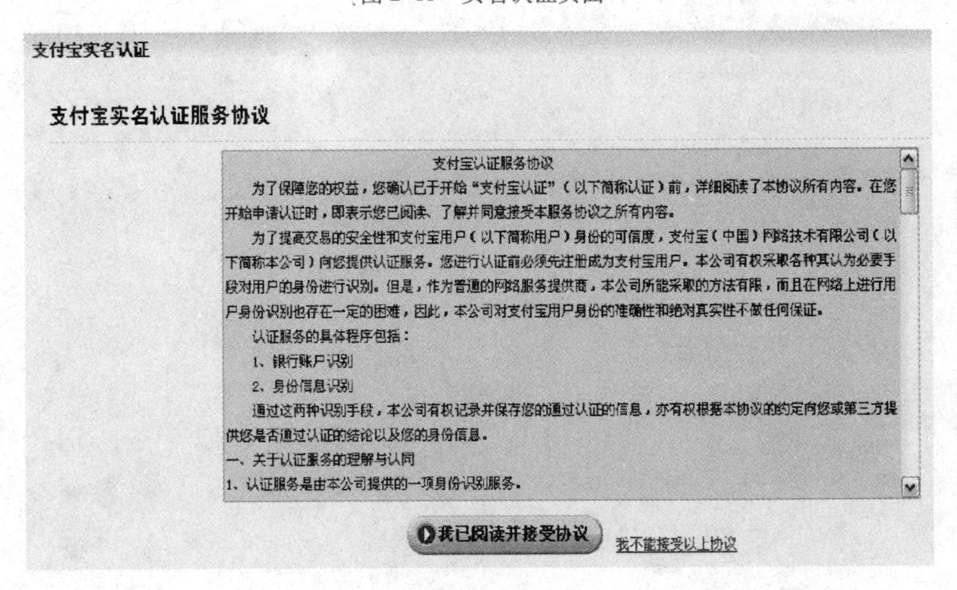
支付宝实名认证

支付宝实名认证服务协议

支付宝认证服务协议

为了保障您的权益，您确认已于开始“支付宝认证”（以下简称认证）前，详细阅读了本协议所有内容。在您开始申请认证时，即表示您已阅读、了解并同意接受本服务协议之所有内容。

为了提高交易的安全性和支付宝用户（以下简称用户）身份的可信度，支付宝（中国）网络技术有限公司（以下简称本公司）向您提供认证服务。您进行认证前必须先注册成为支付宝用户。本公司有权采取各种其认为必要手段对用户的身份进行识别。但是，作为普通的网络服务提供商，本公司所能采取的方法有限，而且在网络上进行用户身份识别也存在一定的困难，因此，本公司对支付宝用户身份的准确性和绝对真实性不做任何保证。

认证服务的具体程序包括：

1、银行账户识别

2、身份信息识别

通过这两种识别手段，本公司有权记录并保存您的通过认证的信息，亦有权根据本协议的约定向您或第三方提供您是否通过认证的结论以及您的身份信息。

一、关于认证服务的理解与认同

1、认证服务是由本公司提供的一项身份识别服务。

我已阅读并接受协议 我不能接受以上协议

图 2-12 支付宝实名认证服务协议

点击后，出现了认证方式选择页面。实名认证的方式，有两种选择，建议对于开通网上银行的用户选择“通过确认银行汇款金额的方式来进行实名认证”，点击“立即申请”，如图 2-13 所示。

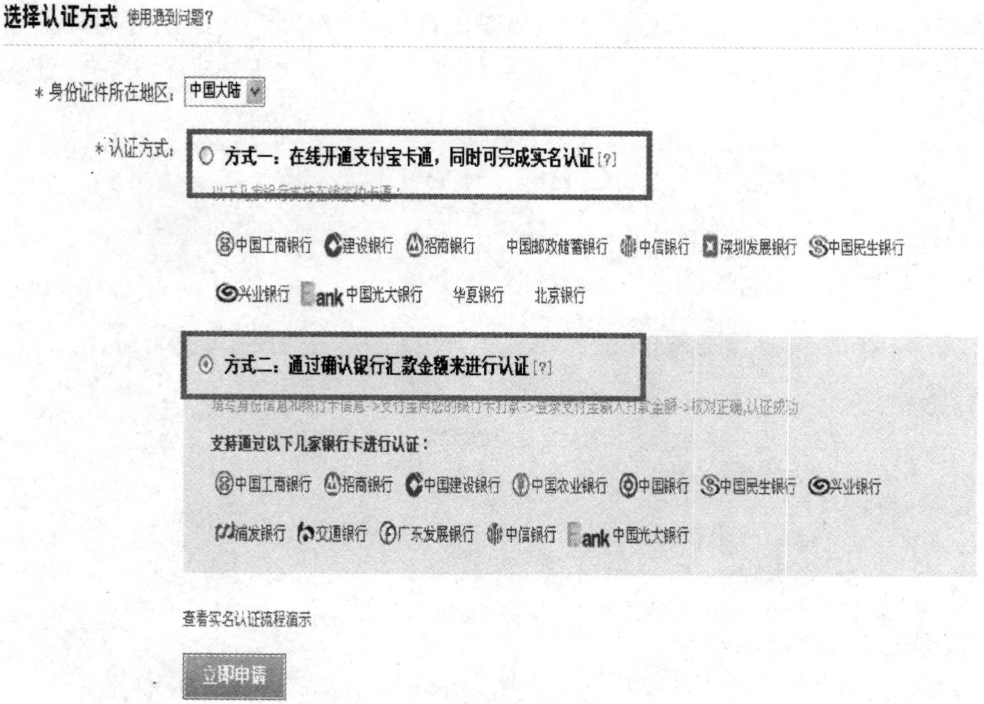

选择认证方式 使用遇到问题?

＊身份证件所在地区：中国大陆

＊认证方式：

方式一：在线开通支付宝卡通，同时可完成实名认证[?]

中国工商银行 建设银行 招商银行 中国邮政储蓄银行 中信银行 深圳发展银行 中国民生银行

兴业银行 中国光大银行 华夏银行 北京银行

方式二：通过确认银行汇款金额来进行认证[?]

支持通过以下几家银行卡进行认证：

中国工商银行 招商银行 中国建设银行 中国农业银行 中国银行 中国民生银行 兴业银行

浦发银行 交通银行 广东发展银行 中信银行 中国光大银行

查看实名认证流程演示

立即申请

图 2-13 两种方式

选择完毕后，进入实名认证环节，如图 2-14 所示。

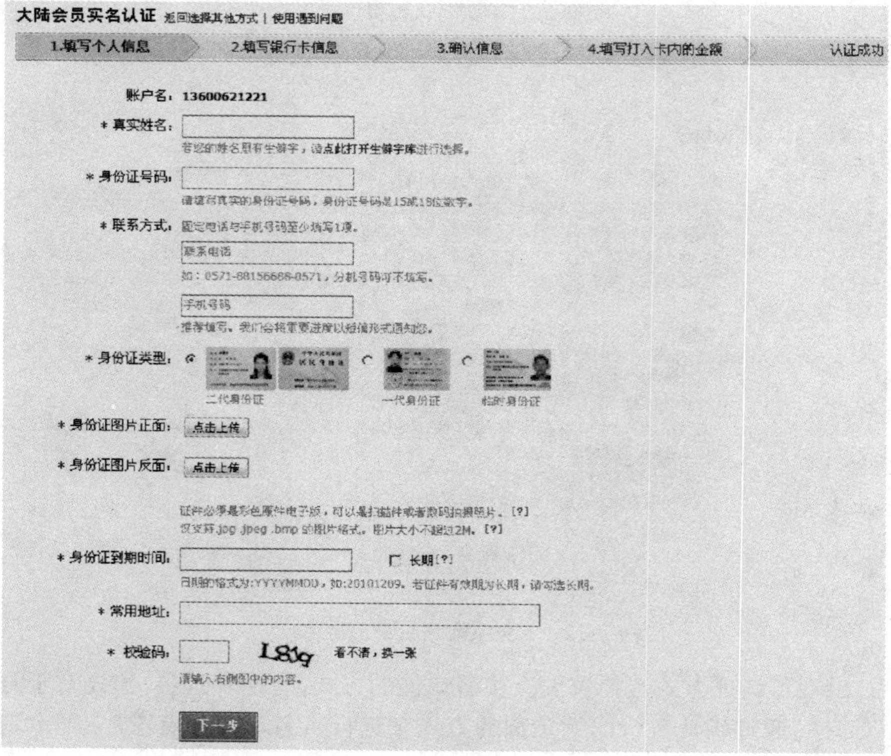

大陆会员实名认证 返回选择其他方式 | 使用遇到问题

1.填写个人信息 2.填写银行卡信息 3.确认信息 4.填写打入卡内的金额 认证成功

账户名：13600621221

＊真实姓名：

＊身份证号码：

＊联系方式：固定电话与手机号码至少填写1项。

＊身份证类型：二代身份证 一代身份证 临时身份证

＊身份证图片正面：点击上传

＊身份证图片反面：点击上传

＊身份证到期时间： 长期[?]

＊常用地址：

＊校验码： L80g 看不清，换一张

下一步

图 2-14 填写个人信息

完成个人信息填写，进入银行卡信息填写界面，如图 2-15 所示

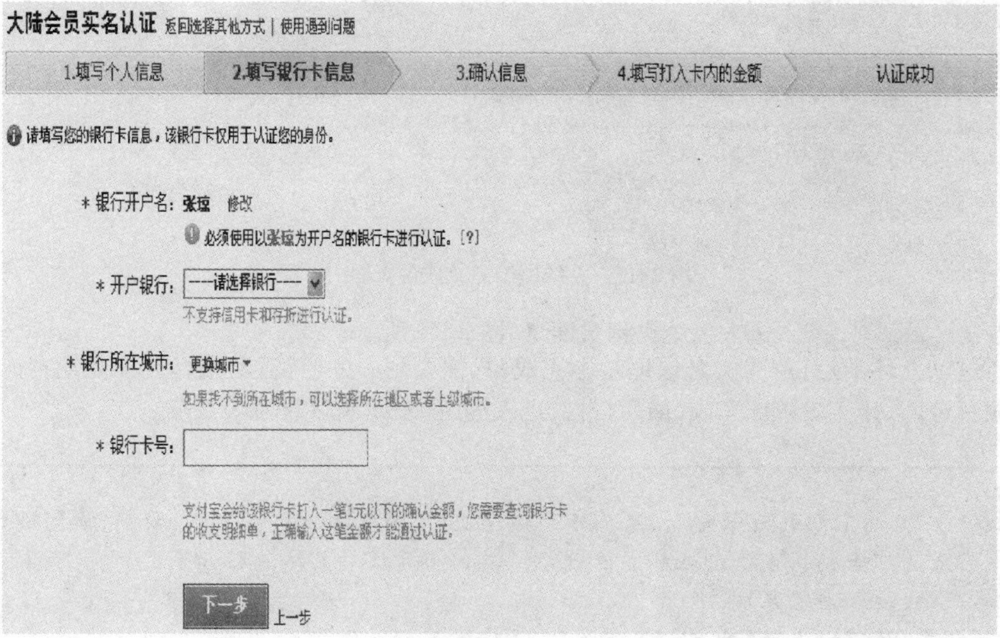

大陆会员实名认证 返回选择其他方式 | 使用遇到问题

1.填写个人信息　2.填写银行卡信息　3.确认信息　4.填写打入卡内的金额　认证成功

请填写您的银行卡信息，该银行卡仅用于认证您的身份。

* 银行开户名：张琼　修改

必须使用以张琼为开户名的银行卡进行认证。[?]

* 开户银行：---请选择银行---

不支持信用卡和存折进行认证。

* 银行所在城市：更换城市

如果找不到所在城市，可以选择所在地区或者上级城市。

* 银行卡号：

支付宝会给该银行卡打入一笔1元以下的确认金额，您需要查询银行卡的收支明细单，正确输入这笔金额才能通过认证。

下一步　上一步

图 2-15　填写银行卡信息

银行卡信息填写完成后，进入确认信息界面，如图 2-16 所示。

大陆会员实名认证 返回选择其他方式 | 使用遇到问题

1.填写个人信息　2.填写银行卡信息　3.确认信息　4.填写打入卡内的金额　认证成功

请确认您提交的信息。

请确认个人信息：	
真实姓名：	张琼
身份证号码：	330204198305236022
联系方式：	固定电话：0574-56192948 手机号码：13600621221
请确认银行卡信息：	
开户姓名：	张琼
开户银行：	中国建设银行
银行所在城市：	浙江省 宁波市
银行卡号：	4340611590038084
	返回修改

确认信息并提交

图 2-16　确认信息页面

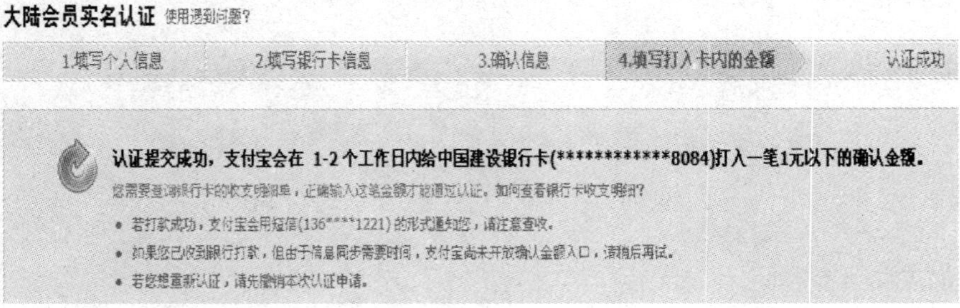

大陆会员实名认证 使用遇到问题?

1.填写个人信息 2.填写银行卡信息 3.确认信息 4.填写打入卡内的金额 认证成功

认证提交成功，支付宝会在 1-2 个工作日内给中国建设银行卡(************8084)打入一笔1元以下的确认金额。

您需要查询银行卡的收支明细单，正确输入这笔金额才能通过认证。如何查看银行卡收支明细?

- 若打款成功，支付宝会用短信(136****1221)的形式通知您，请注意查收。
- 如果您已收到银行打款，但由于信息同步需要时间，支付宝尚未开放确认金额入口，请稍后再试。
- 若您想重新认证，请先撤销本次认证申请。

图 2-17 系统提示提交成功页面

点击 确认信息并提交 ，进入系统提示页面，如图 2-17 所示。

经过以上环节后，意味实名认证基本完成，只需要耐心的等待，若银行账户如期存入约定金额资金，意味实名认证完成，最后，再次进入淘宝，完成最后的确认工作。

淘宝网的使命是"没有淘不到的宝贝，没有卖不出的宝贝"。目前，淘宝网已成为广大网民网上创业的首选网站。其网上开店的具体流程如下：

第一步：注册淘宝账户；

第二步：开通网上银行；

第三步：申请支付宝并实名认证，成为卖家；

第四步：宝贝（商品）发布及开店。

【拓展训练】

1．选择一家银行，申请一个银行账号并开通网上银行业务。

2．目前网上最主要的网络开店平台有两家，分别为淘宝网和易趣网（http://www.ebay.com.cn），注册都是免费的。在淘宝网上注册淘宝会员，申请支付宝，开设网上商店。

【任务评价】

评价内容	自评	组评	师评
网络浏览及搜索能力			
银行账户申请，并开通网上银行			
淘宝账户成功注册			
完成淘宝商户实名认证			

________________项目实训书 NO：

时间：________________

团队：________________

组员：________________

项目实训目的：____

____

____

____

任务 1：确定网店经营范围，为店铺取名。

任务 2：选择一家银行，申请一个银行账号并开通网上银行业务。

任务 3：利用淘宝网，注册淘宝会员，申请支付宝，开设网上商店。

业务 3 首页精饰提品位——商品分类与店铺装修

“我的”创业卡

学习目标

@ 根据不同产品，合理构架网店的整体布局；

@ 掌握商品分类的原则；

@ 理解店铺装修及其相关术语的概念与意义；

@ 能利用网络的免费资源美化分类栏并丰富分类栏的功能；

@ 掌握将在线图片资源转存到淘宝图片空间永久使用的方法；

@ 掌握店招的在线设计和应用方法。

项目招标

设计店铺分类，并制作一个店铺宝贝类目；利用淘宝扶植版的专修功能，借助网络免费资源装修自己的店铺。

任务分解

@ 商品分类与“淘宝助理”；

@ 店铺格调与 Banner；

@ 借用资源，精修店铺。

引子

辛巴问小蜜蜂：“过冬的食物都存好了吗？”

小蜜蜂：“都存好了，在储藏室里。”

冬天来了……

辛巴：“拿食物给大家。”

小蜜蜂：“糟了，我把食物、水和花蜜都堆放在一起，我刚不小心摔了一跤，水把食物打湿了，花蜜也被打翻了，大王，我们过冬的食物都没了。”

任务 3.1　商品分类与淘宝助理

【任务背景】

消费者心理学认为，购物环境对消费者的购物行为有直接的影响。网上商店不同于传统的购物市场，网上商店整体的布局、类目的设计、色调的运用直接决定着网店的购物环境。

【任务准备】

下载淘宝助理，了解常用的分类标志。

【任务流程】

分类的规则与网页分类→淘宝助理助分类。

【任务时间】

理论学习 1 课时，实践操作 1 课时。

【任务指导】

1. 分类的规则与网页分类

俗话说：国有国法，家有家规。每个行业都有相应的规章和制度。对于一个刚加入网店销售的新手而言，全面的了解网店运作的相关规章制度，是当务之急。

当前提供 B2C 或者 C2C 平台的运营商中，主要以淘宝网、当当网、拍拍网和易趣网为主，而最为成功的当属淘宝网。所以我们先来看看淘宝网关于店铺类目管理的有关规定。

行情链接

淘宝网关于“放错类目 / 属性商品管理规则”

一、定义

商品属性与发布商品所选择的属性或类目不一致，或将商品错误放置在淘宝网推荐各类目下，淘宝网判定为放错类目商品。

二、细则

(1) 商品属性与发布商品所放置的类目不一致。

(2) 商品属性与发布商品所设置的属性不一致。移动 / 联通 / 小灵通充值卡类目的商品管理规则：自动发货属性下不得发布非运营商官方的卡密商品。

(3) 在淘宝网首页推荐各类目下出现的和该类目无关的商品。

标题、图片、描述等不一致商品管理规则

一、定义

所发布的商品标题、图片、描述等信息缺乏或者多种信息相互不一致的情况，淘宝网判断为标题、图片、描述等不一致商品。

二、细则

定义中所指形式要件为商品标题、图片、描述、付款方式及卖家所展示的其他商品信息。

(1) 虚拟商品（不包括网络游戏账号商品 20090309 生效）和服务性质商品外，其他商品以无图片的形式发布。

(2) 发布缺乏必要要素的商品(包含但不仅限于如下情况:商品标题、商品描述中只有无含义的数字和字母等)。

(3) 发布必要要素相互不符的商品(包含但不仅限于如下情况:商品标题是“925纯银小海星戒指”,但是商品图片却是一根项链的图片等)。

(4) 商品信息中包含诽谤、漫骂、色情、暴力威胁等攻击性言语以及其他非商品信息的(包含但不仅限于如下情况:在商品标题或描述中私自公布他人ID、聊天记录、交易纠纷、使用不文明语言等)。

(5) 在服装类目(包括男装、女装/女士精品、运动服/运动包/运动配件,20081110新增类目女鞋、男鞋、运动鞋、女士内衣/男士内衣/家居服、服饰配件/皮带/帽子/围巾、箱包皮具/热销女包/男包)下,如果卖家发布商品时未使用实物拍摄图片(实物拍摄图片定义:该件商品本身的拍摄图片,不包括杂志图片、官方网站图片及宣传图),该商品按照形式要件违规商品计数下架。情节严重者做冻结会员处理(20080626)。

(6) 珠宝/钻石/翡翠/黄金类目商品管理规则补充:商品的图片必须实物实拍。钻石的重量,净度,颜色不同,就不能用同一张图片发布,不能以钻石鉴定证书代替钻石,不能以钻石鉴定证书加钻石小图代替原图,必须以商品实物图来发布。否则属于标题、图片、描述等不一致商品(20080506)。

(7) 数码类商品管理规则补充:发布二手的数码类商品(包括手机、笔记本、PDA、数码相机、数码摄像机共5个二级分类),必须以所发布的商品的实物照片发布商品,不能使用官方网站的图片,以便于买家辨别,否则属于标题、图片、描述等不一致商品(20060823)。

(8) 国内外快递/物流业务及翻译服务类目管理规则补充:标题中需明示收费标准,否则属于标题、图片、描述等不一致商品(20070411)。

(9) 商城标题、图片、描述等不一致商品管理规则:商品标题或者描述中所提及的商家资格与卖家注册资格不符合的违规行为。比如,商品标题或者描述中写“××品牌专卖店”的实际情况是“普通经销商资格”。

根据淘宝网等商务平台的相关规定,我们在设计网站整体架构时,必须完全地遵守这些规定。同时,应该根据店主自身产品的特点、品牌的特点,有针对性地设置合理的店铺类目,从而使得整个网店的架构清晰、整洁,同时又富有个性和特色。

那么如何进行商品分类和网上操作呢?我们以淘宝网为例说明。

首先,登入“我的淘宝”,在“我是卖家”中寻找到“宝贝分类管理”,如图3-1所示。

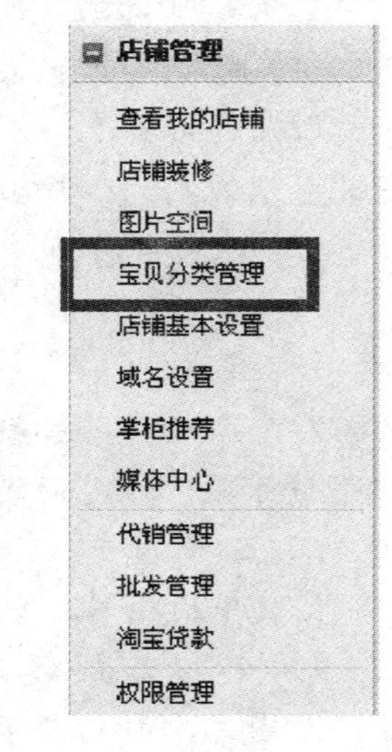

图3-1　“宝贝分类管理”界面

其次,在店铺可视化编辑页面,找到“编辑分类”模块,如图3-2所示,点击编辑就可以对宝贝进行分类管理了。类目设置后需要24小时生效。

详细步骤为:

第一步:添加主分类,点击编辑按钮后,在弹出层中点击“添加新分类”,如图3-3所示。

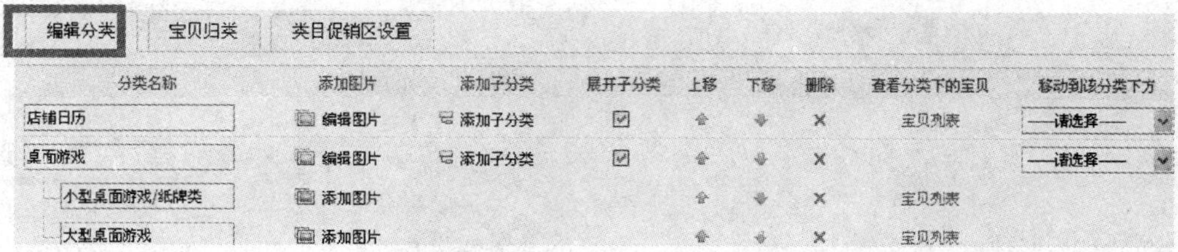

图 3-2　“编辑分类”界面

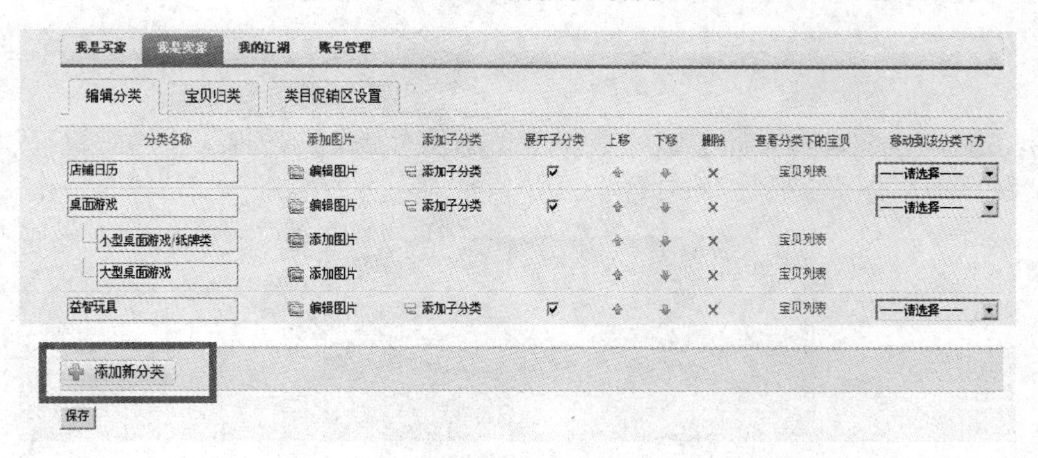

图 3-3　“添加新分类”界面

第二步：添加子分类，在没有添加宝贝的主分类“益智玩具”中，点击“添加子分类”即可，如图 3-4 所示。

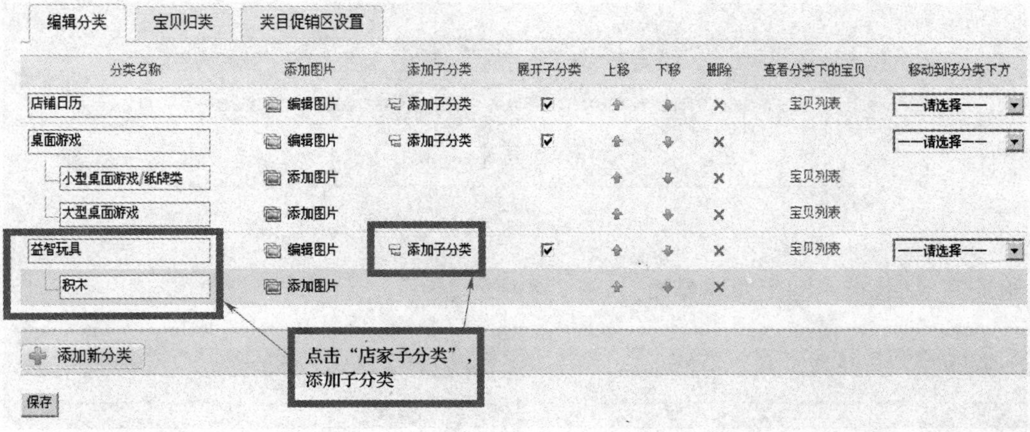

图 3-4　“添加子分类”界面

第三步：归类宝贝，点击“店铺分类设置”中的“宝贝归类”对宝贝进行分类即可，如图 3-5 所示。

这样，我们就已经成功地完成了 1 件商品的分类。那么如果我们有比较多的商品要同时进行分类或上架，该如何处理呢？这个时候，我们就要借用淘宝网的一个非常有力的辅助软件——淘宝助理。

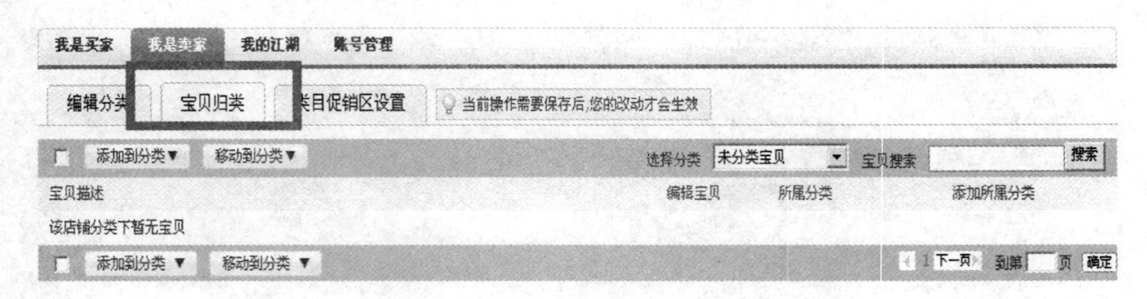

图 3-5　“宝贝归类”界面

2. 淘宝助理助分类

在 http://zhuli.taobao.com 页面,下载“淘宝助理”软件后安进行安装。

第一步:启动淘宝助理软件,首先进入登录页面,如图 3-6 所示。

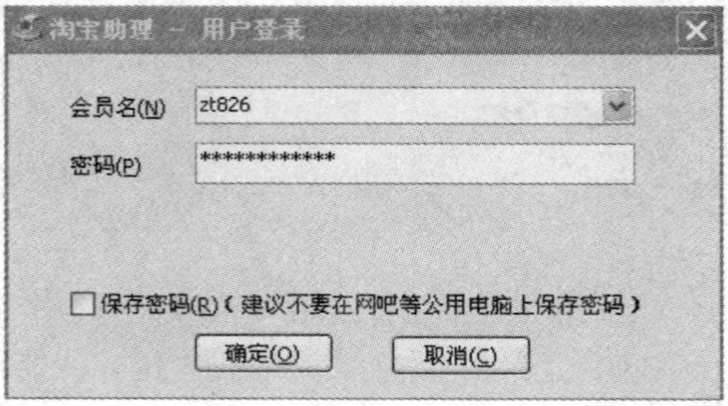

淘宝助理 - 用户登录
会员名(N) zt826
密码(P) ************
保存密码(R)(建议不要在网吧等公用电脑上保存密码)
确定(O) 取消(C)

图 3-6　“淘宝助理”登录界面

首次登录时会要求进行身份验证,如图 3-7 所示。

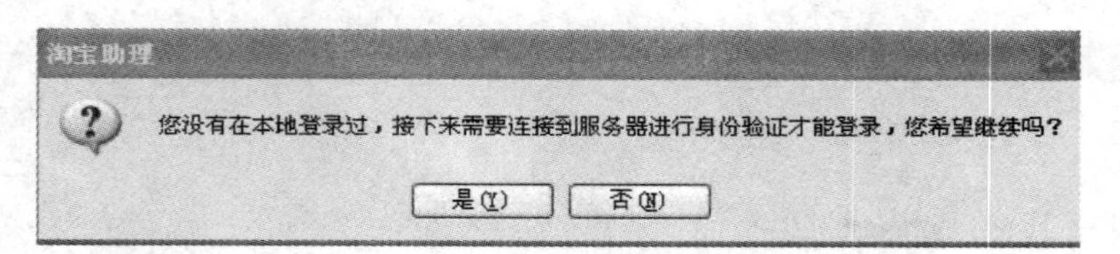

图 3-7　首次登录“淘宝助理”的身份验证界面

验证完成后,进入淘宝助理界面,如图 3-8 所示。

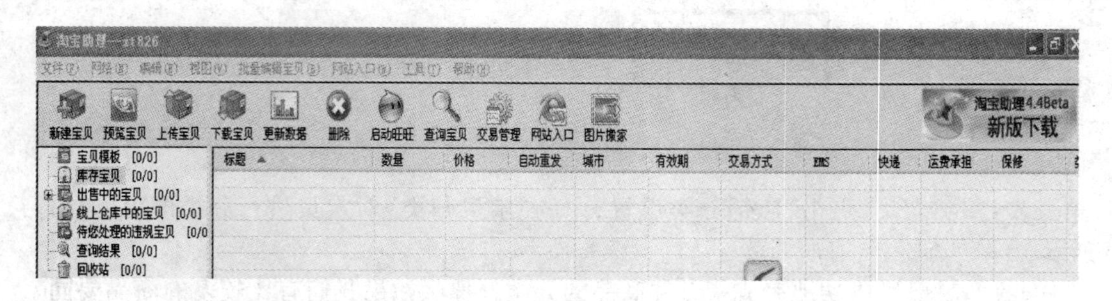

图 3-8　“淘宝助理”界面

第二步：点击淘宝助理左侧页面的“库存宝贝”，如图 3-9 所示。

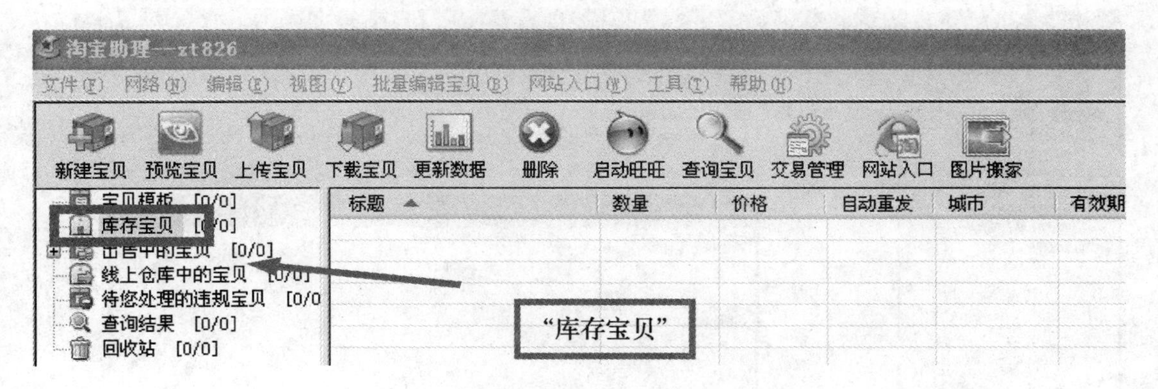

图 3-9　“库存宝贝”界面

第三步：在右侧的空白处右击鼠标，选择“从 CSV 文件导入”，如图 3-10 所示。

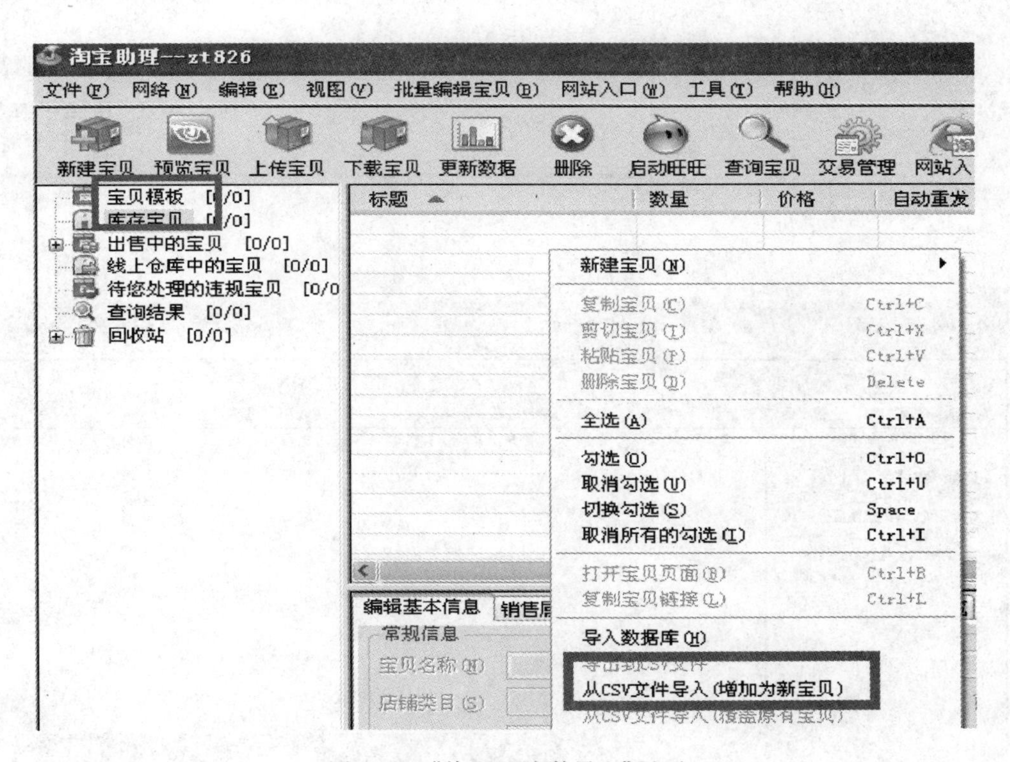

图 3-10　“从 CSV 文件导入”界面

第四步：找到解压好的 CSV 文件，点击“打开”，如图 3-11 所示。
第五步：系统自动导入相关数据，如图 3-12 所示。
导入后界面如图 3-13 所示。
第六步：商家根据自己的需要，对商品信息进行调整，如图 3-14 所示。
第七步：依次“全选”和“勾选”，如图 3-15 所示。

图 3-11　“打开 CSV 文件”界面

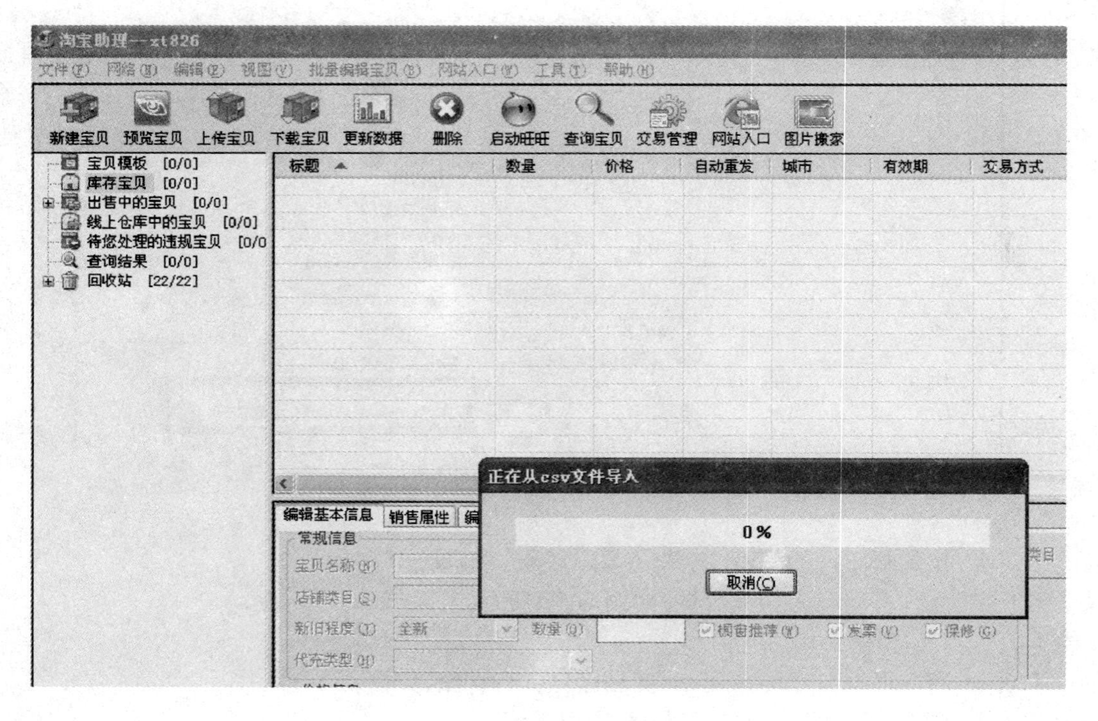

图 3-12　“系统自动导入数据”界面

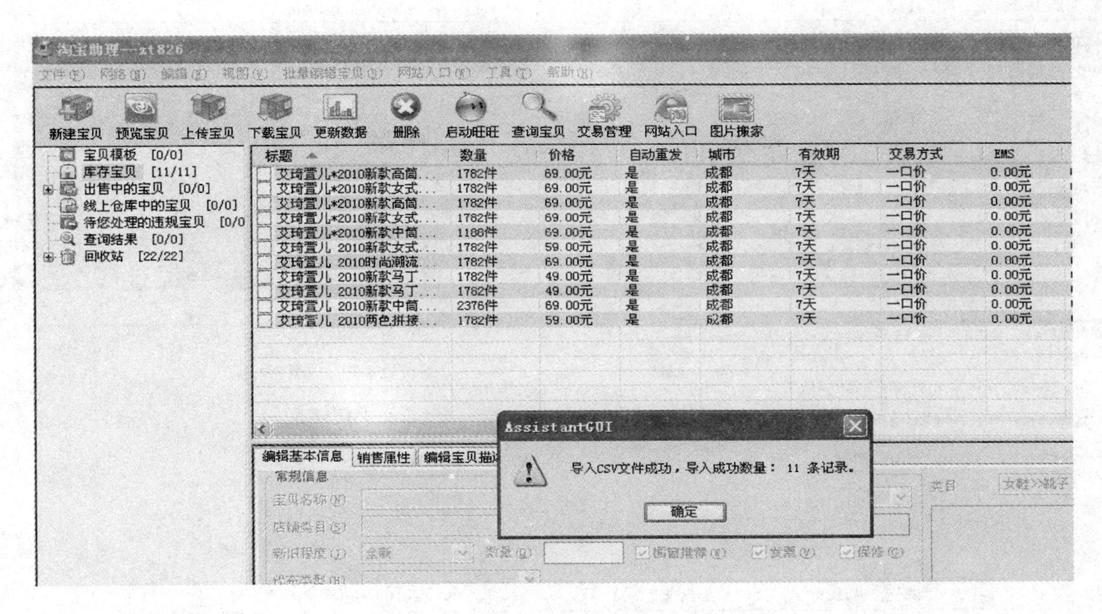

图 3-13　导入后界面

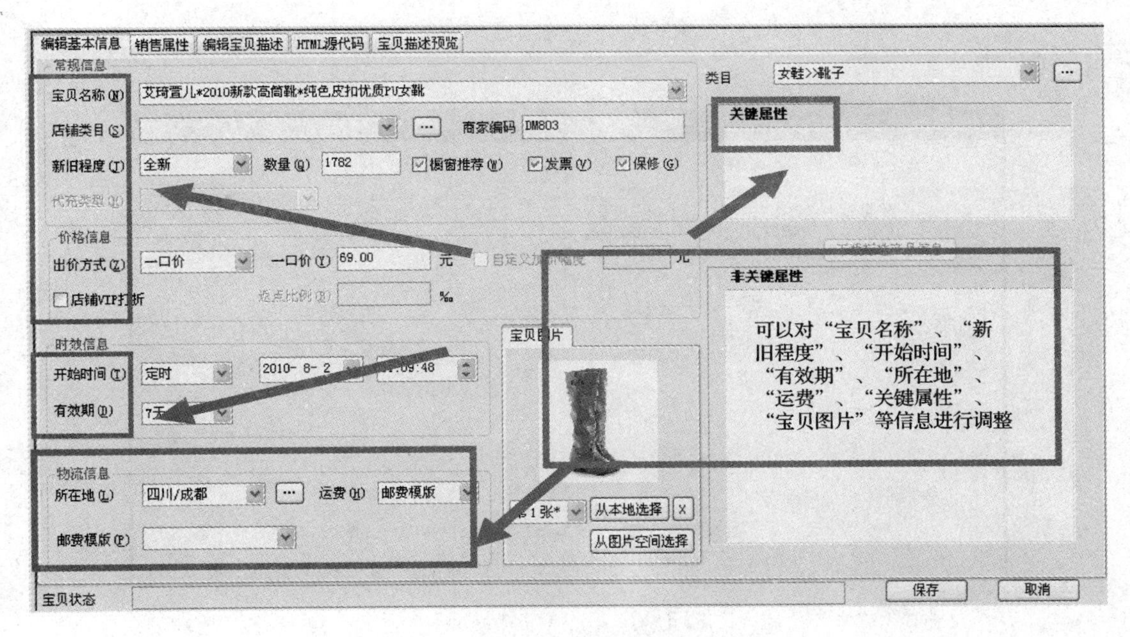

图 3-14　信息调整界面

第八步：选择“上传宝贝”（见图 3-16）后出现上传的界面，如图 3-17 所示。

第九步：当出现信息提示，即为成功，如图 3-18 所示。

淘宝助理使用的前提一定是要有 CSV 文件，这是关键。

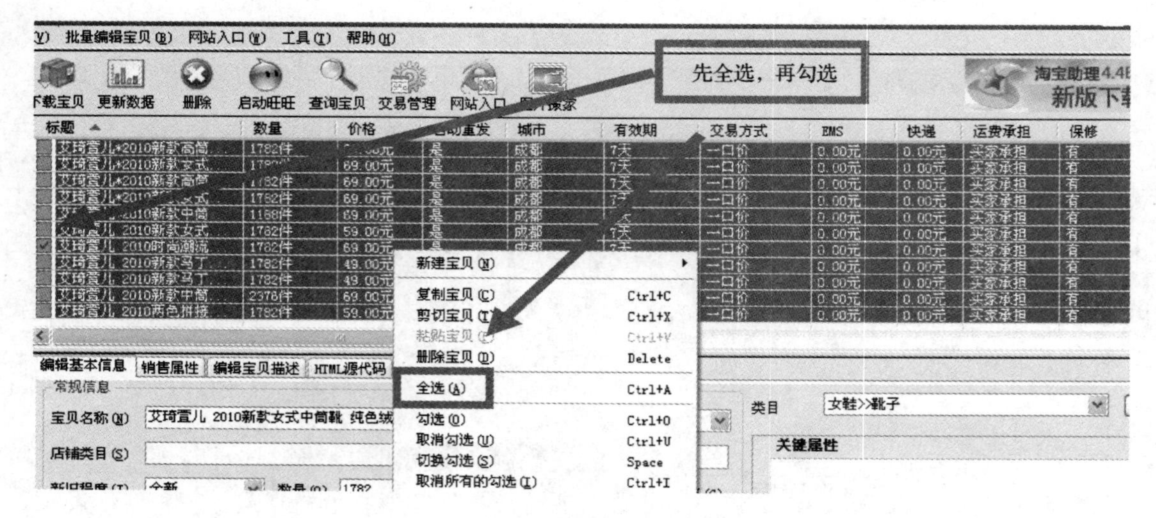

图3-15 “先全选，再勾选”

图3-16 “上传宝贝”按钮

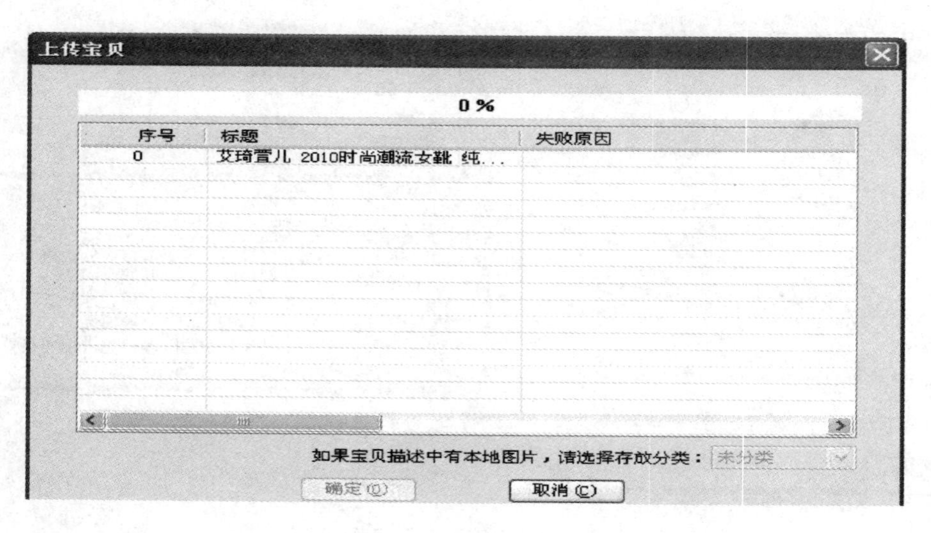

图3-17 “上传宝贝”界面

图3-18 “上传成功”界面

【拓展训练】

1．根据分类原则，进行一次网页版的商品分类。

2．利用“淘宝助理”，进行批量的商品分类及商品上传。

3．自己制作一份 CSV 文件。

【注意事项】

1．若是做代理，CSV 文件可以直接向上级代理商索取。

2．卖家自己也可以利用 EXCEL 文件，制作自己的 CSV 文件。

【任务评价】

评价内容	自评	组评	师评
商品分类目的清晰			
商品分类正确，没有违反规则			
顺利利用淘宝助理，完成商品批量上传			

任务 3.2　店铺格调与 Banner

【任务背景】

心理学认为：当人与人第一次交往时，会在对方的头脑中形成一种印象，而这个印象会牢牢地占据主导地位，这种效应即为第一印象效应。网络店铺的整体格调和 Banner 区域，就相当于买家与店铺的第一次交往，也会形成类似的印象，并长久地占据买家思维的主导地位。

【任务准备】

能了解有关网页制作的专用名词，区分网页中不同的功能区域。

【任务流程】

确定店铺整体格调→ Banner 区域特殊功能。

【任务时间】

理论学习 1 课时。

【任务指导】

1．确定店铺整体格调

店铺的整体格调会受到很多因素的影响，比如说店主个人的性格、爱好、对色彩的偏爱等主观原因，但更多地受到客观因素的限制。其中，最为重要的是本身所经营产品的类型，对于一些机械类产品的店铺，如果采用可爱型的店铺风格，必然会让消费者觉得不自在。

一般我们在确定店铺风格时，主要考虑以下几个因素：

(1) 产品属性。不同的商品，需要不同的风格。服装类，可以选择可爱型的店铺基调；电子产品类，以严谨风格为宜；家居类，以轻松休闲风格为最佳，等等。

(2) 买家年龄。作为主要购买者的买家类型，决定了店铺的风格。同为服装类产品，如果主要购买者分别为学生和成熟女性，则在店铺风格上表现差异明显。一个以年轻时尚为主，一个以气质高雅为主。即便同为成熟女性，又可细分为居家式格调与上班白领格调。

(3) 特殊节日。对于一些特殊的节日，我们可以根据习俗，对店铺的整体风格进行改变，以起到渲染的作用。如元旦、春节等，适合用红色等喜气格调；圣诞节则适合用白色等纯色格调；儿童节适合用活泼、色彩突出的格调。

(4) 个性化需求。如果卖家想体现店铺的个性化，也可以根据自己的需要，重新设计和制作相对应的店铺模板，体现独特的格调。

目前，淘宝网提供免费模板一套给普通卖家，共17种色调，如图3-19所示。

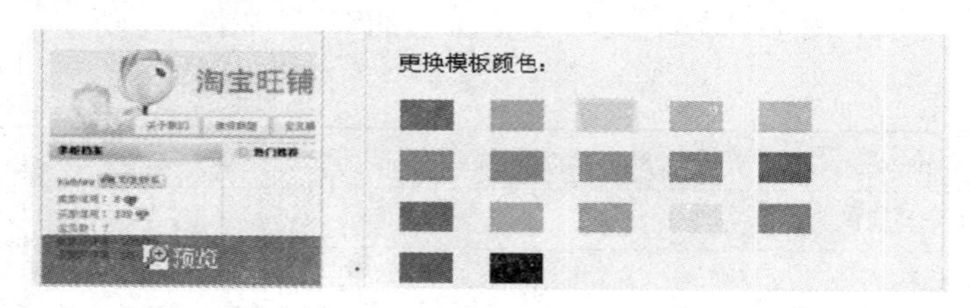

图3-19 17种色调

如果卖家仍然觉得无法满足需要，可以去淘宝店铺装修市场进行选购，网址是 http://zx.taobao.com/template_list.htm。

2. Banner区域特殊功能

店铺的Banner区域放置于网页的首要位置，是店家期望告诉消费者的最重要的内容，我们先来看看几家店铺(见图3-20、图3-21和图3-22)，告诉我们些什么？

图3-20 "柠檬绿茶"店铺Banner区

艳紫精品店：

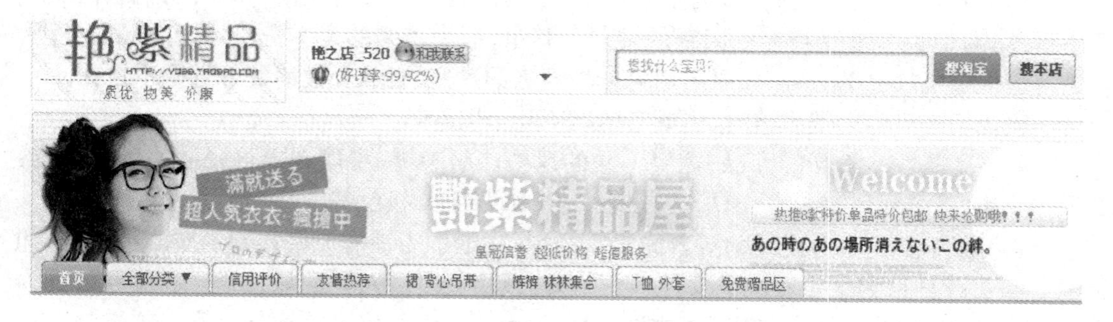

图3-21 "艳紫精品店"店铺Banner区

相宜本草店：

图 3-22　“相宜本草店”店铺 Banner 区

Banner 区域是消费者打开店铺后，首先映入眼帘的位置，店铺如果能重视这个区域的信息传达作用，将对店铺的整体营销起到画龙点睛的作用。

一般而言，店铺可以通过这个区域向消费者展示如下的信息：

(1) 店铺的特色；

(2) 店铺的竞争地位；

(3) 店铺已经取得的成绩；

(4) 店铺的营销活动宣传；

(5) 店铺的文化内涵。

我们可以比较图 3-23 和图 3-24 所示的两个店铺，看看它们的区别。

图 3-23　Banner 区示例 1

图 3-24　Banner 区示例 2

从图 3-23 和图 3-24 所示的两个店铺的 Banner 区域，我们能明显感受到两者之间的区别，从而在消费者心目中形成了完成不同的两个“第一印象”。

【拓展训练】

设计一个 Banner 区，主题为“圣诞节活动”。

【任务评价】

评价内容	自评	组评	师评
设计主题突出			
语言表达清晰，能正确反应主题			
色彩搭配符合主题			

任务 3.3 借用资源，精修店铺

【任务背景】

店铺装修是指网店人机界面的修饰，其中店铺装修的内容主要包括：店招、分类栏、公告栏、促销栏、店铺介绍、宝贝描述等。店铺装修通过将一些文字和图片经过有效的组织向来访的顾客提供友善的人机界面，使顾客便捷地获取商品信息。好的店铺装修商品分类清晰，顾客体验好，有助于将访问量直接转化为交易。

网店平台针对不同级别的用户提供功能不同的装修功能。一般只要用好免费的装修功能，就能基本达到装修的目的，免费和收费的区别只在于能够自定义的项目多少。学会了免费装修功能的使用，也就会使用收费的各项功能了。

【任务准备】

了解淘宝网提供的扶植版装修功能。

【任务流程】

美化分类名→转移免费的图片资源→申请并添加免费计数器→店招在线设计与应用。

【任务时间】

理论学习 1 课时，实践操作 5 课时。

【任务指导】

1. 美化分类栏

首先我们对分类栏进行美化。未美化前的文字型宝贝分类栏如图 3-25 所示。

许多买家在进入店铺后就会直接在商品分类栏目中查找自己关心的商品，针对这个特点，作为网店的经营者需要对商品分类栏目进行美化。制作漂亮的与网店整体风格配合的分类图片可以给网店锦上添花，既为客户的选购提供一个醒目的提示，又让客户在购物中有美的享受。考虑到我们作为网店经营的新手，为了节省时间和资源，我们可以使用在线制作的方式简单快速地作出分类导航图片。这里，我们以三角梨的在线制作为例介绍，其他的分类图片在线制作功能也

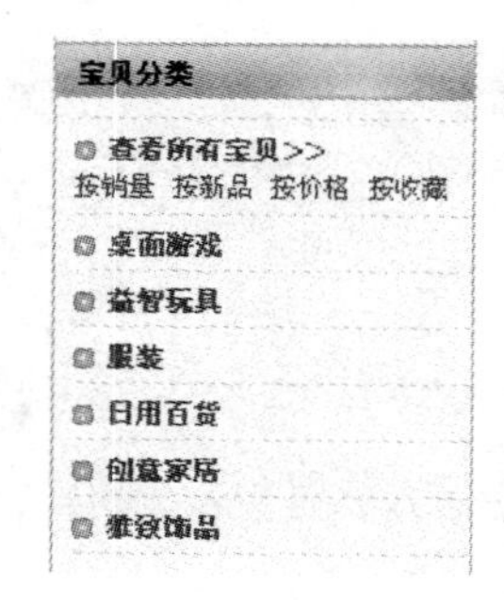

图 3-25 未美化前的文字型宝贝分类栏

相差不多。

(1) 打开网址 http://zz.sanjiaoli.com/fenlei.php。进入三角梨在线制作分类图片的网页，可以看到制作分类图标的界面，如图 3-26 所示。

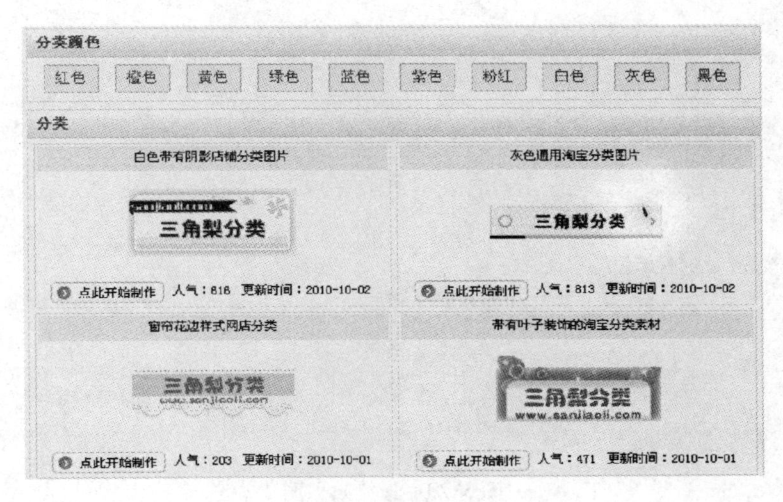

图 3-26　制作分类

(2) 先根据网店配色选择分类颜色，然后，再选择一个你喜欢的分类，点 点此开始制作 按钮，开始制作图片，如图 3-27 所示。

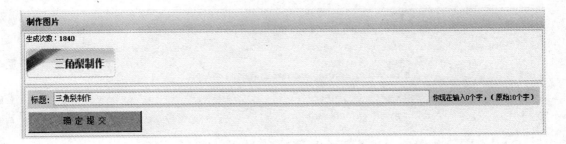

图 3-27　制作图片

(3) 编辑“标题”的文字内容，如“桌面游戏”，如图 3-28 所示。

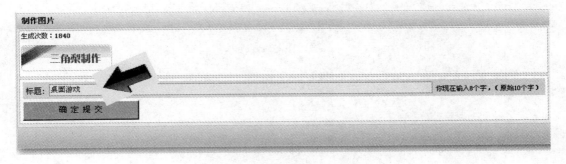

图 3-28　编辑“标题”的文字内容

(4) 然后单击 确定提交 按钮,最终效果如图 3-29 所示。

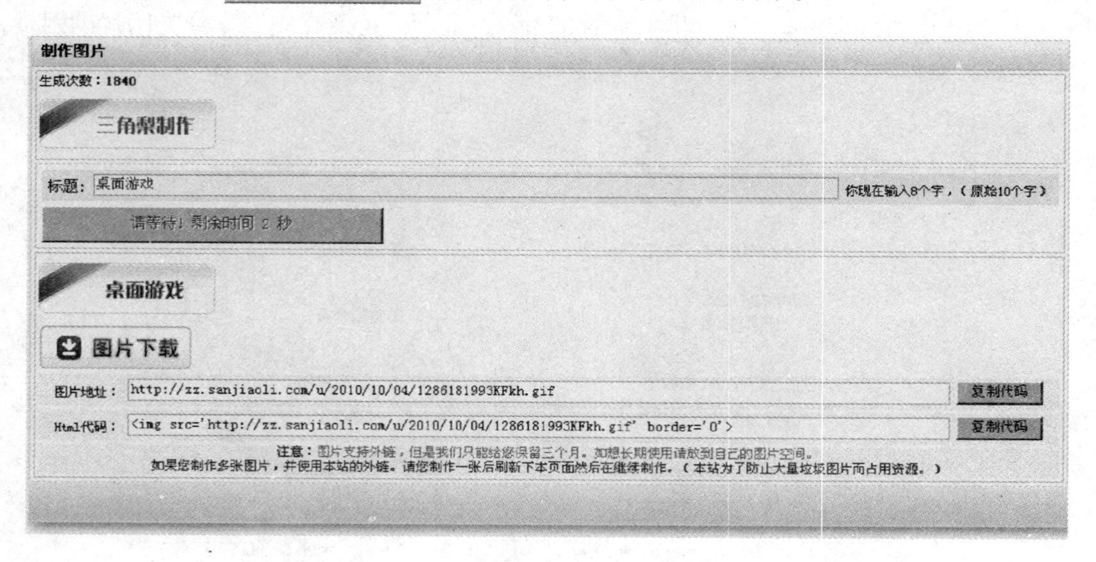

图 3-29　最终效果图

(5) 单击"图片地址"行的"复制代码",将图片地址复制到剪贴板。

(6) 进入"我的淘宝"管理店铺,在宝贝分类栏中打开要添加分类图片的选项,将图片地址粘贴进去,然后点击"确定"和"保存",如图 3-30 所示。

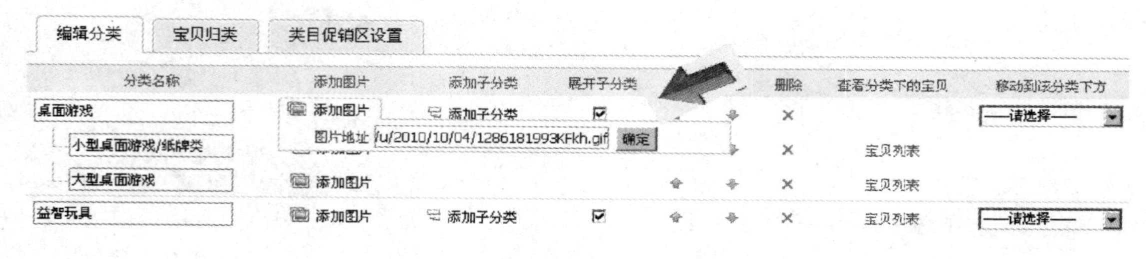

图 3-30　添加制作好的图片

(7) 效果如图 3-31 所示。

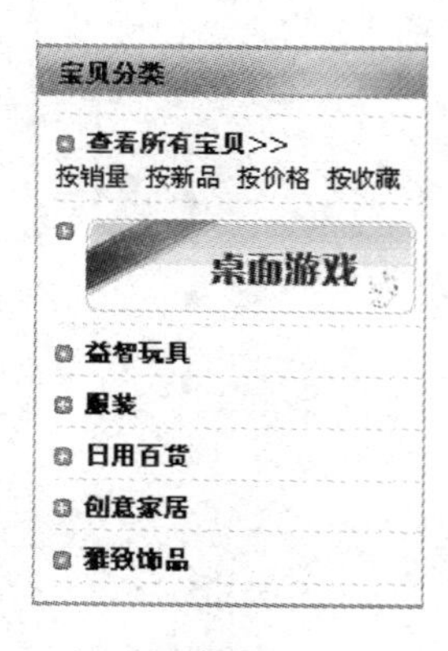

图 3-31　显示于店铺页面上的效果图

(8) 刷新三角梨的分类图片制作页面，输入新的文字，按步骤(3)到步骤(7)的顺序继续制作和添加其他分类的图片。

三角梨在线制作分类图片在制作完一个分类图片之后，需要刷新面才能制作新的分类图片，否则新制作的图片内容将替换上一次制作的图片内容。

2. 转移免费的图片资源

在上面的操作中，我们已经成功生成了分类图片，并通过后台管理将各个分类的图片显示在前台左边栏里。但是，此类在线制作的分类图片，在制作网站上的保留时间是有限的，例如我们上面通过三角梨网站制作的分类图片只能被保留三个月，因此，我们需要通过其他途径将图片转移到一个可以长期存放的网络空间。

很多网店平台都为店家开通了一定容量的照片存储空间。以淘宝网为例，淘宝网为店家免费提供了一个 30 M 容量的图片存储空间，这个空间虽然容量不大，但是对我们存放店铺装修的图片来说已经足够了。下面，我们来学习一下，使用淘宝的图片空间，将在线制作的分类图片上传到淘宝的图片空间中。

(1) 在网店首页分类图片上点右键，点选“图片另存为…”，保存到“图片收藏”中，如图 3-32 所示。

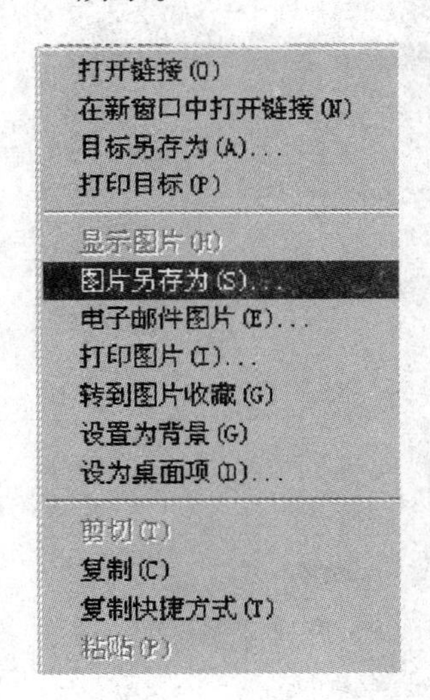

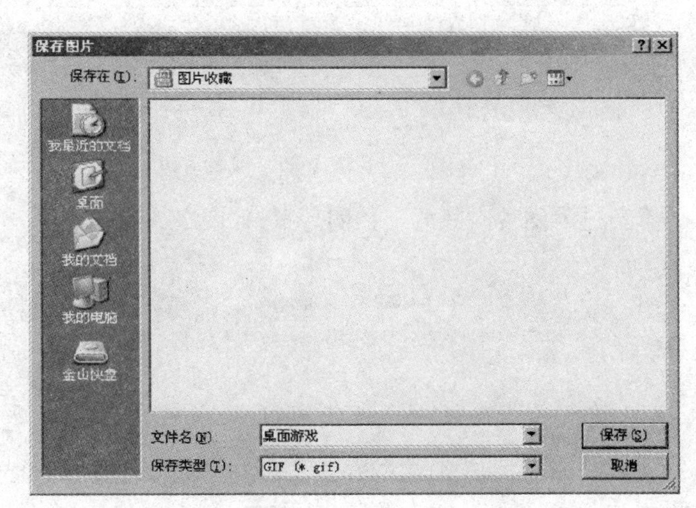

图 3-32 保存图片

其他分类图片也照此操作。

(2) 登录淘宝，然后进入“我的淘宝”—“店铺管理”—“图片空间”。如图 3-33 所示。

(3) 单击 上传图片 标签，进入上传图片的页面，如果是第一次使用图片空间的功能，在浏览器地址栏下会出现如图 3-34 所示的提示，这表示需要安装一个 ACTIVEX 控件。

在这个提示上单击鼠标左键，在弹出的快捷菜单中选择“安装 ActiveX 控件 (C)…”，如图 3-35 所示。等待安装控件结束后，重新启动计算机。

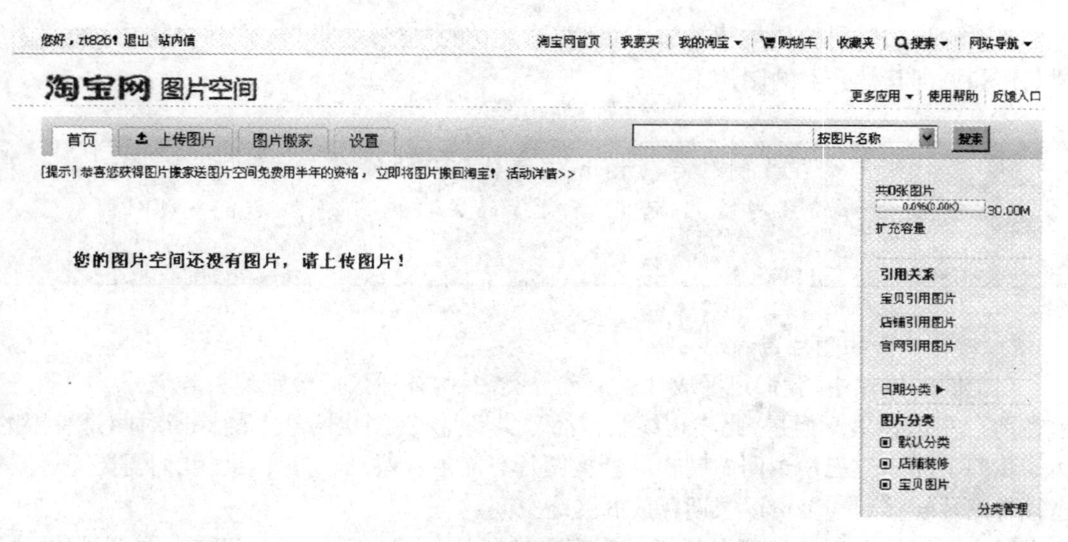

图 3-33　图片空间

图 3-34　安装提示信息

图 3-35　安装 ActiveX 控件提示信息

重新进入图片空间的上传图片页，如图 3-36 所示。

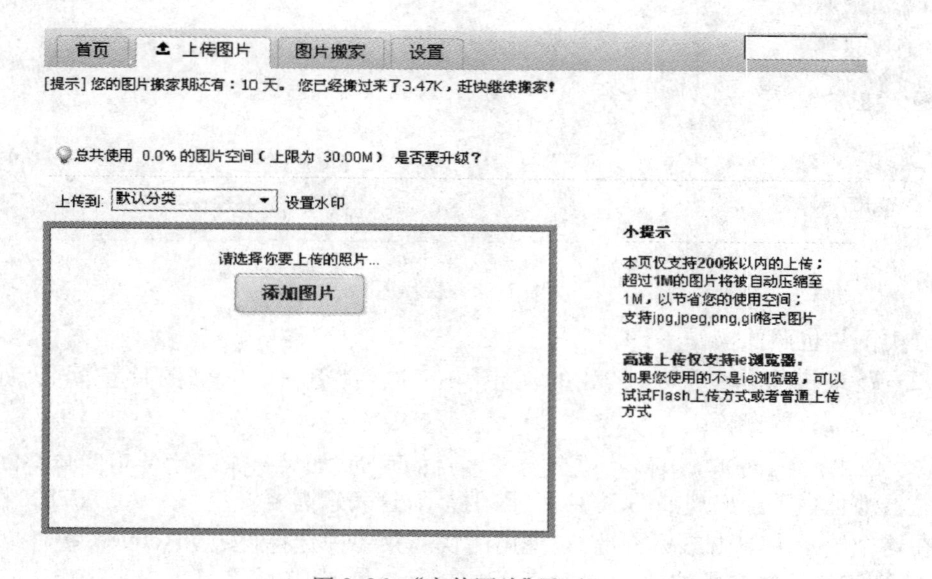

图 3-36 “上传图片”界面

(4) 单击“默认分类”，选择“店铺装修”，单击“确定”，如图 3-37 所示。

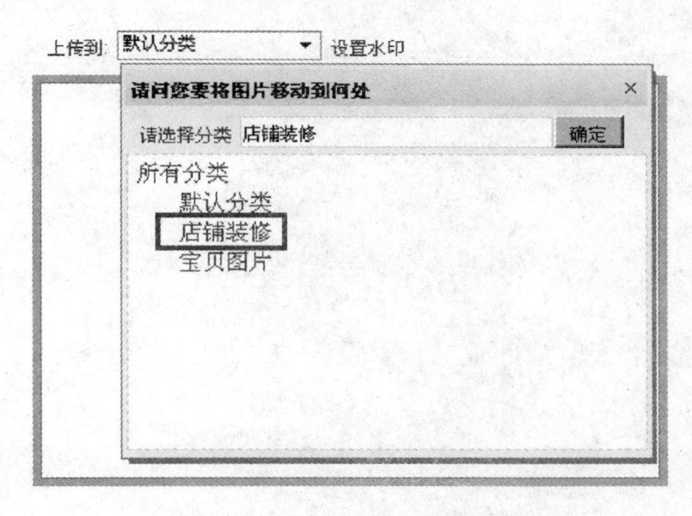

图 3-37 “店铺装修”按钮界面

(5) 单击添加图片按钮，在弹出的添加图片对话框中，勾选需要的图片，然后单击“选好了”按钮，如图 3-38 所示。

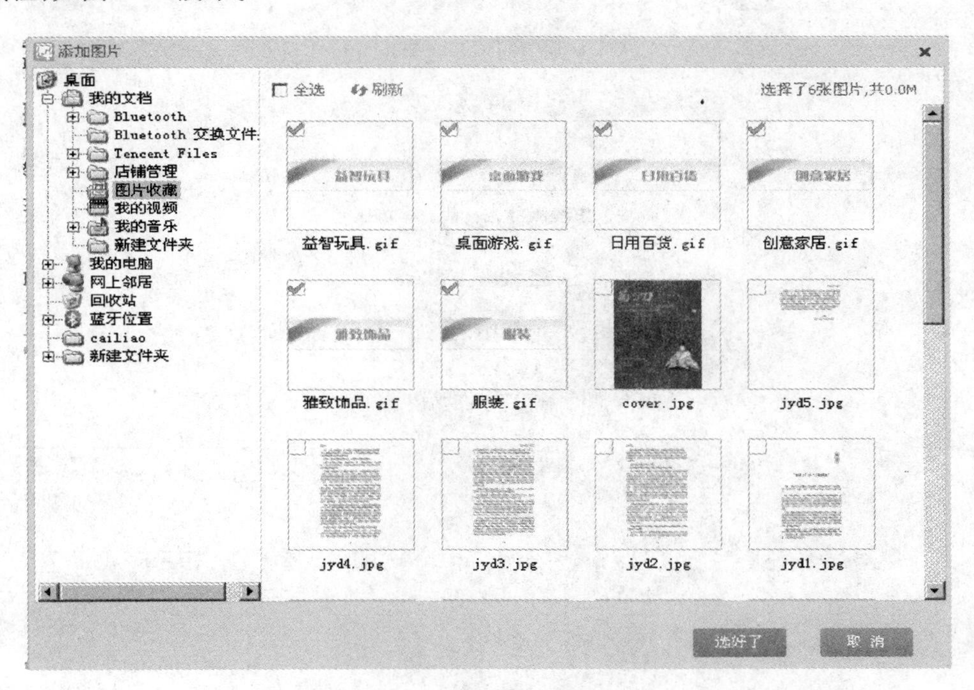

图 3-38 勾选所需要的图片

(6) 为了避免图片缩放变形和内容修改，取消“自动压缩以节省空间”选项和“添加水印”选项，然后单击“立即上传”按钮上传图片，如图 3-39 所示。

(7) 等待图片上传完成后，单击“完成”按钮，如图 3-40 所示。

(8) 单击 首页 标签，鼠标移到要使用的图片上，单击“复制链接”，如图 3-41 所示。

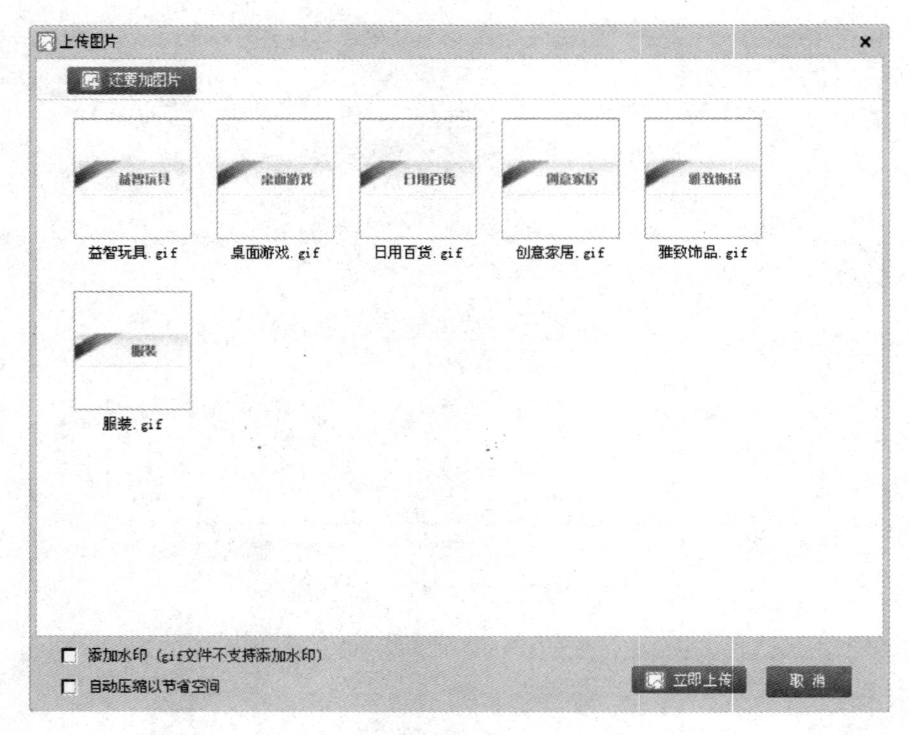

图 3-39　勾选完毕后，上传

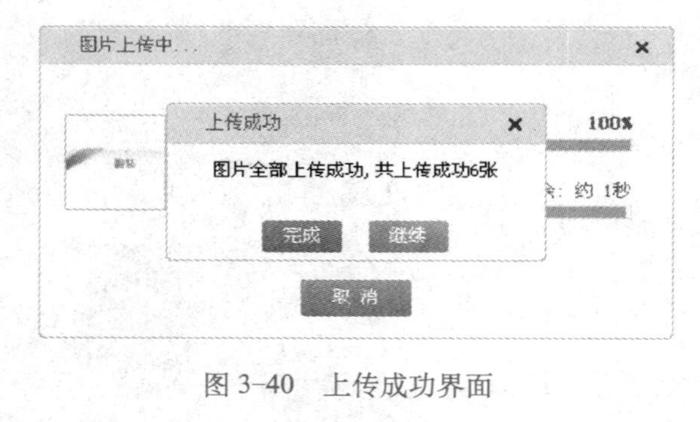

图 3-40　上传成功界面

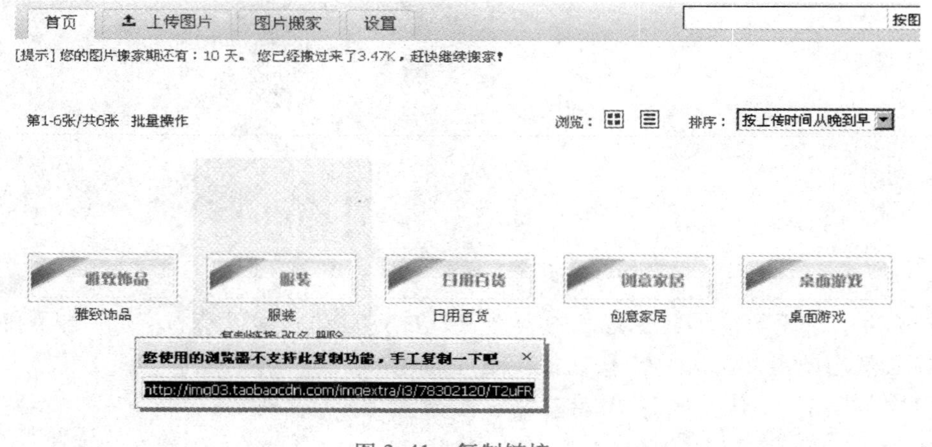

图 3-41　复制链接

(9) 回到“店铺管理”—“宝贝分类管理”中，将原来各分类图片的链接地址删除，粘贴为刚才复制的链接地址，单击“确定”后保存，如图 3-42 所示。

分类名称	添加图片	添加子分类	展开子分类	上移	下移	删除	查看分类下的宝贝	移动到该分类下方
桌面游戏	编辑图片	添加子分类	☑	↑	↓	×		——请选择——
小型桌面游戏/纸牌类	添加图片			↑	↓	×	宝贝列表	
大型桌面游戏	添加图片			↑	↓	×	宝贝列表	
益智玩具	编辑图片	添加子分类	☑	↑	↓	×	宝贝列表	——请选择——
服装	编辑图片　图片地址 http://img03.taobaocdn.com/imgex 确定	添加子分类	☑	↑	↓	×		——请选择——
女式内衣、内裤					↓	×	宝贝列表	
T恤	添加图片			↑	↓	×	宝贝列表	
裙子、裤子	添加图片			↑	↓	×	宝贝列表	

图 3-42　粘贴所复制的链接

3. 申请并添加免费计数器

经过分类图片的添加，我们的网店形象有了很大的改善。其实分类图片的作用除了突出显示各商品分类之外，通过巧妙地利用，我们还能借助分类图片实现一些特殊的功能。下面我们以“三角梨免费计数器”为例来介绍一个计数器的添加方式。

> 计数器是一种统计网站访问量等信息的应用。通过在网页中嵌入相应的统计代码，记录下每一位访问这个网页的客户的信息，如访问时间、页面停留时间、访问来路、客户的浏览器版本等。
>
> 一个功能完善的计数器还包括丰富的统计信息的功能，能够统计出某一时间段内各个网页的访问总量、客户的地域分布情况等。对网上商店来说，计数器的统计功能可以帮助我们了解客户的访问量；分析网络营销手段的效果（通过来路分析）；网店关注度与地域关系；访客的回头率等。这些信息都对网络营销具有十分重要的意义。

(1) 进入网址 http://jsq.sanjiaoli.com，单击“用户注册”按钮，如图 3-43 所示。

图 3-43　用户注册

(2) 填写各项注册信息，注意网址不要填写错误，单击“提交”按钮，如图 3-44 所示。

图 3-44　填写注册信息

(3) 提交完成后，自动进入统计管理页面。单击“复制”按钮即获取统计代码，如图 3-45 所示。

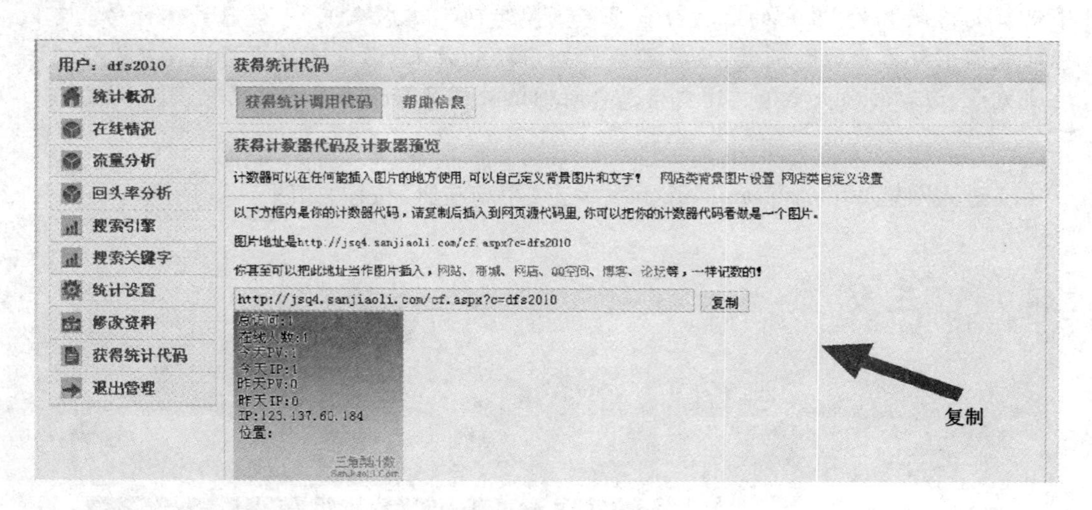

图 3-45　复制代码界面

(4) 进入淘宝“店铺管理”—“宝贝分类管理”，添加一个分类“本店计数器”，在图片地址中粘贴刚才复制的代码，单击“确定”后保存，如图 3-46 所示。

(5) 刷新网店首页，可以看到分类栏中添加了计数器后的效果，如图 3-47 所示。从效果来看，与网店整体风格不够协调。

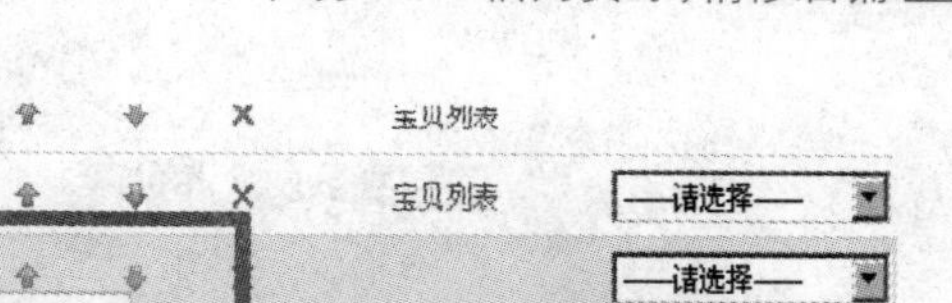

图 3-46　粘贴所复制的地址

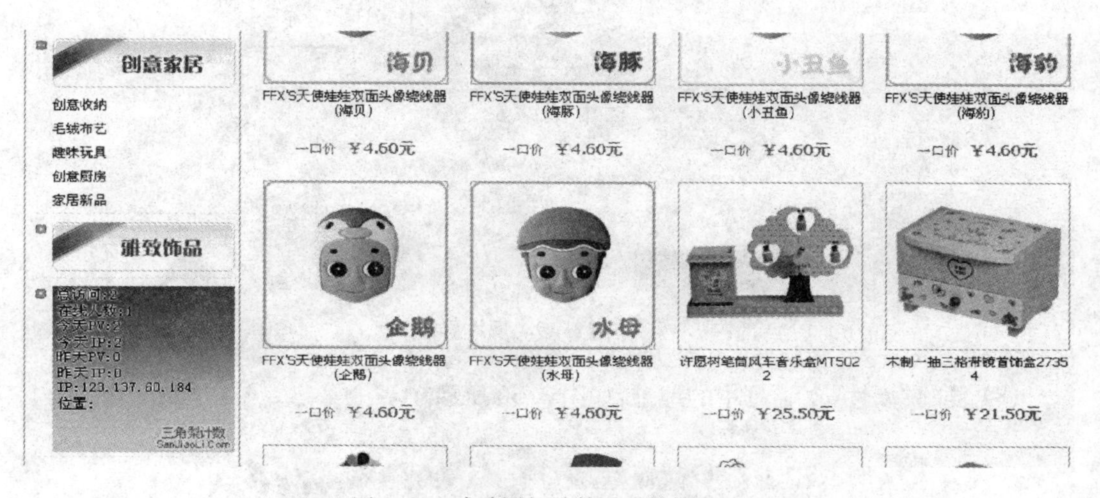

图 3-47　成功添加计数器后的效果图

(6) 单击“统计设置” — “图片选择”，然后找一个适合的样式，单击“点此使用”，就可使用该图片样式了，如图 3-48 所示。

(7) 在“计数器样式”图片上点右键，快捷菜单中选择“属性”，如图 3-49 所示。

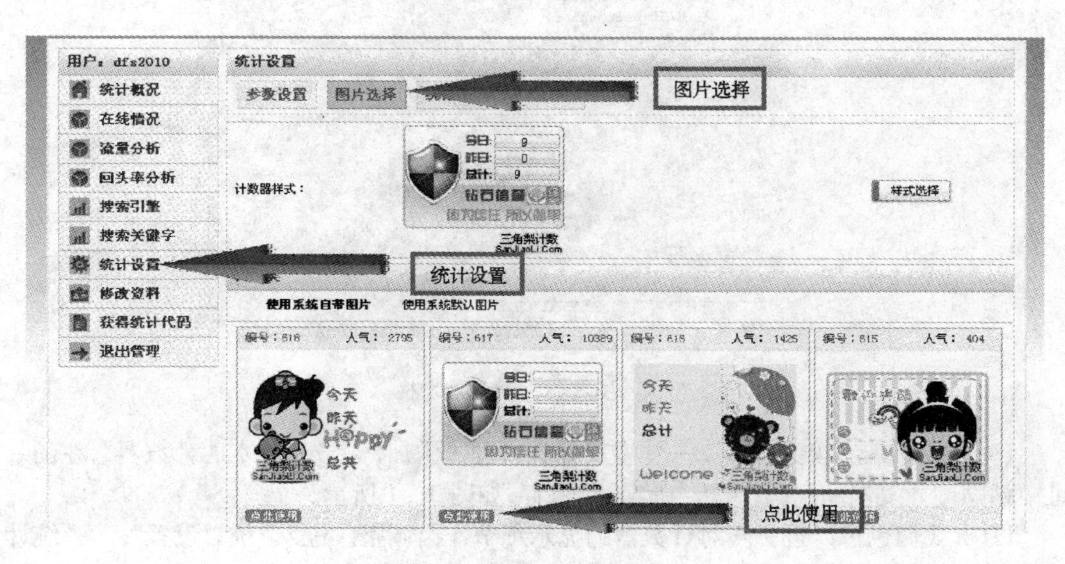

图 3-48　选择新的计数器样式

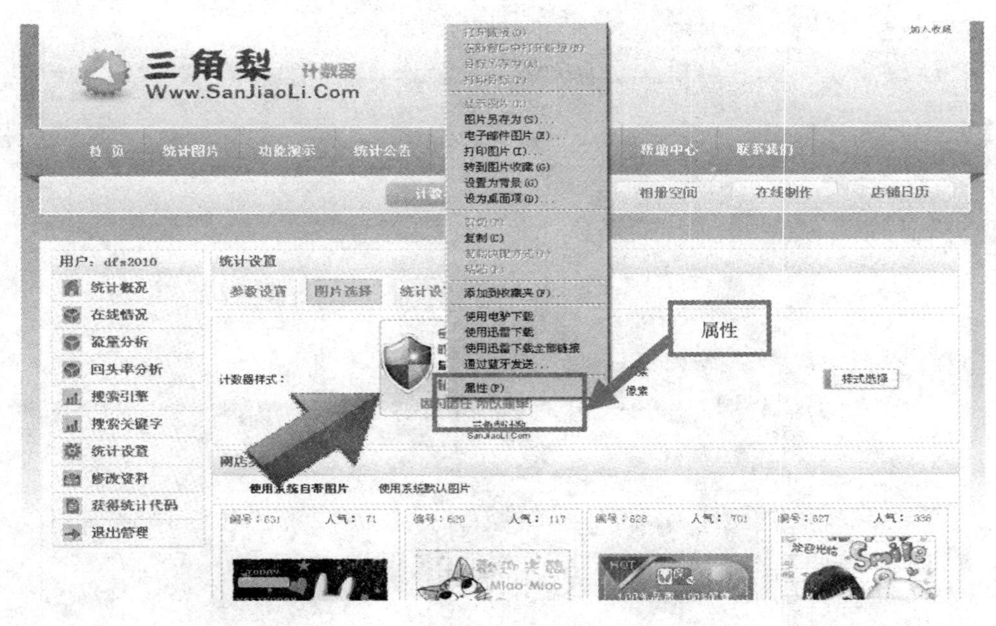

图 3-49　属性界面

(8) 复制“属性”对话框中的地址，如图 3-50 所示。

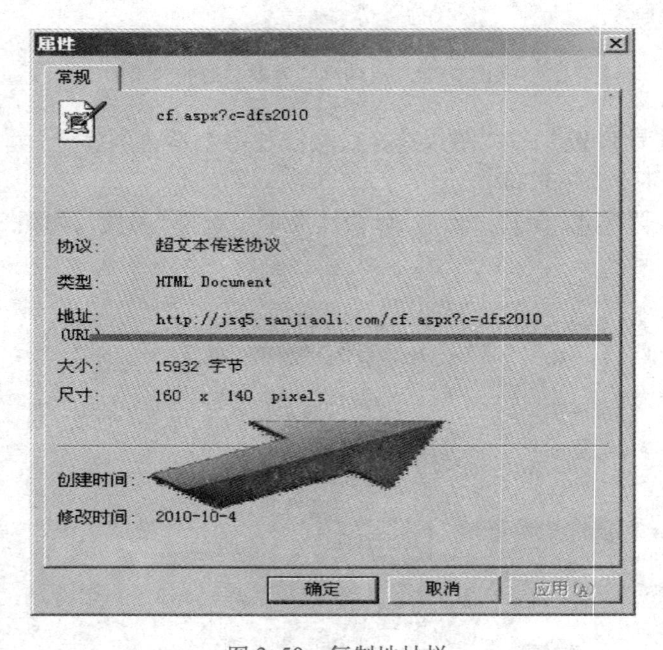

图 3-50　复制地址栏

(9) 进入淘宝“店铺管理”—“宝贝分类管理”，添加一个分类“本店计数器”，在图片地址中粘贴刚才复制的代码，单击“确定”后保存，如图 3-51 所示。

(10) 我们也可以进一步对计数器的显示细节作出调整。进入“统计设置”—“统计设置”，然后填写相关设置项，最后单击“修改”完成设置，如图 3-52 所示。

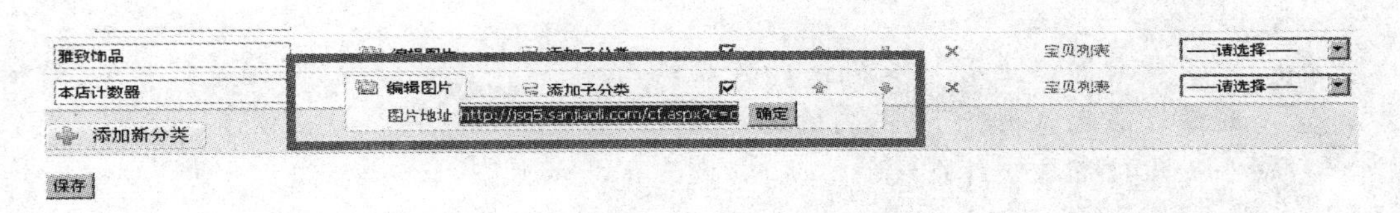

图 3-51　粘贴所复制的链接

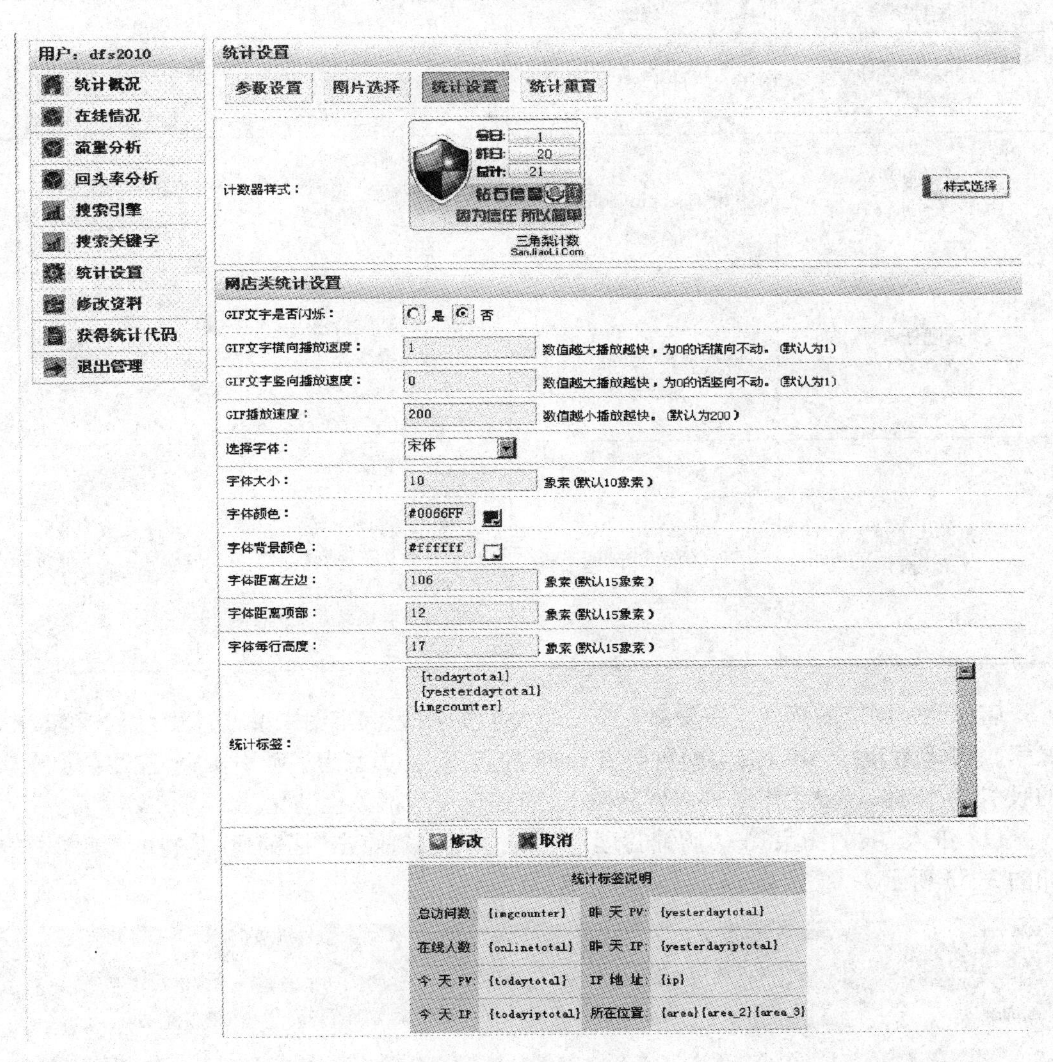

图 3-52　细节调节

除了分类图片、计数器等之外，还可以借助分类图片放置其他一些项目，例如日历、营业时间、顾客须知这类的内容。“三角梨”网站上提供了更多的图片应用功能。

4. 店招在线设计与应用

淘宝对等级在五心以下的商家免费开通了“扶植版”的淘宝旺铺，这个级别的旺铺功能比普通版的店铺功能要强很多，主要是可以对店招进行自定义。由于店标所处的位置很靠上，几乎可以称为是顶部的一个通栏广告位，因此，这个店招的设计是很重要的。下面我们看看如何自定义店招。在这里我们还是以最简单的在线编辑的方式来设置店招。

目前网络上有许多提供计数器的网站，有些是免费的，有些是付费的，使用前最好能先试用一下，不同的统计系统功能也有些不同。

几种常见统计系统的比较，如表 3-1 所示。

表 3-1 几种常见统计系统的比较

统计系统	申请地址	优点	缺点
我要啦统计 （免费）	http://51.la	统计系统专业 统计项目丰富 系统稳定性好	较适宜普通站点 缺少网店针对性 显示图标较单调
三角梨统计 （免费）	http://jsq.sanjiaoli.com	统计功能适合网店 显示界面美观 可更换显示模板 显示模板丰富	统计功能较少 界面定制操作不便
淘吧仔统计 （免费）	http://www.taobaz.com	统计功能全面 统计功能适合网店 显示界面美观 可更换显示模板 显示模板丰富	界面定制不够完善
量子店铺统计 （收费）	http://www.linezing.com	统计功能全面 专门针对网点开发 细化到每一个商品 数据分析功能强大 统计数据可保存 淘宝推荐统计系统 可用淘宝账号试用	每年花费 100 元 数据延时 5 分钟

店招就是网店的招牌。一般都有统一的大小要求，以淘宝网来说，店招为 950 像素 ×150 像素。格式为 jpg、gif（淘宝网自身有 flash 的店招）。卖家为了吸引买家，往往会追求店招的吸引性，由此，便滋生出了许多网店美工，店招也更加形象生动化。

（1）进入“我的淘宝”—“店铺管理”—“店铺装修”，点击“店铺招牌”行的“编辑”按钮，如图 3-53 所示。

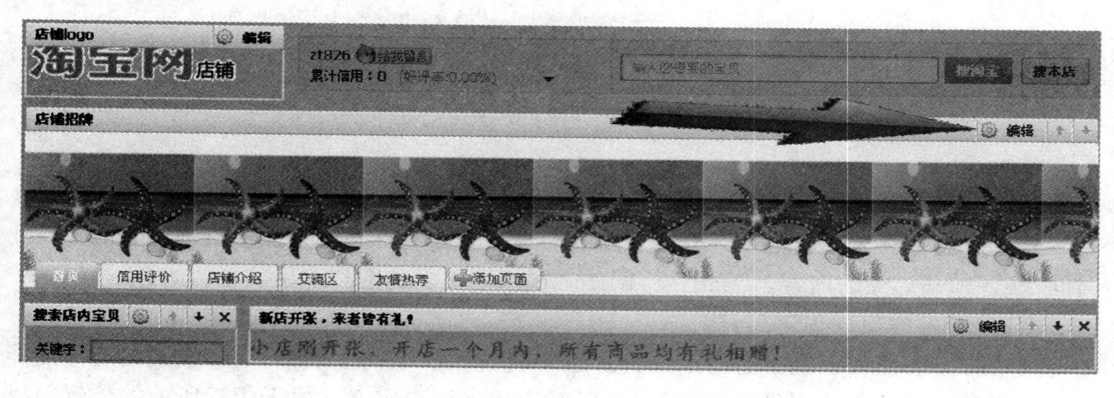

图 3-53 店招编辑界面

（2）单击“在线编辑”按钮，如图 3-54 所示，打开在线编辑界面。

（3）根据自己的网店装修风格，选择一个适合的店招模板，单击模板上方的“开始制作”按钮，如图 3–55 所示，进入编辑修改店招的界面。

(4)　选择需要修改的文字，在右侧属性栏内进行修改。单击“文字”按钮可以添加文字，单击“图片”按钮可添加图片、动画元件等，也可以上传本地图片到模板，修改完后单击“预览 / 保存”按钮，如图 3–56 所示。

(5)　设计完成的店招可以在“我的设计”标签中看到，单击“应用到店招”链接，如图 3–57 所示。

(6)　单击“发布”按钮，将修改后的店招应用到网店中去，如图 3–58 所示。

“三角梨”网站也提供简单的在线制作店招的模板，制作完的动画图片保存到自己的计算机上，然后再把这个图片通过编辑店招，上传到淘宝的图片空间。

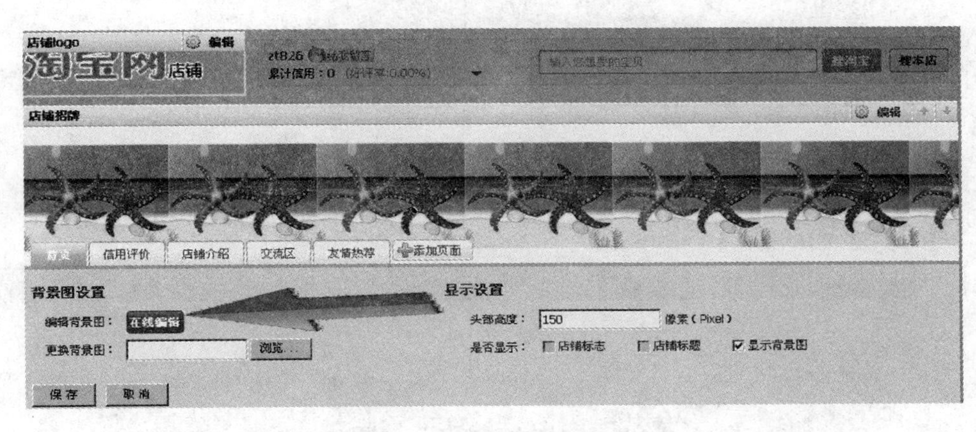

图 3–54　在线编辑界面

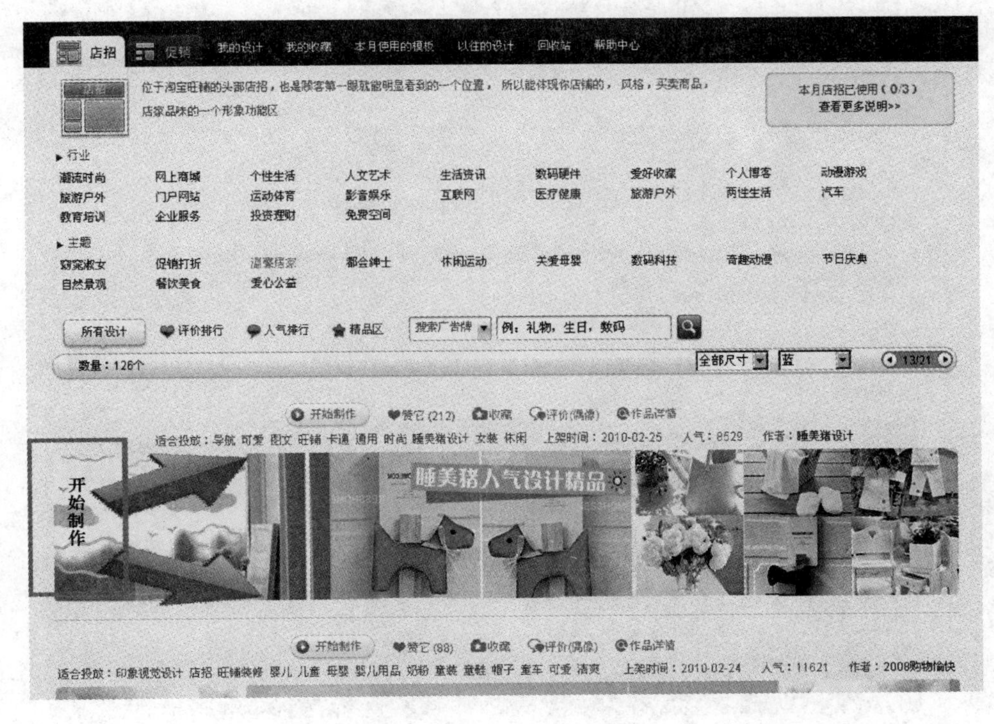

图 3–55　“开始制作”界面

图3-56　个性化需求设计

图3-57　“应用到店招”链接

图3-58　设计的店招应用于网页

示例

巧妇治家的风格

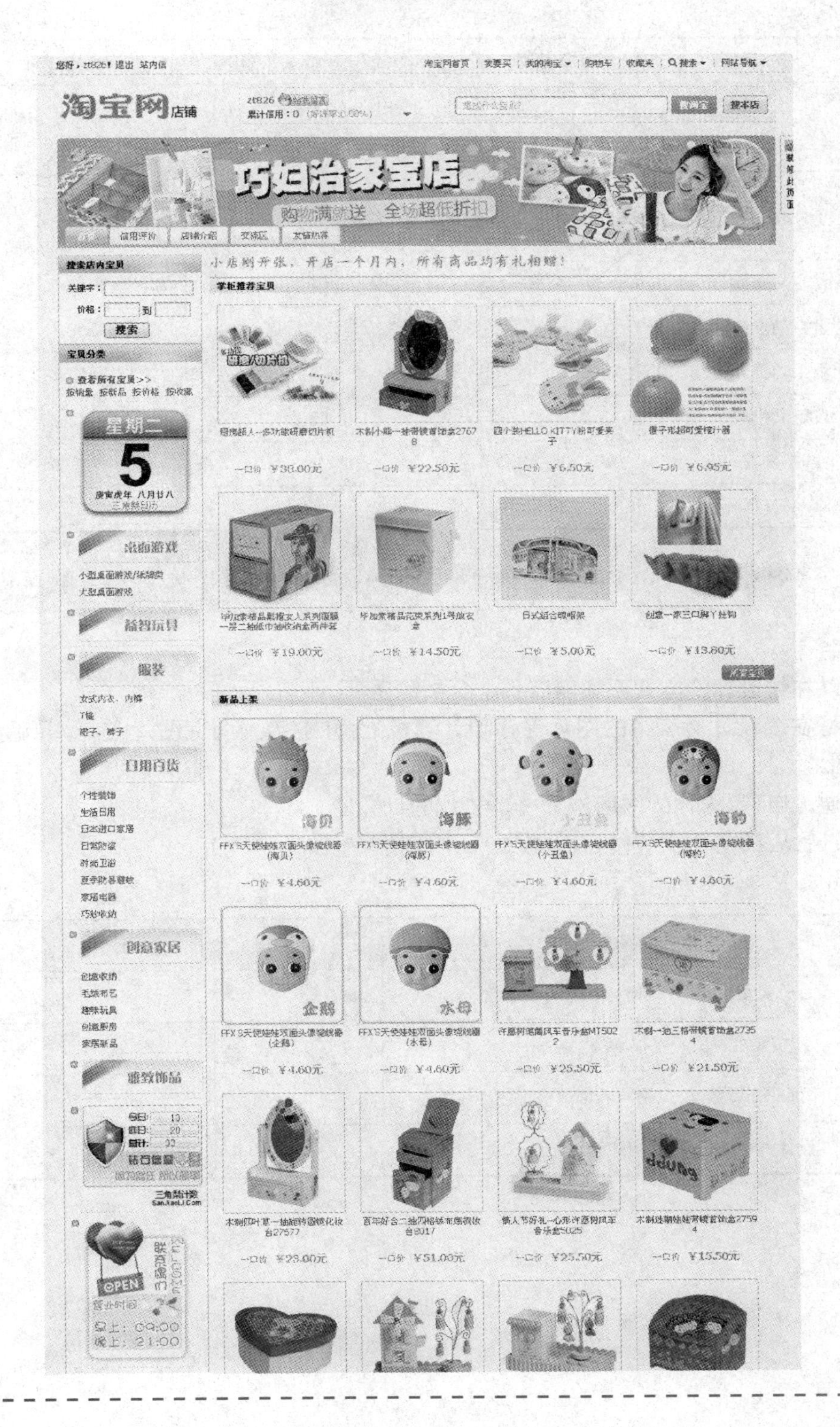
淘宝网店铺
巧妇治家宝店
购物满就送 全场超低折扣
小店刚开张，开店一个月内，所有商品均有礼相赠！
掌柜推荐宝贝
新品上架
搜索店内宝贝
宝贝分类
星期二
5
桌面游戏
益智玩具
服装
日用百货
创意家居
雅致饰品
OPEN
营业时间
早上：09:00
晚上：21:00

淘宝旺铺与普通店铺的功能对比如表3-2所示。

表3-2 淘宝旺铺与普通店铺的功能对比

主要对比项目	普通店铺	创业扶植版	旺铺标准版
订购费用	免费	免费（限“五心”及“五心”店铺以下）	（非消保）50元/月 （消保）30元/月
个性化首页	无	固定的旺铺版面	自由添加于移动各模块，更具个性
自定义页面	无	可添加1个自定义右边栏	系统页和自定义页均可添加
首页自动推广区	无	四个自动推广区	可添加多个推广区
店内手动推广区	无	无	可添加多个推广区
自定义模块	无	1个	有
掌柜推荐	6个	16个	16个
123show首页装修	无	无	有

淘宝相继推出了拓展版和旗舰版的淘宝旺铺，可自定义的模块更多，开放性更好。

【拓展训练】

1．以在线设计的方式添加网店各个分类的图片。

2．将在线设计所获得的图片保存到计算机上，并上传到淘宝图片空间，重新修改分类图片的地址。

3．通过申请，为你的网店添加一个美观的计数器。

4．进行店铺的初步装修，在线设计一个店招。

【任务评价】

评价内容	自评	组评	师评
设计分类图片，图片风格与店铺风格适应			
按要求将图片保存于淘宝空间			
添加一个计数器，风格与店铺风格适应			
设计一个店招，风格与店铺风格适应			

________________ 项目实训书 NO:

时间:________________

团队:________________

组员:________________

项目实训目的:____

____

____

____

任务 1:根据自己的经营,对店铺进行商品类目设计。

任务 2:通过 http://zz.sanjiaoli.com/yingye.php 创建你的营业时间标贴,并放置到网店的左边栏内。

任务 3:通过 http://sc.sanjiaoli.com/wdzxsc/zcsc 添加一些左侧栏的素材图片到你的网店左侧栏中。

我的“楼阁”设计蓝图

业务 4 买进卖出赚差价
——成本核算与合理定价

“我的”创业卡

学习目标

@了解网上开店的前期成本投入；

@利用定价策略确定店铺商品的合理价格。

项目招标

对网店的前期投入进行成本分析，并根据成本核算制定每种商品的价格。

任务分解

@前期成本分析；

@巧定商品价格。

引子

辛巴：“小蜜蜂们，给你多少个蜂币，你能开个网上蜂蜜直销店啊？”

蜜蜂甲：“100 个蜂币”。

蜜蜂乙：“1 000 个”。

蜜蜂丙：“1 500 个”。

……

究竟需要多少个蜂币呢？

任务 4.1 前期成本分析

【任务背景】

显而易见，网上开店之所以大行其道，是因为其具有启动资金低、便捷、经营方式灵活等优势，因此受到人们的欢迎。

【任务准备】

思考与讨论：对于网上开店，你会做哪些前期准备？网上开店需要投入哪些成本？

【任务流程】

网店初期成本分析。

【任务时间】

理论学习 1 课时，实践操作 1 课时。

【任务指导】

开始成本计算前，让我们从表 4-1 的信息中，寻找一下网上、网下开店的成本差异。

表 4-1　网上、网下开店的成本比较

项目	网上商店	网下商店
营业时间	全天候，24 小时	受限，一般 12 小时左右
工作时间	自由安排	受限，一般 12 小时左右
销售区域	全国甚至全球	周围区域居民
工作人员人数	较少	较多
店铺租金	0 元 / 月	较多，如 5 000 元 / 月
可展示的商品	不受限制	有限

可以看到，网上商店与网下商店相比，具有明显的成本优势。以淘宝网店为例，在网店初期启动资金约为 15 000 元，由 2 个人合作集资开店。一部分资金 10 000 元作为最初的运营资本，另一部分的 5 000 元用做流动资金周转货款，如表 4-2 所示。

表 4-2　网店初期成本分析

成本项目	分类	费用（元）
1．固定资产投入		
(1) 计算机		4 000
(2) 数码相机		1 500
2．网费		100（元 / 月）
3．店铺租金		0
4．商品推广费用		
(1) 商品包装费		200
(2) 线上推广费用	直通车广告	500
	其他线上广告	100
(3) 线下推广费用	宣传单	280
	海报	200
	书签	330
	名片	50
5．通信费		50
6．人工费用	员工工资	1 500 × 2=3 000
7．进货成本	商品	2 000
8．配送费用		300
合计		12 610

由表 4-2 计算可得，网店前期投入成本为 12 610 元。

+

+

网店有两种模式：简约型网店和稍豪华型网店。

简约型网店网店初期需要投入的成本主要有：固定资产投资（如购置计算机、数码相机等）、进货成本、人工费、网络费、通信费、商品包装及推广宣传费、配送费用等。以淘宝网为例，在淘宝网开通普通店铺和扶持版旺铺是免费的，只要注册账号之后开通店铺就可以使用了。

稍豪华型网店除了以上成本外，还有店铺租金等费用。

【拓展训练】

列出网店初期需要投入的成本，对开设的网店进行前期的成本分析。

【任务评价】

评价内容	自评	组评	师评
对网店初期需要投入的成本分析合理			
对网店初期成本计算准确			

任务4.2 巧定商品价格

【任务背景】

对顾客来讲，没有什么东西能比价格使他们更敏感。通过巧妙定价让顾客感受到他掏了很少的钱却买到了很好的东西，这对于增加店铺的销售量至关重要。

而对于卖家来讲，价格定得过高过低都不是理想的选择，如何合理定价是每一个网上创业卖家的必修课。

【任务准备】

了解并掌握基本的网络搜索信息的技能。

【任务流程】

掌握影响定价的因素→掌握定价的程序→运用定价策略完成商品定价。

【任务时间】

理论学习1课时。

【任务指导】

1. 掌握影响定价的因素

所谓影响定价的因素，即卖家在确定商品价格时应考虑的因素。主要包括：

(1) 店铺自身因素。

① 成本费用：成本是价格的基础，定价的高低也会最终影响店铺的利润。根据利润＝收入－成本，说明定价直接影响收入，即在成本不变的情况下，收入决定利润。

② 销售数量：定价过高，一定会影响产品销售的数量。而利润是由单位商品利润与销售数量的乘积决定的。可见，卖家有理由关注价格与销售数量之间的组合关系。

(2) 竞争者情况。一般卖家在确定自身产品价格时，都会到网上搜索一下同类商品的价格，然后结合自身因素作出初步定价。

(3) 消费者的接受程度及反映。结合竞争者销售情况及自身初次定价后消费者的反映情况，应对商品的价格作相应调整。

(4) 产品的生命周期。产品处于不同的生命周期，定价策略会有所不同。例如，市面上比较缺少的或者属于个性产品，就可以定一个较高的价格；而对于那些市场竞争激烈的产品，一般采用随行就市的定价方法甚至采用低价策略。

2. 掌握定价的程序

确定商品价格的具体过程如下：

(1) 选择定价目标。可以以获取当前最高利润为定价目标，或者以扩大市场占有率为定价目标，或者以适应竞争为定价目标，还可以以稳定价格作为定价目标等。

(2) 分析需求，预估或测定需求弹性。若因为价格的变动能够引起需求量大幅变动的产品，我们可以考虑适当降价来扩大销量。相反则没有必要制定相对低的价格。

(3) 估算成本。成本是价格的下限，一般情况下卖家定价是不能低于这个底线的，除非有促销需要。

(4) 分析竞争者的产品及其价格。正如我们在自家宝贝上架时，一定会先去淘宝网上搜索一下同类产品，甚至是同一产品，了解一下人家的定价情况，再结合自身的成本因素与定价目标等就可以有一个大概的价位。价格竞争的实质就是通过价格的调整，改变产品的性价比，促使消费者对商品重新作出评价。

(5) 确定定价策略和方法。常用的定价策略有薄利多销、厚利限销、差别定价、折扣定价、心理定价、随行就市等，可根据市场状况和产品销售渠道等条件，采取不同的定价策略。

基本的定价方法有成本导向定价法、需求导向定价法和竞争导向定价法。

(6) 确定最终价格。此时还应考虑制定的价格是否符合淘宝规定，是否符合自身的形象定位，是否符合对待竞争者价格的态度，是否考虑了消费者心理，是否考虑了内部人员的相关意见等。

3. 运用定价策略完成商品定价

有了网上商品定价的基本步骤，作为卖家想以价格取胜，也要学会运用一定的策略和定价技巧。

以下介绍一些网上的淘宝卖家常用的定价策略。

(1) 产品组合定价策略。一般在网上开店都会选择一个类别，比如选择数码类，则可以在店铺里销售一系列相关联的产品，而不是单一的手机或是相机。组合策略包括以下分类：

① 产品线定价：在某一类产品线中，如同是 T 恤，给产品定价时，可以选择部分产品定一个相对低的价格，可以在产品线中起到吸引消费者的作用。而一部分产品的价格却要相

对定得高，充当这一产品线中的品牌形象的同时也可顺利收回成本。最后是产品线中的其他产品，则可适当根据其在产品线中的重要程度来确定一定的价格。

② 互补产品定价：一般原则是降低互补产品中购买次数少的，而价格高低对消费者需求影响也比较大的产品价格。但同时需提高互补产品中消耗量大，消费者需要重复购买的产品价格。比如，某型号的手机和电池。销售手机的价格应该适当降低而对于电池的价格可适当提高。

③ 系列产品定价：来店铺的顾客如果单买一件 T 恤可按标价销售，如果 T 恤搭配裤子则给予部分价格优惠，如果再配上外套则给一个更优惠的组合价格。对于这样顾客既可以单买也可以配套购买的产品，可以采取系列定价的方法“诱导”顾客多买。

④ 分级定价：网上的消费者特征多样，消费水平、消费阶层等差别大，为满足不同档次消费者的需求，在进行产品定价时，可以将商品按其品质分成高、中、低等档次。这样既使自己的产品显得丰富也满足了不同消费者的需要。

(2) 折扣定价策略。

① 会员折扣：留住买家。

② 数量折扣：鼓励多买。例如，满 88 元包邮，满 200 元立减 20 元。

③ 季节折扣：减轻库存。不建议直接把价格标低，这样买家理解不了。所以我们就以活动的方式，例如，换季满 200 元送 200 元，这个比直接打五折的方式好。

(3) 心理定价策略。

① 尾数定价：让买家感觉便宜，例如，吊坠 99 元。体现精确，例如，丝巾 9.99 元。买家会觉得这个产品价格是精确确定的。吉利数字，例如，手机 998 元，追求吉利，是很多中国人的心理需求。不要总想网购的人都是贪便宜的、购买力有限的人。很多人根本就不在乎几块钱的。

② 整数定价：一是引导多买，例如，核桃 100 元 4 斤包邮。在北方的菜市场比较常见，例如苹果，十块钱三斤，买家会觉得这东西不是按斤卖的，而是按价钱卖的，会引导买家多买。

二是彰显尊贵，例如，衣服，量身定制 1 万元 / 套。尊贵的东西，体现身份，奢侈品常用这种定价方法。

【拓展训练】

1. 分析影响自身产品定价的主要因素。

2. 采用定价程序及定价策略对店铺的某一系列产品进行合理定价并阐述理由。

【任务评价】

评价内容	自评	组评	师评
对影响定价的因素分析合情合理			
对于系列产品定价方法应运得当			
定价理由阐述充分			
最终价格确定属合理范畴			

______________项目实训书　　NO：

时间：______________

团队：______________

组员：______________

项目实训目的：____

____

____

____

任务 1：核算与分析网店前期的投入成本。

任务 2：能通过网络寻找出同类产品的最低（最高）价格产品，并分析它们的定价理由。

任务 3：分析影响自身产品定价的主要因素。

任务 4：阐述自己定价的主要过程及应用的策略。

任务 5：评判同桌或者团队其他人员对某一商品的定价。

业务5 巧舌如簧描商品——商品描述与图片展示

"我的"创业卡

学习目标

@ 学会利用文字及有关方法，对商品进行精心描述；
@ 了解商品数字化的工具和主要使用方法；
@ 掌握常见商品的拍摄手法和技巧；
@ 掌握利用工具软件对照片进行后期处理的方法。

项目招标

通过文字描述给定商品，拍摄清晰的商品照片；文字描述要求精、细、准，拍摄要求主体突出，能说明商品特性，并对照片进行后期处理。

任务分解

@ 字斟句酌描商品；
@ 因地制宜拍商品；
@ 简单快捷饰照片。

引子

辛巴："今年选秀怎样啊？"

小蜜蜂："大王，请听——今年的秀女年芳十八，是沉鱼落雁之色，闭月羞花之貌，更为关键的是个个贤良淑德、秀外慧中，尤其是这个——聪明绝顶！大王请看……"

辛巴："咦！？怎么是个秃头？"

任务5.1 字斟句酌描商品

【任务背景】

来自 The E-Tailing Group 的调查报告称："79% 的消费者不会在网上商店购买一个没有详细描述文字、图片的商品。"

写好商品的描述文字，能够有效地促使交易的达成。

【任务准备】

了解并掌握基本的网络搜索信息的技能。

【任务流程】

选择描述要点→确定叙述结构→运用叙述技巧完成商品描述文字。

【任务时间】

理论学习 1 课时，实践操作 1 课时。

【任务指导】

1. 选择描述要点

商品描述中一般会包含功能、用途、用法、用量、储存环境、使用环境等。据统计，网上商品介绍中涉及商品的详细用途和功能的有 67%；涉及商品工作环境信息的有 61%；涉及产品附件清单的有 61%；涉及商品不同的规格、型号的信息的有 58%；涉及商品的质量认证文件、标准认证的有 51%；涉及商品的特点、特性的有 45%；涉及商品使用流程说明的有 27%。与商品标题的撰写方法相比，商品描述的写法是具体化的写法，而商品标题的撰写则是浓缩、精简的写法。

常用的商品描述方法有九宫格法和型录[①]要点法。

(1) 九宫格法。九宫格法就是在白纸上画个九宫格，中间一格填上自己产品的名字，其他的 8 格填写可以帮助该产品销售的产品优势项目，如表 5-1 所示。

表 5-1 雪地靴的九宫格法描述

里料材质佳	皮面 100% 羊毛	…
保暖效果佳	雪地靴	…
尺码合适	鞋底材料	…

在九宫格法的基础上，以简短的文字逐条表述商品的特点，这被称为“点列式”描述。例如，某卖家对上述“雪地靴”的“点列式”描述如下：

面料：100% 羊皮【羊皮比牛皮透气性高，羊皮柔软度高】。

里料：70% 混纺羊毛【零下 25℃都保持温暖】。

鞋底：高纯度树脂橡胶发泡复合底【柔软、稳定性高、耐磨、防滑】。

高度：鞋底 2 cm，鞋高 28 cm 左右【39 码测量样本】【35 码高度大概 28 cm】【尺码越小，高度也会随着降低】【非常符合中国女性体形，达到最好的审美标准】。

筒围：42 cm 左右。

尺码：按照日常的尺码来选择，尺码很足，里面虽然毛很长又绒密，设计的时候都考虑进去了，举例：日常穿 36、37，那选择我们雪地靴请买 36 就合适。

(2) 型录要点法。型录要点法是指把产品型录上的特点照抄下来，再对每个特点进行延伸。例如，图 5-1 所示的“佳能 IXUS105 相机”的描述。

2. 确定叙述结构

(1) 三段式结构。商品描述常可使用“三段式”写作法。第一段对商品的主要信息作精

① 型录：英文“Catalog”，即编目、目录、样册等意思，是直接与消费者接触的商业服务品目。

实用高性能
28mm广角，约1210万有效像素，4倍光学变焦，
2.7"“晶炫II”LCD
约1210万有效像素，让你轻松拍摄出色彩分明、层次丰富的好照片

IXUS 105是一款拥有千万以上像素的小巧相机。约1210万有效像素，让你轻松拍摄出色彩分明、层次丰富的好照片。即使将照片放大再放大，依旧能欣赏到令人惊叹的美丽高画质，甚至好像能闻到照片中鲜花的芬芳或者食物的香甜气息呢！
丰富模式
多种拍摄模式可供选择，并新增了“低光照”模式
低光照模式

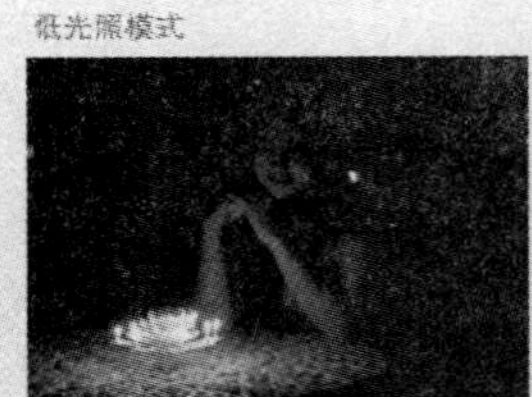
普通模式

低光照模式
在傍晚或室内等光线不足的地方，较难拍出理想的照片。为使在昏暗场景下也能轻松拍出主体和背景都清晰明亮的照片，新增“低光照”模式，使相机在提高ISO感光度上限的同时，还能够根据当前场景来自动控制ISO感光度。在“低光照”模式下，IXUS 105的最大感光度可达到ISO 6400*，同时还可提高连拍速度，即使暗处也能拍出美丽的照片。
DIGIC 4
影像处理器，为你拍下令人心动的美丽身影
先进的面部优先功能
◆ 及时倾斜角度也能将你的脸拍得美丽
DIGIC 4影像处理器，让人像拍摄更为出色。能迅速检测到人脸，并可在运动情况下持续追踪，因而令拍摄者不会错失拍摄良机。即使是在光线不十分充足的较暗场景，亦能拍到清晰美丽的脸。

以往的机型

配有DIGIC 4的新机型
休闲五色
充满休闲感觉的色彩，造型简约更便携
五种休闲色彩

Canon
IXUS 105系列给人以轻松的休闲感，共有五种休闲的颜色：新叶绿、玫瑰粉、深栗褐、晨露银、水晶蓝。丰富的色彩带来个性化的选择，呈现出使用者的独特气质。另外，精致的前后盖采用铝涂层，为机身带来有光泽的细腻质感。

图 5-1　佳能 IXUS105 相机的“型录要点法”描述

要浓缩的介绍，第二段要点逐一说明展开，可以使用点列式，如上面对雪地靴的描述；或者用文段式，例如上面对佳能 IXUS105 相机的描述。采用点列式，比较清楚明了，写作难度也较低。第三段的主要作用是进一步激发顾客的购买欲加强信任感，所以要强化商品的某一点，以增强顾客的购买信心，例如对售后服务的承诺、产品真伪的辨别方法、商品保养知识、官方授权等。

例如，图 5-2 所示是商品“云子”三段式描述中第三段的一些内容。

(2) 三维度视点。

① 从顾客的维度描述商品。在网上店铺经营中做好客户服务是非常重要的一个环节，良好的客户服务不仅能给顾客带去愉快的体验，卖家自身也能从服务中获取大量的顾客需求信息。聪明的卖家应努力获取顾客最为关注的需求信息，进而为商品描述服务。顾客想要的就是我们追求的！

[云子保养油的使用]

1．将黑子放入容器中；2．将保养油滴入 3-4 滴；3．将棋子用手搓揉均匀；4．保养完成。

图 5-2　“三段式”写作法中第三段写法示例

② 从竞争者维度描述商品。研究竞争对手吸引客户的亮点，分析客户的需求比重，如关心价格客户的比例、关心商品质量客户的比例、关心包装客户的比例、关心运送速度客户的比例等，然后在商品描述上进行有针对性的回答。这样客户会惊喜地发现，原来他需要解决的问题我们早就帮他解决好了。此处总体原则有两个，一是“人无我有”，二是“人有我优”。

③ 从商家自身的维度描述商品。优秀的卖家在采购前必然做好三方面的信息采集和分析工作：一是市场的信息，二是供应商的信息，三是本店铺的信息。因此，卖家是最全面了解商品的人。为什么要采购这个商品？供应商推荐这个商品的原因是什么？市场接受这个商品的原因是什么？店铺有哪些资源能保证把这个商品卖好？这些数据可以指导卖家对商品进行描述，而且卖家无疑是和供应商沟通接触最多的人，他更容易获取竞争对手的情报。

【拓展训练】

1．查询网上资料，运用九宫格法以点列式写出一件十字绣作品的描述文字。

2．针对自己比较熟悉的一件物品，写出其三段式描述文字。

【任务评价】

评价内容	自评	组评	师评
语言精练、语句顺畅，无逻辑错误			
作为读者，能读懂文字描述			
基于产品实情，真实描述			
描述的维度全面			
特色鲜明，能与其他同类产品区分			

任务 5.2 因地制宜拍商品

【任务背景】

虽然许多商品都有生产厂商提供的官方照片，但是根据调查显示，网上购物的顾客更倾向于购买商家拍摄有实物照片的商品。拍好商品的照片是提高销售商品可信度的有力保障。

【任务准备】

数码相机、三脚架、全开白色卡纸、夹子、桌子、小积木、广口灯等。

【任务流程】

选择拍摄设备→布置拍摄环境→完成照片拍摄。

【任务时间】

理论学习 1 课时，实践操作 3 课时。

【任务指导】

1. 选择拍摄设备

(1) 照相机。用于拍摄商品的照相机一般都是数码照相机，通常分为两种：单反数码照相机（如图 5-3、图 5-4 所示）和卡片式数码照相机（如图 5-5、图 5-6 所示）。

图 5-3 CANON EOS 5D 数码单反照相机

图 5-4 NIKON D3X 数码单反照相机

图 5-5 索尼 T99C 卡片式数码相机

图 5-6 三星 PL100 卡片式数码相机

单反照相机是“单镜头反光照相机”的简称。在单反照相机中又常按其性能分为入门级、准专业级和专业级。以佳能 EOS 的系列为例，入门级的有 EOS 500D、EOS 550D 等；准专业级的有 EOS 50D、EOS 60D 等；专业级的有 EOS 5D、EOS 7D 等。所有的单反照相机从外形上识别都有一个基本的特征——镜头体积很大，而且镜头和相机的机身是可以分离的，一个相机可以更换多种不同的镜头使用。

卡片式数码相机因其体积小巧、携带方便，成为目前使用最广泛的数码照相机。这些数码相机的尺寸一般都接近于一张信用卡的大小，因此被冠名为“卡片机”。卡片机的外形特征是闪光灯固定嵌入在相机上，且镜头一般是不可更换的。目前常见的镜头类型有图 5-5 所示的索尼 T99C 的潜藏式镜头和图 5-6 所示的三星 PL100 的伸缩式镜头，装备潜藏式镜头的卡片机，通常比装备伸缩式镜头的卡片机更轻薄便携。

为了能够拍出适合于各种网上商店使用的照片，数码相机必须满足以下条件：

① 必须配备标准三脚架接口。在很多时候为了避免手持相机按下相机快门时发生抖动，而影响照片的清晰度，我们必须对相机进行固定。因此无论是使用卡片机还是单反机，标准三脚架接口是必备的。我们可以在相机的底部看到标准三脚架接口。

② 必须具备微距功能。很多时候我们需要拍摄一些小物体如戒指、耳环等，为使被摄商品充满画面需要靠被摄商品很近，如没有微距功能的话将无法清晰成像。而且微距拍摄模式下，画面的景深范围很小，拍摄主体后面的背景会有虚化的朦胧效果，可以衬托出拍摄主体的精致。我们可以在相机的操作按钮或操作菜单上找到表示微距功能的全球统一标识——郁金香，如图 5-7 所示。

图 5-7　数码相机上功能选择键

③ 必须具备感光度 ISO 可调功能。ISO 标示了相机对光的敏感程度，ISO 越高对光的反应越灵敏，因此高感光度适合在微弱光线下拍摄，但是使用高感光度拍摄时会有很多的噪点，使得画面清晰度受到影响。而某些相机在弱光条件下拍摄时相机自动转换为高感光度 ISO 模式从而影响成像整体质量，所以选择相机时应该选择具有手动设定感光度 ISO 功能的相机。

④ 必须具有自拍功能。在微距、弱光等拍摄情况下，相机的轻微抖动都会严重影响画面清晰度，而我们在按动快门瞬间所产生的轻微移动足以引起这样的不良效果。因此，在选择相机时应该选用具有自拍功能（该功能的使用方法请参考实际使用的相机操作说明书）的相机。在自拍模式下配合使用三脚架，按下快门等待 2 秒或 10 秒后，相机会自动进行拍摄，而这时由于人早已不再接触相机了，相机是稳定的，因此可以拍摄出清晰的照片。

⑤ 必须具备长焦功能。长焦的功能从表面来看就是可以将较远的被摄体拉近拍摄，其效果相当于望远镜，所以一些专业相机的长焦镜头也被称为望远镜头。我们在拍摄商品时虽然被摄体不会离我们的相机很远，但是，长焦镜头（或者变焦镜头的长焦功能）却可以给我们提供一个特殊的效果——突出重点。因为焦距越长，拍摄的景深范围就越小，可以起到突出拍摄主体的效果。一般的卡片机可以达到 3 ～ 5 倍的变焦效果，如果各方面功能相差不大的话，应尽可能选择变焦倍数大的相机。如果使用的是单反相机，则可以专门配备固定焦距的长焦镜头或可变焦距的“变焦镜头”来实现。

(2) 三脚架。在拍摄商品照片时，相机的通光孔径（术语叫“光圈”）越小，成像就越清晰；感光度 ISO 越低，成像也越清晰。但是，相应的拍摄时间就越长，在这段时间中遇到相机抖动、晃动的可能性就越高。在拍摄时，手指按下相机的快门，相机会因此而晃动，在拍摄中人的呼吸和心跳也会使相机发生轻微的移动，这些都直接导致照片模糊。使用三脚架可以起到稳定相机，确保所拍照片不因震动而模糊的作用。

现在市面上的三脚架种类很多，价格从十几元、几十元到上万元不等，对普通的商品拍摄而言一般有两种三脚架可供选择——Mini 三脚架和标准三脚架。

Mini 三脚架具有携带方便、价格低廉（售价 15 元左右）的特点，可以直接在桌面上放置使用，总高度大约 15 ~ 25 cm。由于其整体重量轻，承重能力只有 400 ~ 600 g，脚撑范围较小，无法支撑体积、重量较大的单反相机，只能用于普通卡片机的拍摄需要，如图 5-8 所示。

标准三脚架有两种结构，一种是普及型三脚架，如图 5-9 所示，三个脚的角度只能整体调整，三个脚与中柱之间有连杆和套筒结合在一起，以增强整体的稳定性，由于这个“连杆-套筒”结构的存在，脚张开的角度很小，只有 30 度左右，无法进行较低位置的拍摄。这种三脚架价格较低，市场售价是 60 ~ 150 元。另一种是专业型三脚架，如图 5-10 所示，三个脚是独立的，其角度可单独设置，张开的角度可达 70 ~ 80 度，甚至可以反转，俯拍时不会将三脚架自身摄入镜头，可满足较低位置拍摄的需要，部分型号的中柱可以倒装，拍摄高度更低。

图 5-8 Mini 三脚架

图 5-9 普及型三脚架

图 5-10 专业型三脚架

(3) 照明灯具。拍摄商品时可以使用自然光、普通灯具照明和专业照明设备。由于专业照明设备价格颇高，对刚开始进行商务应用的商家来说可暂不考虑。如果能够用好自然光和普通灯具照明则同样能拍摄出好的照片。

因为数码照相机最初是为自然光下拍摄而设计的，在灯光照明下拍摄的照片会有偏色的情况发生，因此使用数码相机拍摄时需要选择日光型的照明灯具或通过数码相机的“白平衡”调整功能来进行纠正。一般日光型的灯色温应该为 5 400 ~ 5 500 K，如图 5-11 所示，使用白炽灯照明色温低于 5 400 K，使用荧光灯照明色温高于 5 400 K。一般小型桌面物品、饰品等照明使用两个 80 W 5 400 K 的广口灯即可，如图 5-12 所示。如果是拍摄服装等大型商品则可考虑使用室外自然光照明拍摄。

拍摄环境分为室内与室外。室外环境与天气、时间紧密相关，如果遇到天气不好，拍摄计划就要落空，因此有的专业拍摄人员会装备专用的外拍灯具来弥补光线的不足。室内拍摄环境中除用到前面提到的照明设备外，还需要准备一些辅助设备。

(4) 拍摄台。我们可以在桌子上放一把凳子，然后加一张全开的白色卡纸，用夹子或胶带纸将其固定，搭建简易的拍摄台，如图 5-13 所示；也可以购买专用的简易拍摄台，如图 5-14 所示。

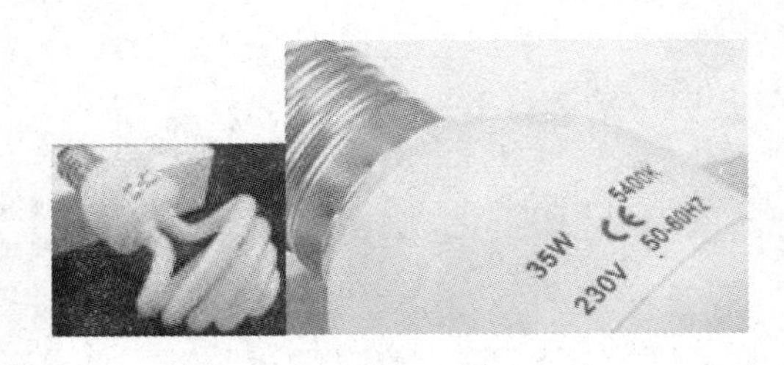

图 5-11　色温 5 400 K 的日光型节能灯

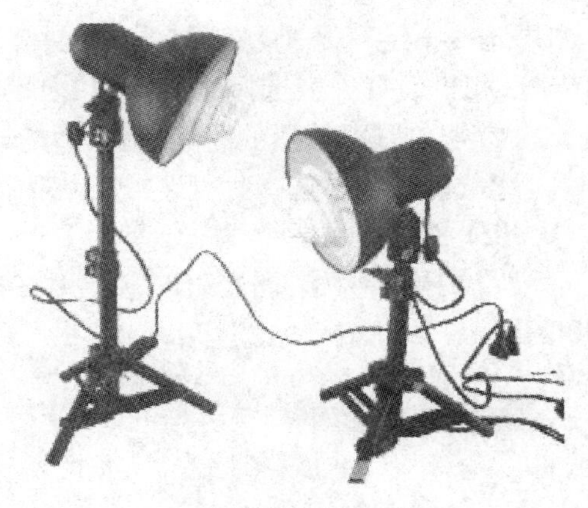

图 5-12　广口灯

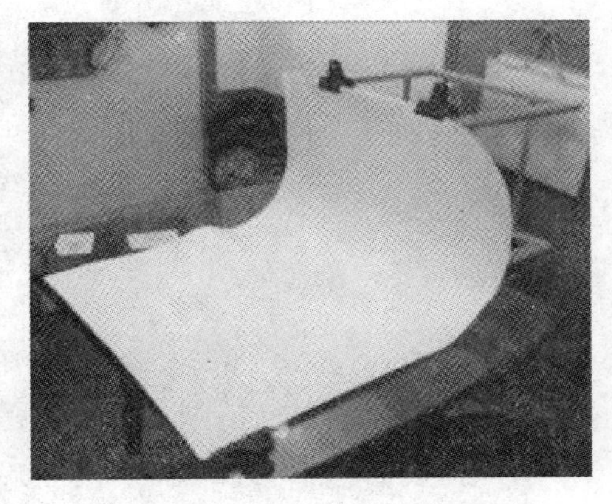

图 5-13　自制的简易拍摄台

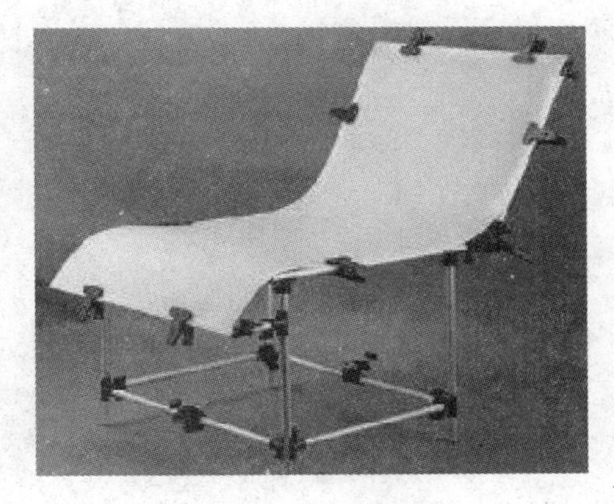

图 5-14　专用简易拍摄台

“阿拉”宝盒

自制小型拍摄箱的办法可参考网上的教程。

网址：http://yduoo.com/bbs/read.php?tid-43790.html。

(5) 反光板。在没有专用灯光，只有房间灯光照明时，拍摄的商品下会有明显的阴影，阴影的存在会使画面主体不突出，因此需要消除或减轻阴影。我们可以使用简易反光材料在阴影一侧来进行补光，常见的反光板如图 5-15 所示。

2. **室内拍摄商品的技巧**

(1) 使用室内普通灯光和简易静物拍摄台拍摄物体。

① 根据环境光的特点，关闭自动闪光，设置好白平衡。因为我们希望拍摄的光线柔和一点，这样对于商品的高光部分能够很好地表现，如果使用闪光灯的话，光线太强，高光部分都会变成一片雪白，不能表现出商品的细节。因此，一般我们都是将闪光灯关闭来进行拍摄的。

图 5-15　市面上常见的反光板

如果光线不足可以通过三脚架和长时曝光来加以解决。通常拍摄环境中使用的是日光型荧光灯，相机设置中应选择好适合的“白平衡”。

② 摆放好要拍摄的商品，适当增加一点装饰物。

③ 选好角度，选择好微距或长焦拍摄模式，开启自拍进行拍摄。

(2) 拍摄实例。

① 拍摄实例 1：弱光照明下使用三脚架长时间曝光拍摄，主体各处光照均衡，如图 5-16 和图 5-17 所示。

图 5-16 拍摄实例 1 效果

图 5-17 拍摄实例 1 环境

本拍摄实例的相机参数如表 5-2 所示。

表 5-2 拍摄实例 1 的相机参数

快门速度	1 秒	最大光圈	F3.3
光圈	F4.5	闪光	关
焦距	15.9	测光方式	点测光
ISO	80	拍摄程序	程序模式
曝光补偿	0.0	相机型号	DSC-W150

本拍摄实例的曝光时间是 1 秒，如果不使用三脚架拍摄的话，画面肯定是模糊的。而使用三脚架后，曝光过程中可以保证相机稳定，使成像清晰。

② 拍摄实例 2：利用微距功能拍摄商品，如图 5-18 所示。

使用微距功能进行拍摄，近处的主体是清晰的，远处的物体是模糊的，本拍摄实例的相机参数如表 5-3 所示。

③ 拍摄实例 3：拍摄书籍类商品时，以突出质感为目的，如图 5-19 所示。

图 5-18 拍摄实例 2 效果

表 5-3 拍摄实例 2 的相机参数

快门速度	1/2 秒	最大光圈	F3.3
光圈	F3.5	闪光	关
焦距	5.8	测光方式	点测光
ISO	80	拍摄程序	程序模式
曝光补偿	0.0	相机型号	DSC-W150

图 5-19 拍摄实例 3 效果

书籍的拍摄应突出其装帧、厚度和纸张的质感，使购买者能够对书籍有一个感性的认识，此外如果能提供书籍的试读章节更可以提高顾客的购买欲，本拍摄实例的相机参数如表 5-4 所示。

④ 拍摄实例 4：多角度的拍摄，全面展示商品信息。

表 5-4　拍摄实例 3 的相机参数

快门速度	1/4 秒	最大光圈	F3.3
光圈	F4.5	闪光	关
焦距	15.9	测光方式	点测光
ISO	80	拍摄程序	程序模式
曝光补偿	0.0	相机型号	DSC-W150

为了全方位地展示我们的商品，我们可以从不同角度来拍摄，这样传递的商品信息就会比较丰富，顾客在查看商品的信息时，对商品的真实性和商家的诚信度的认可度会提高，如图 5-20、图 5-21 所示。

图 5-20　拍摄实例 4 多角度拍摄全方位展示商品

⑤ 拍摄实例 5：局部特写，使得商品更细致化，如图 5-22、图 5-23、图 5-24 所示。

除了多角度展示商品之外，有时为了表现产品的结构、质感和细节，我们也可以对产品的局部进行特写展示。

⑥ 拍摄实例 6：流程式商品照片拍摄，进一步全面展示，如图 5-25、图 5-26 所示。

某些商品的常规状态和使用状态是不一样的，我们在拍摄时可以将不同的状态都拍摄下来，让顾客对商品的实际使用情况有更全面的了解。

图 5-21　使用小积木将物体以一定的角度支撑起来方便拍摄

图 5-22　拍摄实例 5 的环境

图 5-23　拍摄实例 5 的常规效果

图 5-24　拍摄实例 5 的细节特写效果

图 5-25　拍摄实例 6 的一种状态

图 5-26　拍摄实例 6 的另一个状态

⑦ 拍摄实例 7：利用“光点”，吸引顾客，提升商品价值。

要拍出商品的特点来，实例 7 中的相机表面发光的型号如果不拍出来就缺少特色了，图 5-27 明显比图 5-28 要活了许多。顾客看到第一张照片后的购买欲一定比看到第二张照片的购买欲要强烈。此外，灯具等都可采用这种拍摄手法。

图 5-27 拍摄实例 7 的效果

图 5-28 拍摄实例 7 的常规拍摄效果

⑧ 拍摄实例 8：角度不同，效果不同。

拍摄卡片时要尽量避免正面拍摄，正面拍摄显得比较死板，如图 5-29 所示。我们可以在卡片后面放一个支撑物，然后从斜的角度来拍摄，如图 5-30 所示。

图 5-29 拍摄实例 8 的正面拍摄效果

图 5-30 拍摄实例 8 的侧前方拍摄效果

⑨ 拍摄实例 9：拍摄环境营造出商品新视觉。

某些很零散的物品放在一堆拍摄效果不好，通过一些环境的包装，营造一点气氛出来，既表现出个体的特质，又比独立个体拍摄的效果好，如图 5-31 所示。本实例中的围棋子如果独立拍摄的话会显得很单调，结合草编棋罐和一点红色的干花点缀，既表现围棋子的材质又有一种优雅的效果，使得画面具有一种文化的气息，与购买者的品位协调一致，形成一种自然的亲和力。拍摄时注意景深范围大主体不够突出的问题，如图 5-32 所示。控制好景深，画面构成中突出以围棋子为主体，如图 5-33 所示。

图 5-31 拍摄实例 9 的环境

图 5-32 拍摄实例 9 的大景深效果

图 5-33 拍摄实例 9 的短景深效果

【拓展训练】

1．选择合适的设备，搭建一个光照良好的拍摄环境，拍摄一件工艺品的一张清晰照片。

2．选择合适的设备，搭建一个光照良好的拍摄环境，营造出一定的艺术氛围，拍摄一件工艺品的一组照片，要求成像清晰，亮度合适，选取多个角度，表现出材质的质感和细节。

【注意事项】

只要你能遵循以下几个原则，使用卡片机一样能拍出好照片：

1．光线要柔和，不要开闪光灯，能够表现出商品表面的质感。

2．感光度 ISO 调到最低，拍摄的画面清晰，但必须使用三脚架和自拍功能。

3．选择与实际光照相符的白平衡。

4．采用微距靠近拍，或者采用长焦远距离拍，获得背景虚化效果。

5．借助小道具获得更好的拍摄条件和效果。

6．将商品照当做艺术照来构思，忌“平、正、直”。

【任务评价】

评价内容	自评	组评	师评
根据拍摄产品和环境不同,选择适宜的设备和布置环境			
能进行微距拍摄,效果突出			
能进行多角度拍摄			
能进行细节拍摄			
能对书籍类产品进行拍摄			
根据产品,灵活地进行拍摄,突出产品细节和特点			

任务5.3 简单快捷饰照片

【任务背景】

我们拍摄的照片总是或多或少要进行一些后期处理的,因此需要使用一些工具软件来满足这样的需求。常用的专业软件就是Photoshop,通常被称为PS。PS功能很强大,但是使用该软件所需的操作比较复杂,需要较多的时间来学习,在这里我们来学习几个操作方便的、功能强大的照片处理软件。

【任务准备】

能够连接互联网的计算机,能够下载和安装软件。完成了上一节任务,拍摄了商品的照片。

【任务流程】

调整照片质量→装饰照片→照片大小调整。

【任务时间】

理论学习1课时,实践操作2课时。

【任务指导】

1. "光影魔术手"图像处理软件

(1) 软件的获得。光影魔术手是一款操作便捷、功能丰富的免费图像处理软件,我们可以到光影魔术手的官方网站(http://www.neoimaging.cn)去下载。该软件免费下载、免费使用、没有使用时间限制,也不会在处理的图像上留下广告的痕迹。

(2) 软件的安装。双击安装文件,提示进行安装。安装完成后,桌面上就会留下光影魔术手的图标,双击该图标就能启动光影魔术手软件。

(3) 常用功能。

① 调整色阶。拍摄的原照片因光线较暗,故画面看上去有点偏灰,这是我们拍摄商品时经常遇到的问题。我们可以通过调整色阶的方式来处理。

首先使用光影魔术手打开需要处理的照片,如图5-34所示。

然后依次单击右侧工具栏中的"基本调整"——"色阶",如图5-35所示。

然后选择"通道:R红色通道",分别拖动黑色三角和白色三角到黑色山峰状图形的边界,如图5-36所示。

然后仿照上面的操作,分别选择"通道:G绿色通道"和"通道:B蓝色通道"作相同的操作,如图5-37和图5-38所示。

处理前后的效果对比,如图5-39和图5-40所示。

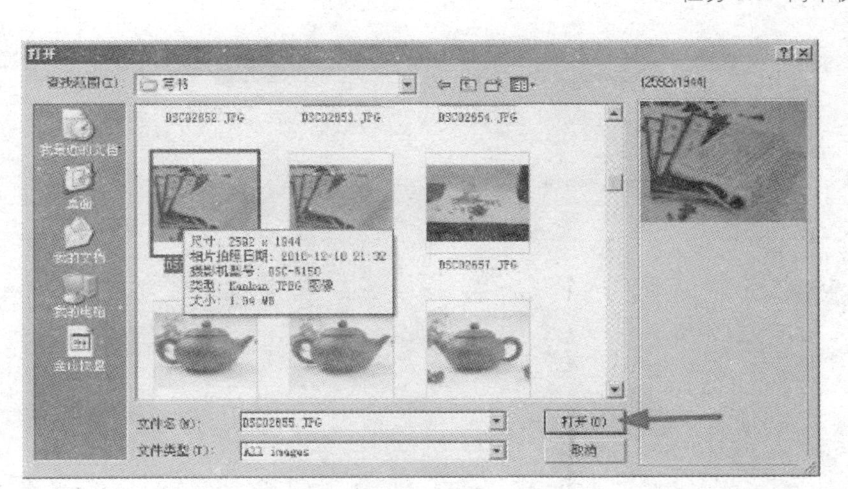

图 5-34　打开对话框

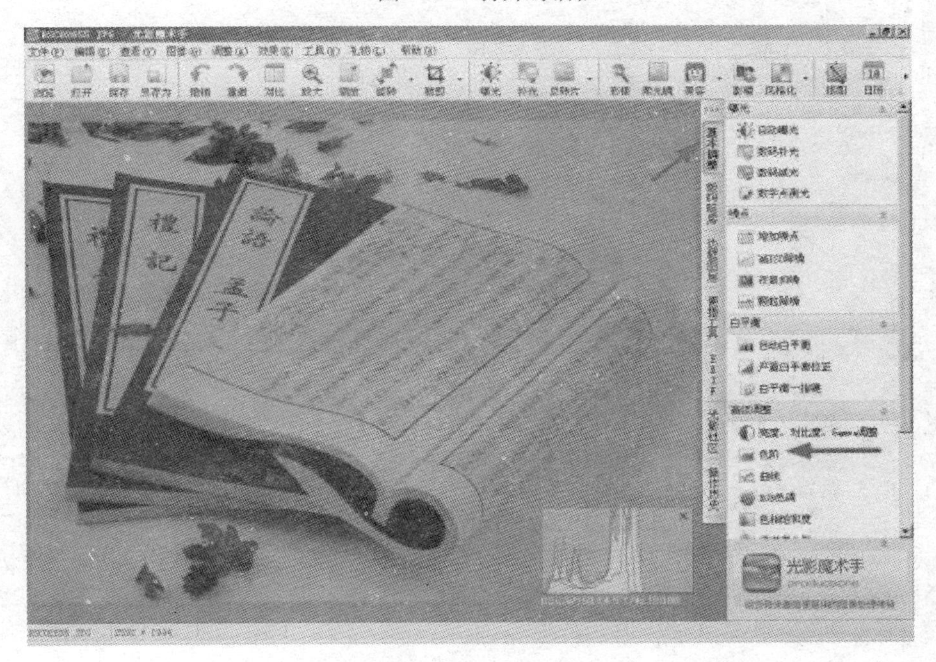

图 5-35　单击“基本调整”和“色阶”

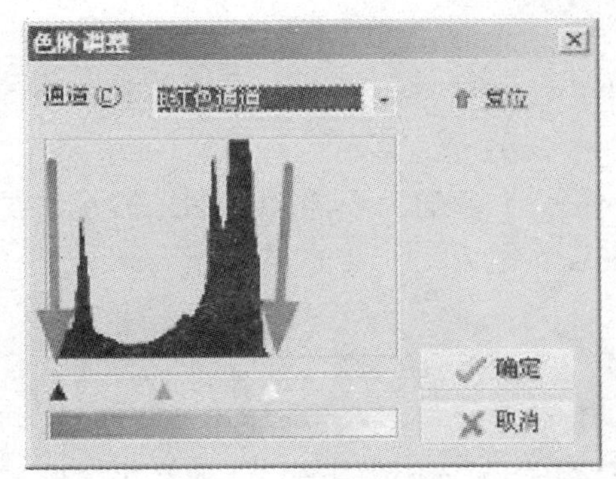

图 5-36　调整红色通道的色阶

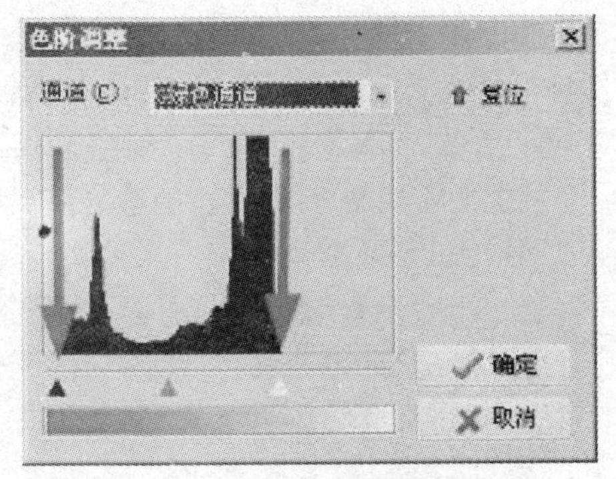

图 5-37　调整绿色通道的色阶图

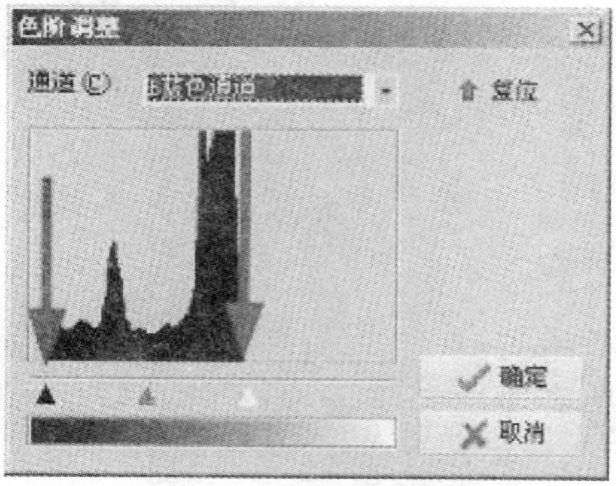

色阶调整

通道(C) 蓝色通道 复位

确定

取消

图 5-38 调整蓝色通道的色阶

图 5-39 调整色阶前的效果

② 添加边框。给照片添加合适的边框可以使照片的表现形式更加精致和活泼，光影魔术手提供了从简单到复杂的各种边框效果，操作过程非常简单。

首先，使用光影魔术手打开需要添加边框的照片。

然后，单击“工具”菜单，选择“花样边框”，如图 5-41 所示。

图 5-40 调整色阶后的效果

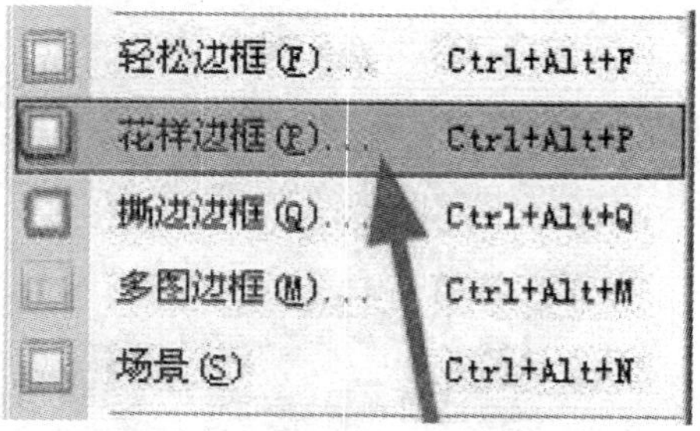

轻松边框(F)... Ctrl+Alt+F

花样边框(P)... Ctrl+Alt+P

撕边边框(Q)... Ctrl+Alt+Q

多图边框(M)... Ctrl+Alt+M

场景(S) Ctrl+Alt+N

图 5-41 单击“花样边框”菜单项

在“花样边框”对话框中，左上角可调整照片在边框中的显示区域和大小，调整后单击左下角的“预览”按钮可以在中间看到效果；右侧可选择不同的多种边框；选好后，单击“确定”按钮，如图 5-42 所示。最后将文件保存即可。

③ 添加说明文字等。首先，使用光影魔术手打开照片。然后，单击“工具”菜单，选择“自由文字与图层”，如图 5-43 所示。

在“自由文字与图层”对话框中，我们可以添加各种文字、标注等，来对商品进行个性化的说明。在效果满意后，单击“确定”按钮可应用各种修改。

④ 添加标签文字。我们拍摄的照片作为我们产品的一部分，不希望在网上展示时被其他人盗用，因此，经常会在照片上添加统一的版权信息文字。

首先，使用光影魔术手打开要处理的照片。

然后，单击“工具”菜单，选择“文字标签”菜单项，如图 5-44 所示。

在文字标签对话框内选择各项参数，如输入文字、确定文字的位置、使用背景色等，单击预览可看到效果，如图 5-45 所示。如果对效果满意则单击“确定”按钮，添加文字后的效果如图 5-46 所示。

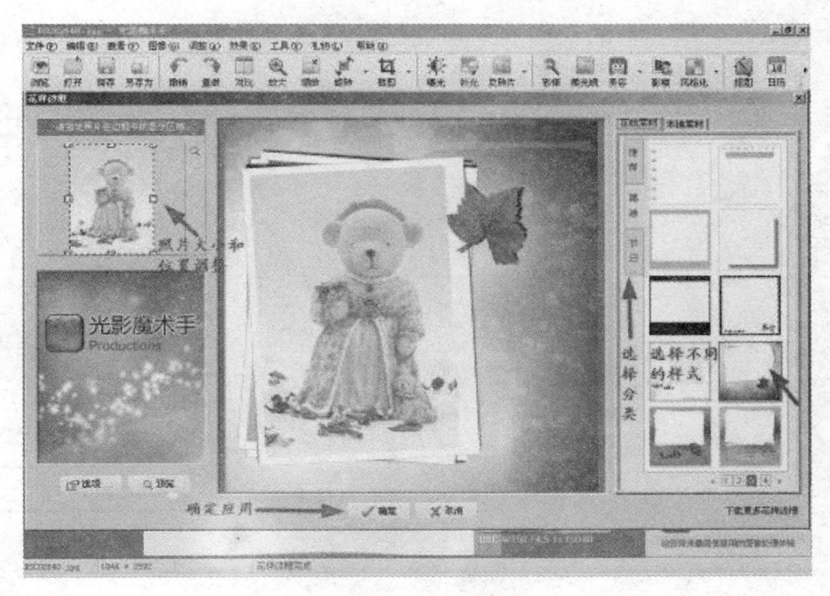

图 5-42　调整边框

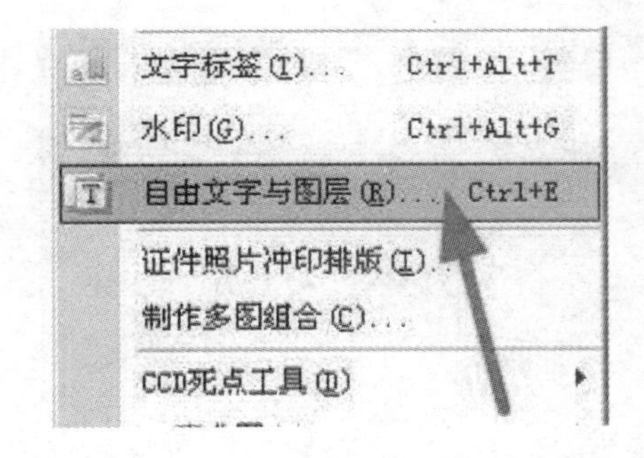

图 5-43　单击“自由文字与图层”菜单项

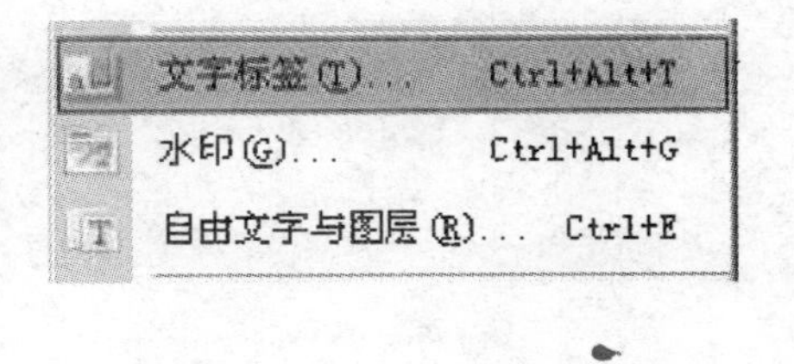

图 5-44　单击“文字标签”菜单项

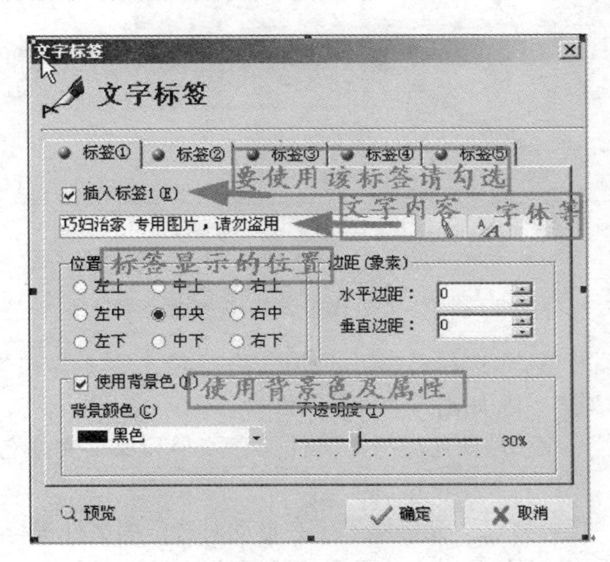

图 5-45　文字标签对话框

⑤ 批量处理。展示商品的图片如果量很大，又是采用相同的处理方法，比如添加相同的标签等，我们可以使用批量处理的方法。

首先，启动光影魔术手，打开“文件”菜单，选择“批处理”菜单项，如图 5-47 所示。

图 5-46 添加文字标签后的效果

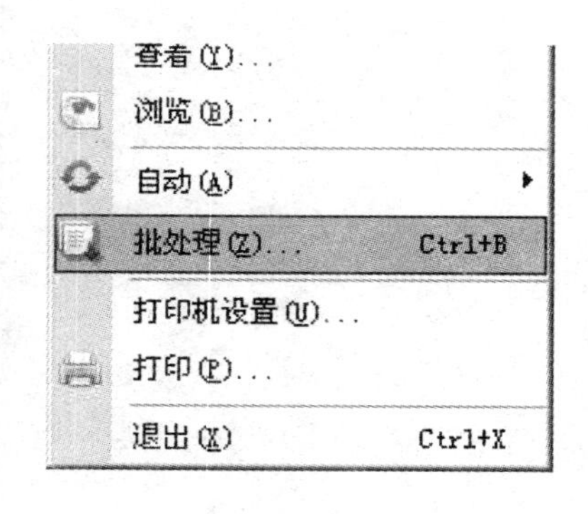

图 5-47 单击“批处理”菜单项

添加要处理的照片文件，可以逐个文件选择，也可以将整个目录进行处理，如图 5-48 所示。

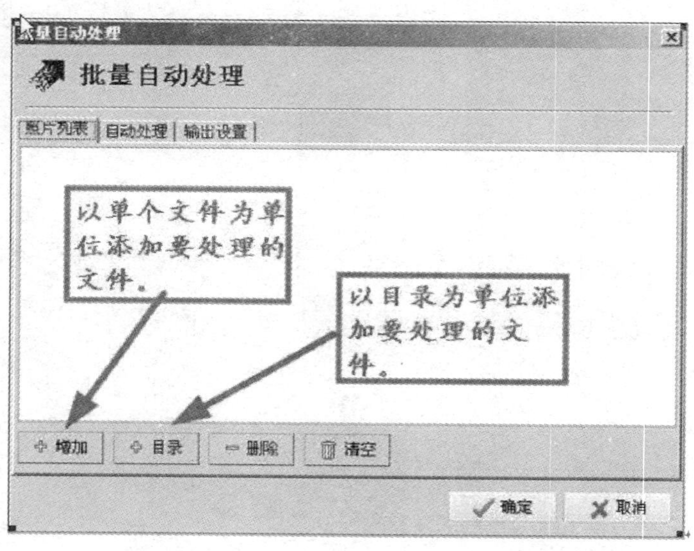

图 5-48 批量自动处理对话框——添加图片

切换到“自动处理”标签，先选择要应用的动作，进行配置，然后单击“+”按钮，将需要的设置功能添加到“动作列表”中，如图 5-49 所示。

切换到“输出设置”标签，对批处理后的文件保存路径和保存文件名等进行设置，如图 5-50 所示。

全部设置后，单击“确定”按钮，光影魔术手会自动对选定的文件进行操作。

注意：批处理是不可恢复的，因此一定要仔细选好批处理的各个选项。

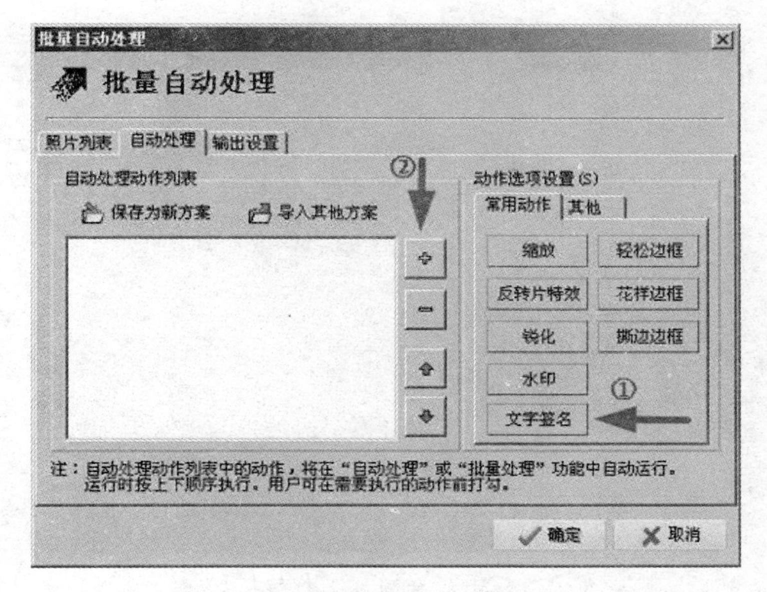

图 5-49　批量自动处理对话框——自动处理设置

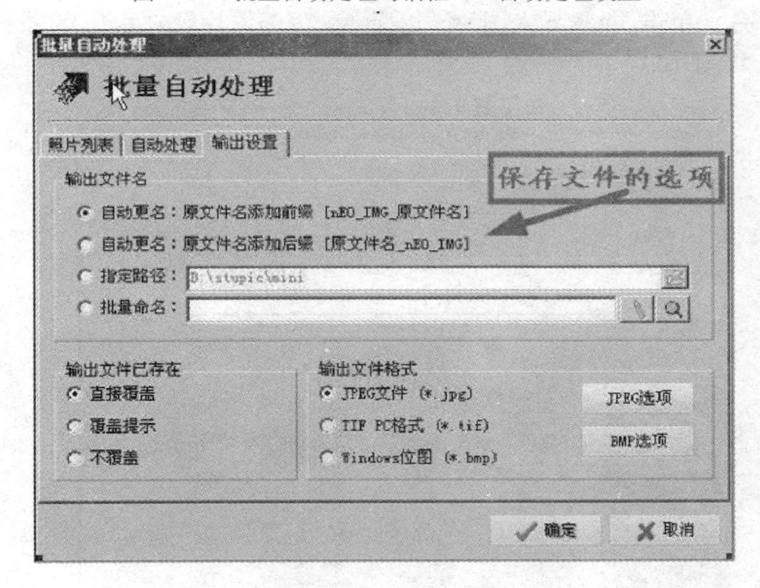

图 5-50　批量自动处理对话框——输出设置

2. “美图淘淘”图像处理软件

(1) 软件下载和安装。“美图淘淘”是专用于淘宝等网店进行照片处理的软件，可以从美图淘淘的官方网站(http://taotao.meitu.com)下载到该软件的最新版。美图淘淘具有批量图片处理能力，解决网店卖家修图难、重复性工作量大的问题。它具有图片处理，添加装饰素材、边框、文字等修图软件的常用功能，最为特别的是用户可同时对多张图片进行处理，所有操作都是“一步动作，批量同步到所有图片”。

将软件下载安装后，双击桌面上的“美图淘淘”图标，就可以启动美图淘淘软件，如图5-51所示。

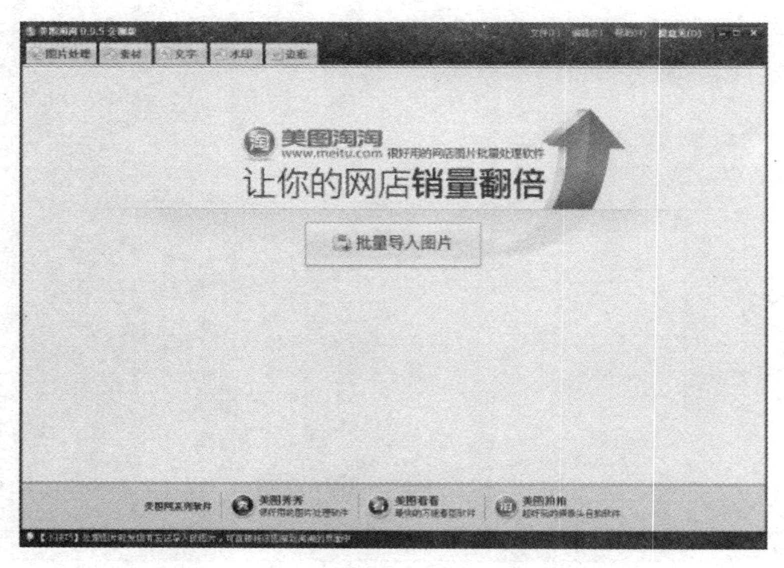

图 5-51 “美图淘淘”打开后的界面

(2) 导入照片。单击“批量导入图片”,选择要处理的图片后即可进入“批量导入图片”对话框,如图 5-52 所示。

图 5-52 批量导入图片对话框

原始照片一般尺寸会比较大,不适合在网上传输,我们可以根据照片用途的不同选择不同的选项,如“宝贝描述”、“宝贝描述小图”和“宝贝图片”等,也可以自定义大小。有的时候照片拍摄时相机可能是竖位的,在“批量导入图片”界面中还可以将照片顺时针或逆时针旋转 90 度。

单击“确定导入”按钮后,即可进入图片编辑的界面,如图 5-53 所示。

单击“图片处理”标签，在界面右侧显示“图片微调”功能选项，如图 5-54 所示，可以调整图片的亮度、对比度、色彩饱和度、清晰度，调整照片的色彩，还可快速选择照片的美化效果，有柔光、锐化、智能绘色和黑白色功能，如图 5-55 所示。

图 5-53　图片编辑界面

单击“素材”标签，界面右侧显示“添加素材”功能选项，如图 5-56 所示。在“添加素材”选项中显示的素材是在线素材，只有计算机连接网络的情况下才能显示出具体的装饰素材。选择相应的分类，再单击需要添加的装饰素材，就可以将这些素材添加到照片上了，如图 5-57 所示。我们只需要将这些素材的大小、位置、透明度等加以调整即可。

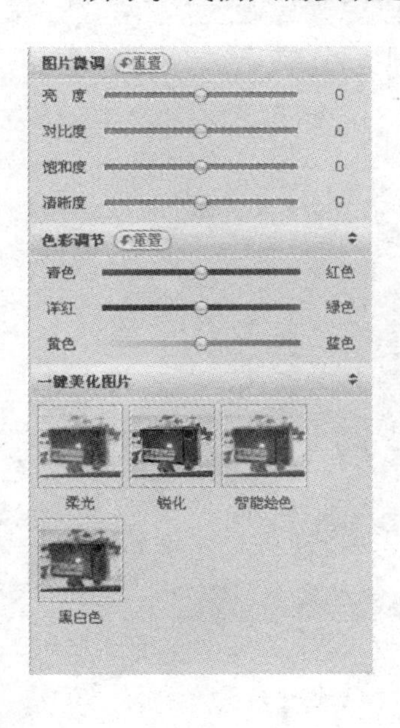

图 5-54　“图片微调”工具栏

图 5-55　图片微调处理前后的对比效果

单击“文字”标签，界面右侧显示“添加文字”功能选项，如图5-58所示。在文本输入框中输入需要显示的文字，调整字体、字号、色彩、描边等选项后，单击“新增文字”按钮，就可以将文字添加上去了，效果如图5-59所示。

有的文字可能在以后的照片处理中还会使用，我们可以将它们作为“水印”保存起来，在今后的使用时可以直接调用，而不用再重新输入，如图5-60所示。

单击“存为水印”按钮，界面右侧显示“添加水印”功能选项，如图5-61所示。可以单击“新增水印”按钮将一些现成的小图片作为水印，也可以直接使用在前面保存的图、文作为水印。

单击“边框”标签，界面右侧显示“添加边框”功能选项，如图5-62所示。选择需要的边框单击后就可以添加到照片上了，如图5-63所示。一些角标在美图淘淘的软件中是属于“添加边框”功能中的。

图5-56 “添加素材”工具栏

图5-57 图片添加素材前后的对比效果

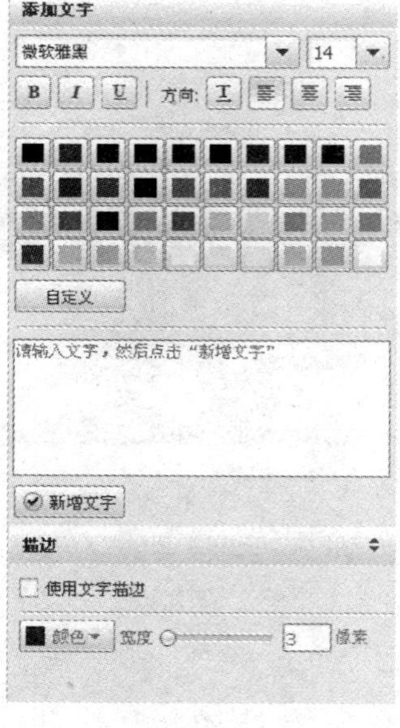

图5-58 “添加文字”工具栏

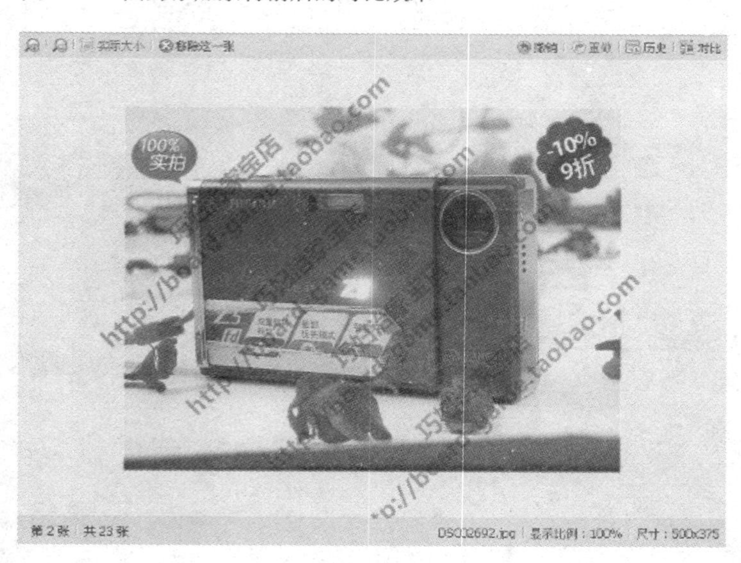

图5-59 添加文字后的效果

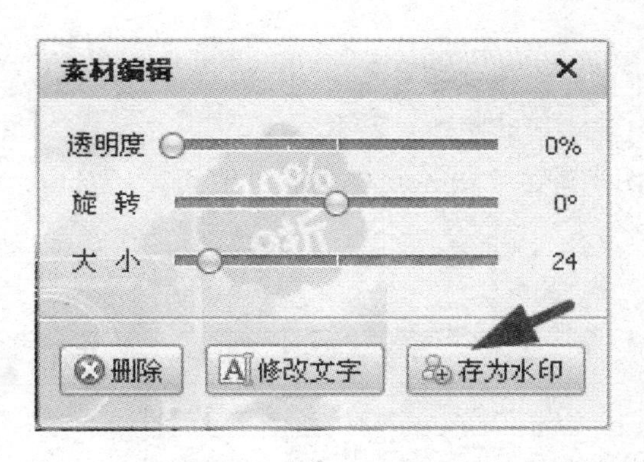

图 5-60　“素材编辑”对话框

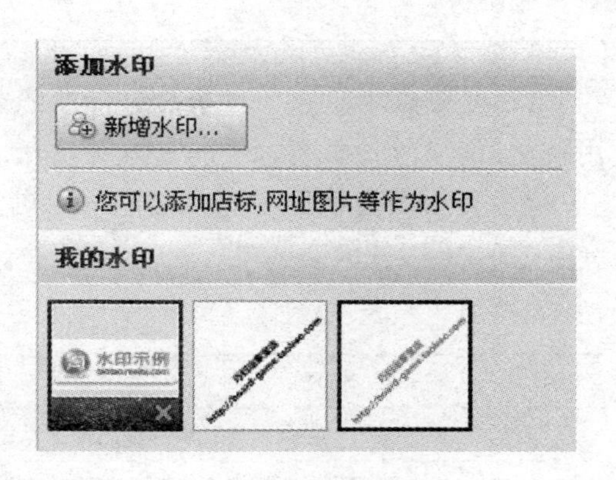

图 5-61　添加水印工具栏

图 5-62　“添加边框”工具栏

图 5-63　添加边框后的效果

设置完各种装饰、水印之后，只要单击“生成图片”按钮，如图 5-64 所示，就可以将最初添加进来的所有照片一次性处理好。

图 5-64　“生成图片”按钮

【拓展训练】

1．选择合适的软件调整所拍摄的商品照片，使照片适用于网上商品的展示。

2．选择合适的软件处理所拍摄的商品照片，为照片添加说明文字、水印的版权文字和边框。

【注意事项】

1．光影魔术手是一种照片处理功能非常丰富而操作又非常简单的工具软件，更多的使用技法，请参考光影魔术手的官方网站介绍和内置的帮助文件。

2．美图淘淘软件的更多功能可以参考美图淘淘的官方论坛中的软件使用技巧（http://taotao.meitu.com/help.html）。

【任务评价】

评价内容	自评	组评	师评
能根据现有照片提出修正意见			
利用图片处理软件，根据修正意见进行处理			
处理后的图片能达到预期目标			
能使用合适的软件添加促销、新品等信息			
能利用水印增加照片的版权信息			

________项目实训书 NO:

时间:________

团队:________

组员:________

项目实训目的:________

____

____

____

任务 1:选择四种不同的商品,使用适当的方法写出商品的具体描述文字。

任务 2:对市场上的数码相机进行一次小调查,比较 4 款不同品牌卡片机的功能和价格,从中选出你认为最佳的一个,并写出你的理由。

任务 3:拍摄商品清晰的照片 10 张,掌握数码相机对焦的方法;使用微距拍摄商品清晰的照片 10 张,要求背景虚化,主体清晰;使用数码相机的变焦功能,在长焦端对商品进行拍摄,要求背景虚化,主体清晰。

任务 4:通过搭建的简易静物拍摄台,拍摄 4 组不同商品的照片,要求清晰、美观、主次分明。相互交流拍摄心得,然后再重新拍摄。

任务 5:利用光影魔术手软件对拍摄的照片进行后期加工处理,并添加上防止盗用的说明。

任务 6:利用美图淘淘软件对拍摄的照片进行后期加工处理,添加网店的地址、店主的联系方式等。

业务 6 广而告之聚人气——商品推广与店铺宣传

“我的”创业卡

学习目标

@了解潜在客户获取购物信息的主要渠道；

@熟悉淘宝等网店搜索排名规则，能利用排名规则对网店内容进行优化；

@掌握网店平台内和网店平台外推广自己商和店铺的主要方法。

项目招标

针对宁波海产品的网店作出一个优化方案和推广方案。

任务分解

@搜索优化巧定名；

@站外宣传增流量。

引子

蜜蜂甲：“大王，我的蜂蜜小店已经开了好久，就是没有人来，我郁闷啊！”

蜜蜂乙：“我万能的王啊，我的也是！”

谁能救救我的小店啊？

截至2009年3月淘宝上的商家总数已经超过182万，作为一个新手卖家，店铺信誉度低，要在分类目录中或商品搜索结果中排在首页是一件非常艰巨的任务，而如果你的产品或店铺不能在前3～5页中出现，则客户访问的概率接近于零。如果没有客户访问怎么可能有业务成交呢？所以，在网店建成后就需要对店铺进行推广，以访问量作为成交的基础。

虽然网络上各种信息和资源很丰富，从理论上说我们发布在网上的商品信息应该都能被人找到，但是实际上网络上各种商品信息实在太多了，我们发布的

信息虽然在搜索结果中，但是要想让人翻过 5 页、50 页、500 页后找到我们的信息这种可能性实在是太低了。因此对我们发布的信息需要进行优化和推广，只有这样才能提高人们访问到我们商品信息的可能性。

任务 6.1　搜索优化巧定名

【任务背景】

人们进入网店选购商品时最常用的操作，就是利用网店平台的搜索功能，通过输入关键词来搜索相关商品。如果我们的商品在搜索结果中排在第 10 页，那么这个结果跟排在 100 页的效果是相同的——无人问津。我们的商品能不能在顾客的搜索结果中排在靠前的位置，是决定有没有人能通过搜索系统找到这些商品的重要条件。

【任务准备】

了解并掌握基本的网络搜索信息的技能和文案写作技能。

【任务流程】

了解搜索排名规则→搜索优化。

【任务时间】

理论学习 1 课时，实践操作 2 课时。

【任务指导】

1. 了解搜索排名规则

2010 年 10 月，淘宝对其搜索排名规则进行了改革，其目的是提升顾客使用体验。这就是说，淘宝的搜索结果排名，是从买家的角度来考虑问题的。淘宝正在努力提高“搜索 - 成交转化率”，使“搜索”更好地服务于交易，提升商家和买家在“搜索”中的效益。

新规则中的排序规则是：在消保优先、搜索相关性、橱窗推荐的前提下，在一定下架时间范围内，按店铺的服务质量各项指标分权重综合排序。

(1) “消保”优先。“消保”就是指店铺如果加入了淘宝的“消费者保障”，可以更好地保障消费者的权益，从消费者的角度来说，网上购买跟实体店购买最大的差别是网购看不到实物，所以风险远远大于实体店，消费者更愿意搜索到的宝贝是有安全承诺的，淘宝很多排都是从消费者角度来考虑的。

(2) “搜索相关性”排序。“搜索相关性”就是我们的商品名称中的文字的匹配程度，如果你的商品名称中没有出现关键词的话，是不可能出现在建一个好的商品名称是我们需要仔细去学习和体会的。

(3) “橱窗推荐”。“橱窗推荐”是淘宝的系统内功能，每(目前的普通用户是商品种类的 15%) 的免费推荐位。家店，每家店都会把自己店内的一些特别能吸引顾客的然店内的商品有成百上千，但是陈列在橱窗里的商品是有限品，具有招揽生意的作用。淘宝橱窗推荐的意义就是这样。例其中“婚纱A”是橱窗推荐商品，而另一种“婚纱B”不是橱窗推荐商品，那么当有客户搜索“婚纱”这个关键词时，在其他情况相同的条件下婚纱A就会优先于婚纱B在搜索结果中列于前面。

（4）“下架时间”优先。“下架时间”是指一件商品在淘宝的店铺中出售的截止时间。在商品上架出售时需要指定有效期，目前可供选择的有效期是7天和14天，从设定的商品正式开始销售时间起经过7天或14天后商品就自动下架停止销售，停止销售的时间就是下架时间，如图6-1所示。目前淘宝的规则中将搜索时间6～24小时内到期的商品优先列于前面。例如，当顾客搜索“婚纱”时搜索时间是2010年12月14日20：00，商品中有两种婚纱，婚纱A到2010年12月15日19：00就到期下架了，另一种婚纱B到2010年12月15日21：00到期下架，如果这两种婚纱其他各方面情况都相同，则搜索结果中婚纱A将列在婚纱B前面。

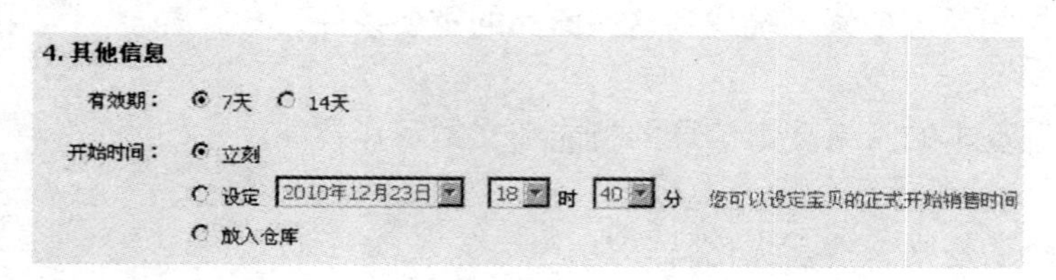

图6-1 商品发布时设置商品销售有效期

（5）“服务质量”优先。“服务质量”是一个综合的指标，一般包含作弊程度、违规扣分程度、退款率、投诉率、发货速度、买家评分等。其中某些指标可以在我们店铺的后台管理中找到，单击“我是卖家”标签，单击“卖家经营报告查询”，即可看到详细的报告，如图6-2所示。

图6-2 “卖家经营报告查询”链接

通过这个“卖家经营报告”我们可以非常直观地看到自己网店的各项运作指标，以及与同行之间的差距，如图6-3所示。分析这个报告能让我们知道自己今后努力的方向，而此报告也会提供给我们一些改进的建议。

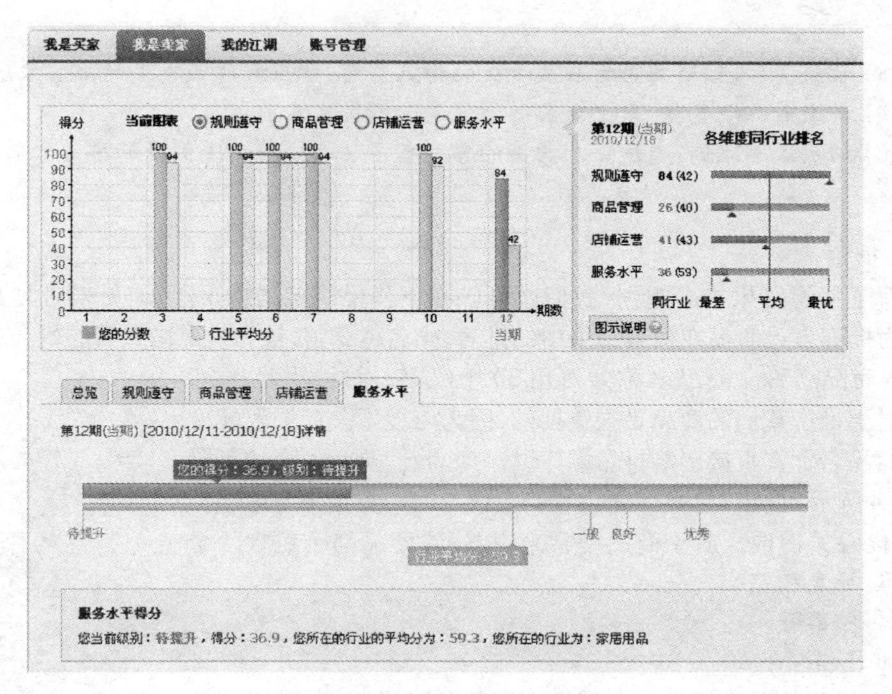

图 6-3 “卖家经营报告”

搜索排名的部分重要指标如下：

(1) 商城优先，消保其次，无消保最后。

(2) 店铺级别高优先，级别低列后。

(3) 无作弊优先，有作弊按百分比排列，百分比高的排在后面。

(4) 违规扣分少的排在前面，违规扣分多的排在后面。

(5) 退款率：按退款率高低排列，退款率低的排位靠前。

(6) 转化率：以进店人数中购买人数的百分比排列，转化率高的排位靠前。

(7) 投诉率：投诉率（以每百件商品计算）低的排位靠前。

(8) 旺旺在线时间：以每天旺旺在线时间的多少排列，在线时间长的排列靠前。

(9) 买家评价分数和好评率：评价分数高的、好评率高的排名靠前。

(10) 旺旺平均第一响应时间：每天从收到每一位客户的咨询信息起到与之进行第一次回答之间的时间为称为一次第一响应时间。每天的平均第一响应时间短的排名靠前。

(11) 发货速度：平均发货速度快的排名靠前。

(12) 下架时间：在商品下架前 6 ～ 24 小时内，先到结束期的排名靠前。

(13) 支付宝使用率：所有交易中支付宝使用率高的排名靠前。

(14) 橱窗推荐：橱窗推荐的商品排名靠前。

(15) 店铺服务质量：店铺服务质量得分高的商家产品排名靠前。

(16) 30 天内宝贝好评率：30 天中商品获得好评比例高的排名靠前。

(17) 30 天内总交易笔数：30 天内总交易笔数多的排名靠前。

(18) 收藏量:店铺商品正常收藏量大的排名靠前,非正常收藏量大的排名靠后。
(19) 单个商品浏览量:单个商品的浏览量大的排名靠前。
(20) 回头客总比例:超过一次购买的客户数占总客户数的比例高的排名靠前。

2. 搜索优化

了解了搜索结果排名规则,我们就可以在不违反规定的情况下,有针对性地作一些优化。努力提高自己商品在搜索结果中的排名,排名越靠前,被客户点击查看的机会就越大。

(1) 商品名称。商品名称共可用30个汉字,用好、用足这30个汉字对于推广我们的商品是很重要的,因为与搜索关键词匹配度不高的商品名称将直接影响排名顺序。例如,我们要为一个储蓄罐(如图6-4所示)设定"宝贝标题",我们应该如何一步步来考虑呢?

图6-4 待售商品——储蓄罐

① 核心关键词。对于商品搜索来说,一般商品都会包含两个关键信息:品名和品牌。

品名:储蓄罐。

品牌:bearboy。

② 相关关键词。相关关键词根据商品的种类不同,关键词的类别会有一些不同,常见的类别有:型号、材质、造型、工艺、用途、原产地等。如某些特产就需要特别指出原产地,某些产品其工艺具有一定特色,则可以添加工艺的关键词等。

材质:树脂。

造型:熊 捧花。

用途:礼品。

③ 感性描述关键词。前面两类关键词是理性地对商品进行如实的描述,体现出商品的确定性。这是针对那部分理性买家而设计的,但是我们也需要兼顾另一部分比较感性的买家,他们对商品的描述往往突出一些感性的表述,这些表述常常不具有特别的指向性,不过这些关键词往往都是一些褒义词。我们可以使用的词常有:美丽、漂亮、精美、精致、可爱、创意、美味、小资、品位、特色、特产、高档、优雅等。

在这个实例中,我们可以选择漂亮、精美、精致、可爱、高档等。

④ 衍生关键词。很多商品的描述词有近义词、同义词、方言称呼、特称、特殊用途(如特定节日,圣诞节、情人节、母亲节等)等,从上面选择的关键词中可衍生出一系列词语来。例如,储蓄罐也有叫存钱罐、存钱筒等。

⑤ 整合。将上述选择的各个关键词罗列出来再重新进行排列、组合、压缩从而构成商品的标题。

上例中的关键词如下:

储蓄罐 bearboy 树脂 熊 捧花 礼品 漂亮 精美 精致 可爱 高档 存钱罐

将这些词重新整合后可以构成如下的语句:bearboy树脂储蓄罐高档精致精美礼品可爱熊捧花漂亮存钱罐。

当然，这样的标题可读性相对来说会差一点，我们可以再添加一些分隔符来提高可读性。最终结果为：bearboy 树脂储蓄罐 / 高档精致精美礼品 / 可爱熊捧花漂亮存钱罐。

经过我们的精心设计，当使用“树脂储蓄罐 熊”为关键词搜索时，“所有宝贝”的搜索结果有 6 页，我们的商品处于其中第三页中偏上的位置，在“人气宝贝”搜索结果中也具有相同的位置，如图 6-5 所示。三天后，用“树脂储蓄罐 熊”为关键词搜索时本商品排在搜索结果的第二页前 1/3 的位置了；五天后，用“树脂储蓄罐 熊”为关键词搜索时本商品排在搜索结果的第一页前 1/3 的位置了。这充分说明了优化的效果。

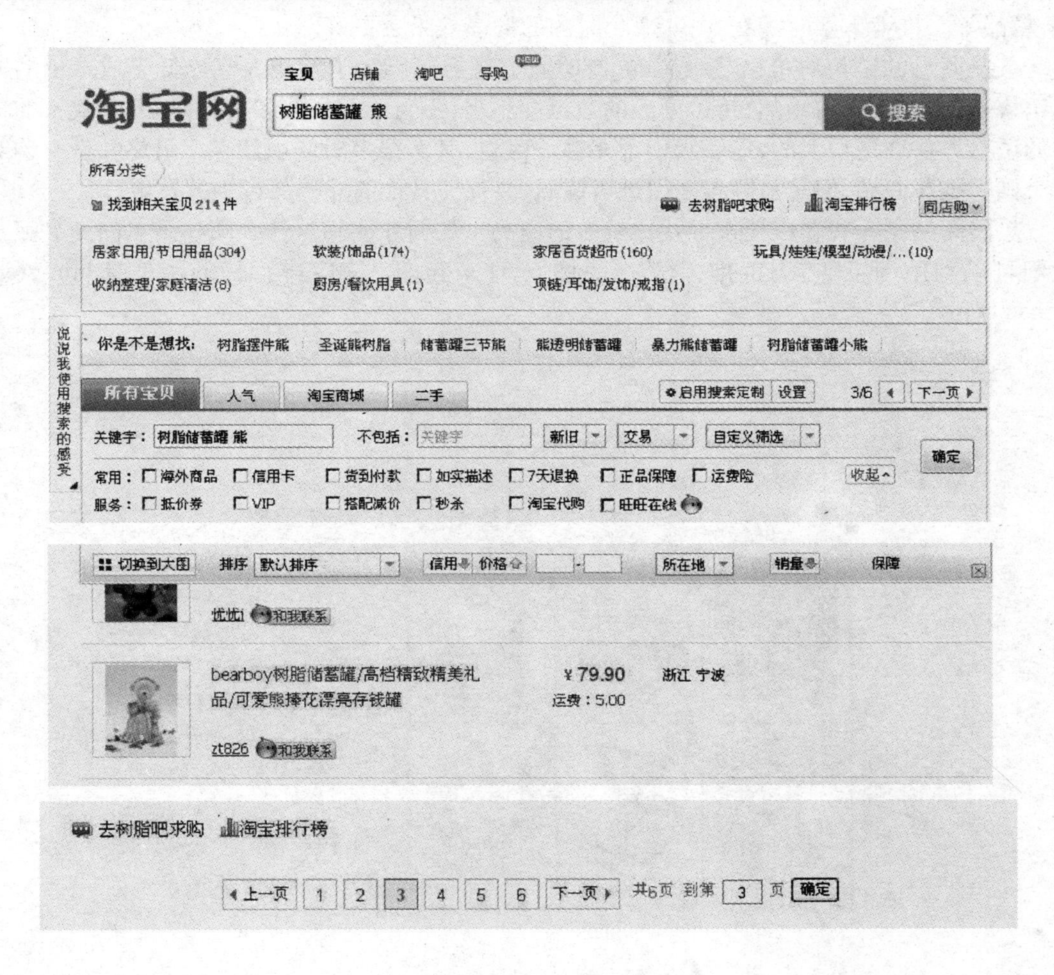

图 6-5　搜索“树脂储蓄罐 熊”的结果

学习商品命名的途径

我们也可以多浏览其他商家的商品，学习他们商品标题命名的现成例子，分析他们起名的用意，然后分析比较几个不同名称的同一商品，在相同关键词搜索的情况下排名先后的原因，逐渐摸索最优的命名方法。

(2) 发布技巧。鉴于橱窗推荐商品和下架时间在我们搜索结果排名中的重要意义，我们在发布商品上架销售时应作一些技术处理，来尽可能提高商品的曝光度。正像实体店铺中橱窗的效果一样，通过橱窗的展示，吸引顾客走到店里来，最终顾客可能并没买橱窗中的商品，但是顾客很有可能会看到别的吸引他的商品而发生实际的购买行为。

① 橱窗推荐商品的选择。首先我们要明确做“橱窗推荐商品”的目的是招揽顾客，将顾客带进我们的店里，然后才有可能留住顾客，促成交易的完成。因此，对于橱窗推荐的商品必须是经过精心挑选的。一般作为橱窗推荐的商品有这样几种类型：特价商品、热门商品、精品等。推荐下架时间在 6 ～ 24 小时内的商品效果会更好。

某些商品的销售对价格是敏感的，有时我们甚至可以为了招揽人气以低于成本价的方式销售一些特价商品，当然，特价商品的数量并不多，不至于亏损太多。但是，低于成本的价格的诱惑力往往是很大的，能够吸引很多客户流量，其实很多时候虽然客户最终并没有购买这个橱窗推荐商品，但是将顾客吸引进店铺后，会促使其他商品购买行为的发生。

热门商品是一些客户搜索寻找比较多的商品。如何才能确定什么商品是热门商品呢？我们可以利用淘宝的“淘宝排行榜”（见图 6-6）来查询。淘宝排行榜的网址是 http://top.taobao.com 。

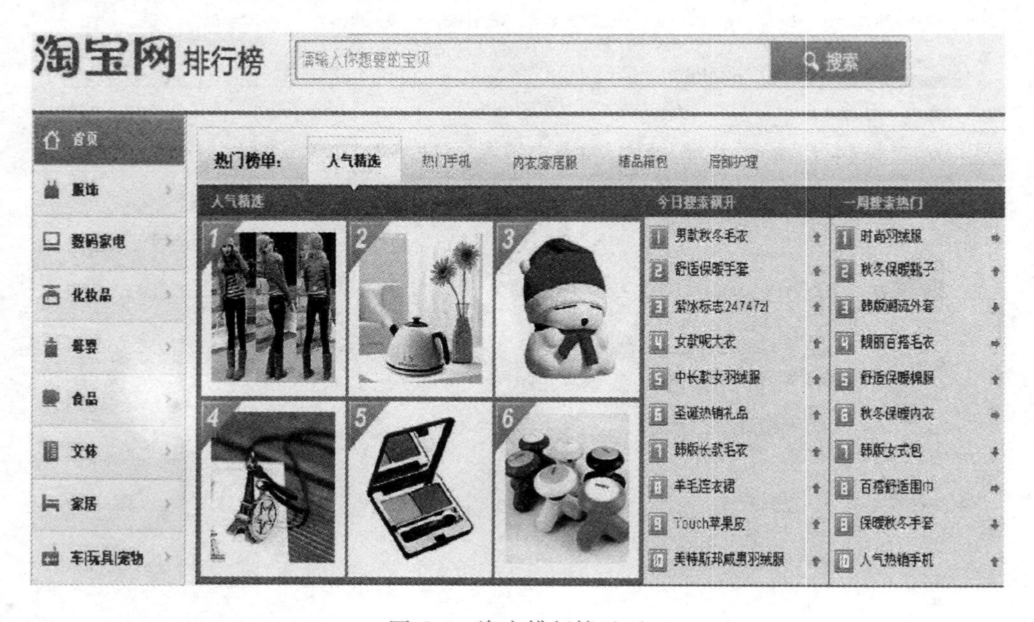

图 6-6　淘宝排行榜界面

我们单击左侧相应商品分类，就可查看到这种商品的搜索关键词的热门程度。图 6-7 中的家居日用品类搜索热门关键词是“圣诞 礼品”，我们就可以将自己商品中部分含有“圣诞 礼品”关键词的商品作为橱窗推荐商品。于是当有人搜索“圣诞 礼品”时在相同的条件下，我们作为橱窗推荐的商品就会比没有设为橱窗推荐的商品排在更靠前的位置上。如果我们同时配合一些促销手段，在商品名中注明，则会收到事半功倍的效果。

② 商品上架的策略。前面的优化手段已经可以起到很好的效果了，但优化还可以进一步深入。下一步优化措施就是“上架策略”。这一策略是“基于排名与下架时间有关”这一搜索结果排名规则来设计和实施的。

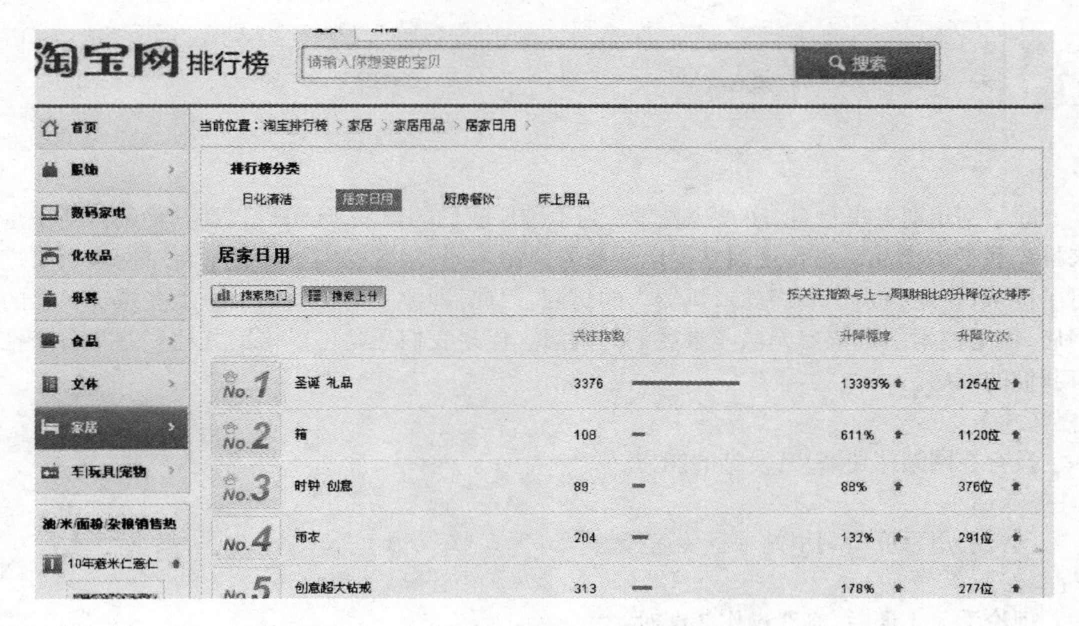

图 6-7　搜索热门关键词

我们先来看一个简单的策略——7 天有效期策略。在商品发布时，可以选择“7 天有效期”或“14 天有效期”，选择哪一种有效期从表面上看没有什么特别之处，选择 7 天有效的维护周期缩短，需要投入的时间和精力比 14 天有效期多一倍。但是，考虑到距离下架时间 6 ~ 24 小时的商品在排名时会更靠前，而每一个商品在一个有效期内只有一次这样的机会，如果选择 7 天有效期，则一个月中会有 4 次遇到这种排名靠前的机会，而选择 14 天有效期的商品则一个月中只有两次遇到这种排名靠前的机会。因此，通过简单地选择 7 天有效期的方式可以为我们多争取一倍的排名靠前的机会。

在选择 7 天有效期的基础上，我们再来看一个稍复杂的策略——分批上架策略。假设我们确定了使用 7 天有效期策略，如果将 100 种商品一次性上架，那么一周 7 天里面只有最后一天获得“距离下架时间 6 ~ 24 小时的商品在排名时会更靠前”的机会。而如果我们将这 100 种商品每天平均上架一部分，一共分成 7 次来上架，则经过 6 天后，每一天都有 1/7 的商品获得排名靠前的优势，后续每天如此操作，则天天都有商品获得排名靠前的优势。这种分散在每一天的优势比集中在一天的效果更好。

【拓展训练】

1．选择某个品牌的数码相机，对其进行命名。

2．根据上架策略，选择店铺中 7 种商品，进行不同上架时间设置。

【任务评价】

评价内容	自评	组评	师评
命名中充分体现了“关键词”效应			
相关关键词、衍生关键词、描述性关键词与商品种类相符			
各个关键词能有机结合			
7 种商品 7 个上架时间			

任务 6.2 站外宣传增流量

【任务背景】

除了利用商务平台自身的规则之外，为了推广我们的商品，还可以借助其他的网络平台来推广我们的商品。与传统独立型电子商务网站不同，淘宝等电子商务平台对搜索引擎进行了屏蔽，拒绝搜索引擎蜘蛛或机器人的访问，因此，即便我们在搜索引擎上登录了自己的网店，但是搜索引擎依然无法收录我们的网店。但是我们还是可以借助其他一些平台来推广我们的网店。

【任务准备】

具有在网站注册账户、发帖的能力。

【任务流程】

间接利用百度→利用站外宣传途径。

【任务时间】

理论学习 1 课时，实践操作 2 课时。

【任务指导】

1. 间接利用百度

百度作为搜索引擎，虽然也无法收录网店，但是百度有一个特点，他的搜索引擎对“百度贴吧”、“百度知道”等内容具有收录快和排名优先的特权，因此，我们可以在百度贴吧和百度知道中，注入网店和商品信息来达到推广网店目的。

(1) 百度贴吧——淘宝网吧。百度贴吧中淘宝网吧的网址是 http://tieba.baidu.com/f?kw=淘宝网，界面如图 6-8 所示。

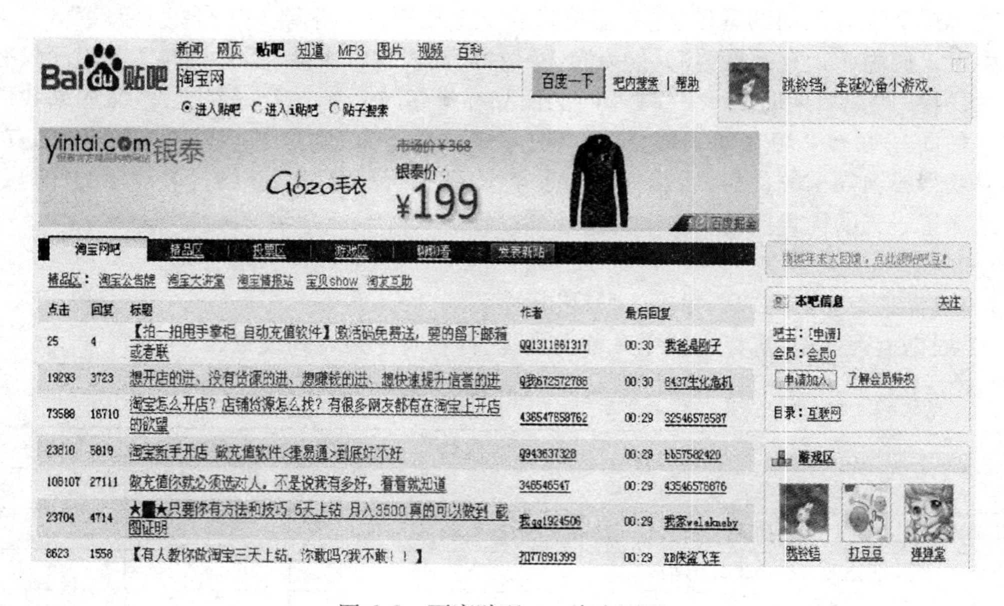

图 6-8 百度贴吧——淘宝网吧

我们只要注册了百度的账号，就可以在这个贴吧内发布各种文字和链接，可以将店铺的供货信息、店铺介绍等在贴吧内发布，并链接到自己的真实网店中，达到推广网店的目的。

(2) 百度知道。百度知道的网址是 http://zhidao.baidu.com，可以利用“百度知道”推广店铺整体形象。在百度中注册两个账号，一个账号在“百度知道”中提出一个与本店铺相关的问题，如某种商品的选购技巧或求购信息。然后换另一个账号登录百度，回答这个问题，并且在回答中说明回答来自什么网址，并提供参考链接。然后，换到提问的账号，将刚才的回答设为最佳。那么在“百度知道”里就有了我们网店的链接和相关信息的介绍了，如图 6–9 所示。在搜索相应关键词时就会搜索到我们的网店了，如图 6–10 所示。

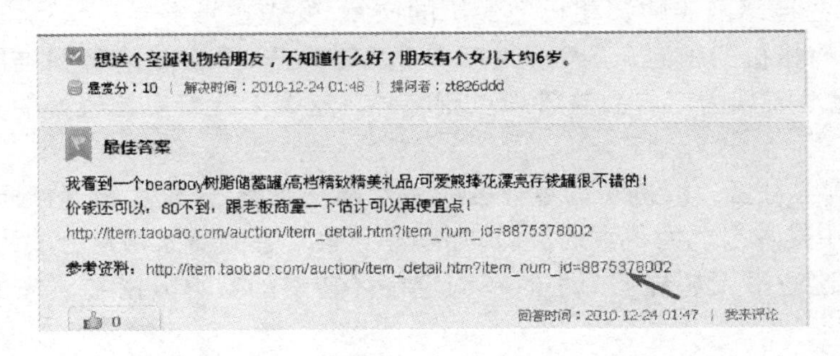

图 6–9　在百度知道中推广自己的网店

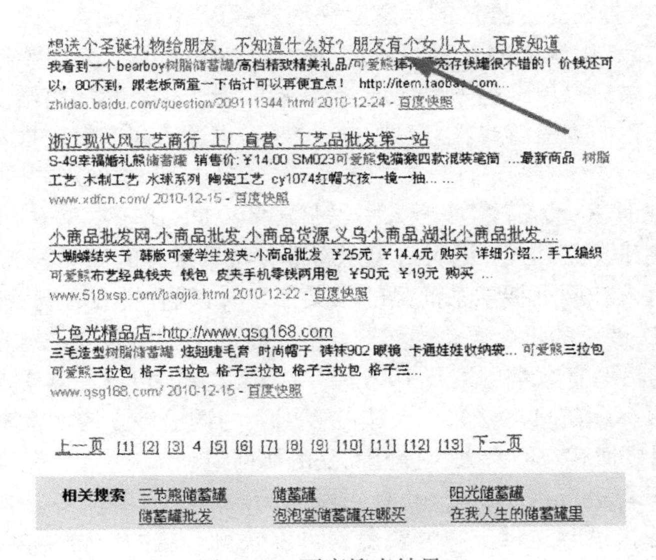

图 6–10　百度搜索结果

测试结果：在百度搜索结果中很快就会出现我们发布信息（排在第四页）。

2. 利用站外宣传途径

论坛是大家发布个人观点的网络空间，由于目前一些人气高的论坛都有专人管理，要直接在论坛中发布广告是不太可能的，一旦发布广告会被直接删除甚至会被屏蔽账号。因此，我们也只能采用迂回的手段来作网店的推广。

(1) 利用论坛签名。某些论坛的签名是可以添加链接（支持 UBB 代码或 HTML 代码）的，我们只要在签名中放入我们的网店推广的图片、链接等。那么当我们在论坛中发布信息的时候，我们的签名就显示在了发言的内容下面。

许多论坛的签名支持使用 UBB 标签，我们可以将复制下的图片地址填入 [img][/img] 标签中，或者写一个链接 [url=http://board-game.taobao.com] 巧妇治家淘宝店专营各类家居产品欢迎惠顾！ [/url] 就可以了。那么当我们在论坛发帖时就会显示我们的店招和网店简介和链接。当然，现在很多论坛开始对签名的内容进行了限制，一些大的论坛往往都无法使用此项功能。但是，我们还是可以找到支持这项功能的论坛的。

(2) 发软广告。所谓的软广告就是一篇与论坛主题相关的文章，这篇文章内嵌有我们网店的商品推荐和网店地址、甚至是商品的照片等。例如，我们可以以介绍相机的名义写一篇“自己”在自己网店购买相机的经历的文章，发表在摄影类论坛中，这篇文章必须提供足够的选购相机的信息，让人不太容易看出是广告，那么就能起到推广网店的作用了，如果太明显地表现为广告会被管理员删除的。这需要我们有比较好的文字功底才能做到。

(3) 利用淘宝社区。混迹于淘宝社区的虽然都是卖家，但是卖家通常同时又是买家，当我们在社区中推荐自己的得意商品时，那些非竞争对手的商家常常会成为第一单客户。我们不能忽略这些每天超过 8 个小时在淘宝社区转悠的数百万潜在买家的浏览量和点击量。

(4) 利用聊天工具。利用聊天工具是另一种推广网店的方法。比较常见的是使用“群”功能向一批人推送广告信息。推送的信息应完整，最好是包含文字和图片，以图片为主，切忌直接发送一个链接。因为人们对看图还是有一定兴趣的，而且某些照片拍摄的很美观人们也乐于接受，但如果只是单纯的一串地址，会让接收者产生反感的情绪。这种做法适合一些新奇的产品推广，比如桌面游戏、小玩具、创意产品，也适于向老客户推荐新品或节假日的特惠信息等。

(5) 博客空间。博客是属于博主个人书写日志的空间，比较常见的有 QQ 空间等，我们完全可以借助这个空间推广自己的商品，可以将部分特别推荐的商品写成介绍短文，放入指向网店的链接，当有人在网上搜索某商品的相关信息时，就有机会看到我们的博客文章，我们的商品就多了一次展示的机会了。当然这样的文章在书写时需要注意在标题中包含关键词，由于博客文章的标题字数常可达到 100 个汉字，因此我们可以在其中尽可能多地放入相关关键词(参考宝贝标题的撰写法)，以及一些吸引人的词语等。博客推荐商品给了我们更多的发挥空间，利用好博客空间会大大提升商品的访问量。

(6) 利用收费平台进行推广。目前，针对网店的收费平台有很多，比如阿里妈妈、淘宝直通车、网店镜像等。只要支付一定的费用就可以获得一定的广告位，将自己的商品展示出来。

其他店铺推荐方法

网上有许多教程能帮助我们来推荐自己的网店，比较好的网站有：

飞的网店：http://www.flytaobao.com。

易翠网：http://www.eacha.com。

________________项目实训书 NO:

时间:________________

团队:________________

组员:________________

项目实训目的:____

____

____

____

任务 1:选择三个商品,设计不同的“宝贝标题”(每一个商品至少设计三个标题),进行推广,比较各自的搜索排名结果,并分析造成这一结果的原因。

任务 2:通过不同途径对三个同类商品进行推广,比较效果,并分析其原因。

业务 7 好评如潮创品牌——口碑营销与客户服务

"我的"创业卡

学习目标

@了解评价标准、评价类型和意义;
@学会评价及如何更好地赢得评价;
@掌握客户服务的有效方法。

项目招标

根据自己的购物经历和使用经验,对某个商店的商品进行真实评价;选择一个淘宝店的某个商品,根据消费者的评价,写一份100字左右的评价反思。

任务分解

@评价机制与口碑营销;
@有效开展客户服务。

引子

十年前,辛巴对自己说:"我是辛巴,我要做世界上最英明的王者"。

十年里,臣民中有人说:"辛巴真英勇;辛巴真睿智;辛巴真勤奋;辛巴真果断;辛巴真坚强……"

十年后,辛巴成了众所周知的王者。

目标,是奋斗的方向;口碑,是品牌的体现!

任务7.1 评价机制与口碑营销

【任务背景】

2010年全球品牌价值榜揭晓,沃尔玛以413.65亿美元位居榜首,谷歌以361.91亿美元次之,可口可乐则以348.44亿美元位于第三位。换句话而言,当沃尔玛、谷歌和可口可乐不再拥有任何经济业务的时候,这几个名字就等同于现在的价值。

【任务准备】

尝试对曾使用过的某产品，作出客观评价（用文字表达）。

【任务流程】

了解评价来源→玩转积分制度→提炼好评，实现口碑营销。

【任务时间】

理论学习 1 课时，实践操作 1 课时。

【任务指导】

1. 了解评价来源

评价是指通过观察、体验和综合的计算，对某一样事务或经历的某一个过程，得出主观上最公正的结果。目前，作为成功的电子商务平台供应商的淘宝网，关于评价的定义是：会员在使用支付宝服务成功完成每一笔交易后，双方均有权对对方交易的情况作一个评价，这个评价亦称之为信用评价。在这个定义中，我们清楚地看到，评价是双方的行为，发生在交易完成后。

淘宝网为了规范评价制度，将评价和积分挂钩，在交易成功后的 15 天内，买家可以对卖家及产品进行客观评价。卖家所有的评价积分累积计算，即为卖家的信用度。

我们作为淘宝网的使用者，在淘宝网中往往承担了两种身份，买家和卖家。所以，我们在淘宝网中的评价往往由三部分组成。作为卖家，我们有对其他买家的评价和其他买家对我们的评价；作为买家，我们有其他卖家对我们的评价。如图 7-1、图 7-2、图 7-3 所示。

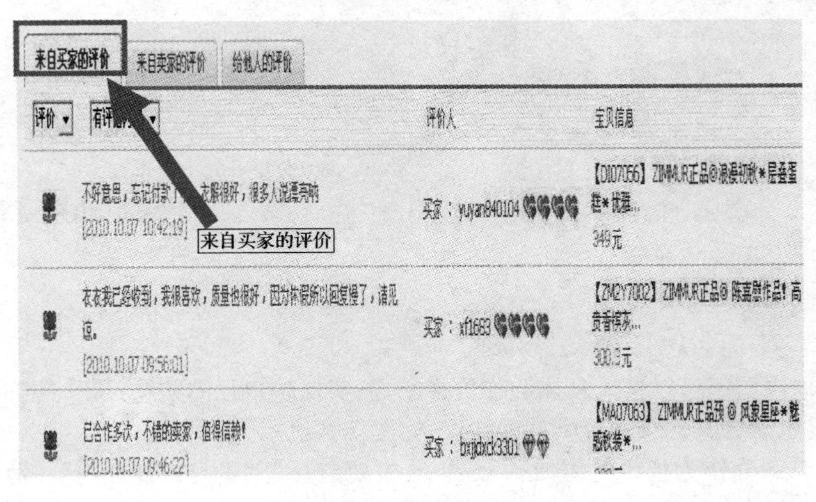

图 7-1　来自买家的评价

2. 玩转积分制度

多方面的评价构成了一个网上卖家的综合信用机制。网络虽然让一切虚拟化，但在一定程度上也让评价机制公开化。所以，作为一个卖家，我们要时刻思考这样一个问题："如何才能更多地获得买家的好评呢？"。获得答案的最好方法是了解我们的评价积分过程。

淘宝网的评价页面，系统默认的评价有三种："好评"、"中评"、"差评"（如图 7-4 所示），"好评"加 1 分，"中评"不加分，"差评"减 1 分（如图 7-5 所示）。

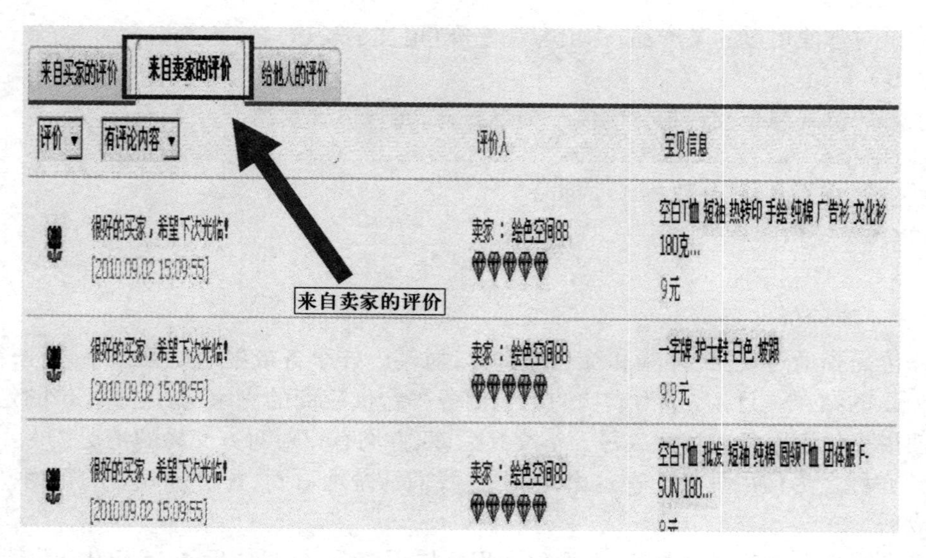

图 7-2　来自卖家的评价

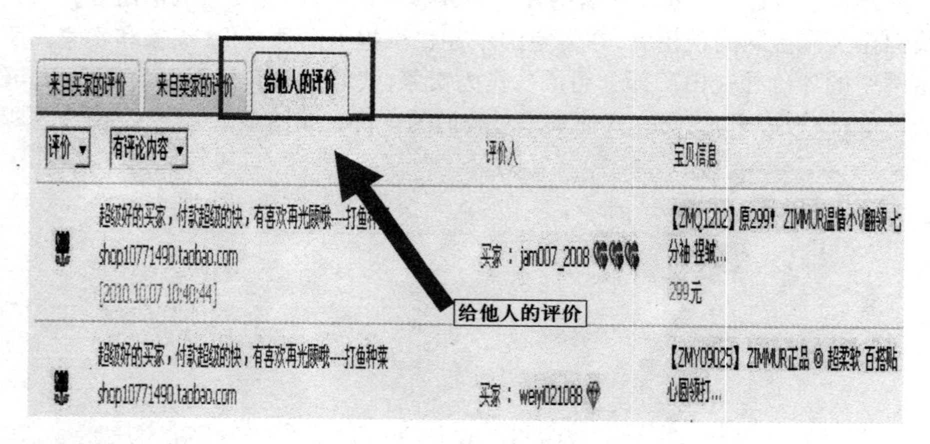

图 7-3　给他人的评价

在文本框内买家可以输入具体的评价文字，真实反映自己的购物经历、购物体会和对卖家的评价，这也是为其他买家提供一种建议，如图 7-6 所示。

店铺动态评分作为评价的组成部分之一，主要包括“宝贝与描述相符”、“卖家的服务态度”、“卖家发货的速度”和“物流公司的服务”四个部分。上述的四项使用“★”表示，“★”的数量从一个到五个，分别对应得分为 1~5 分，同时系统将店主所获得的所有得分求平均数，得出该店铺的综合得分，如图 7-7、图 7-8、图 7-9、图 7-10、图 7-11、图 7-12 所示。

这些看似不起眼的分数和评价，却往往成为另一笔交易是否成功的关键之处。因为几乎所有的买家在每次决定购物之前，都会“习惯性”地查看店铺的信用评价，并以此作为安全性的保障。所以卖家要在日常的交易过程中，重视上述几个部分。其中在物流合作商的选择上，更是应该谨慎选择，因为物流是上述影响评价的因素中唯一一个卖家无力控制的部分。

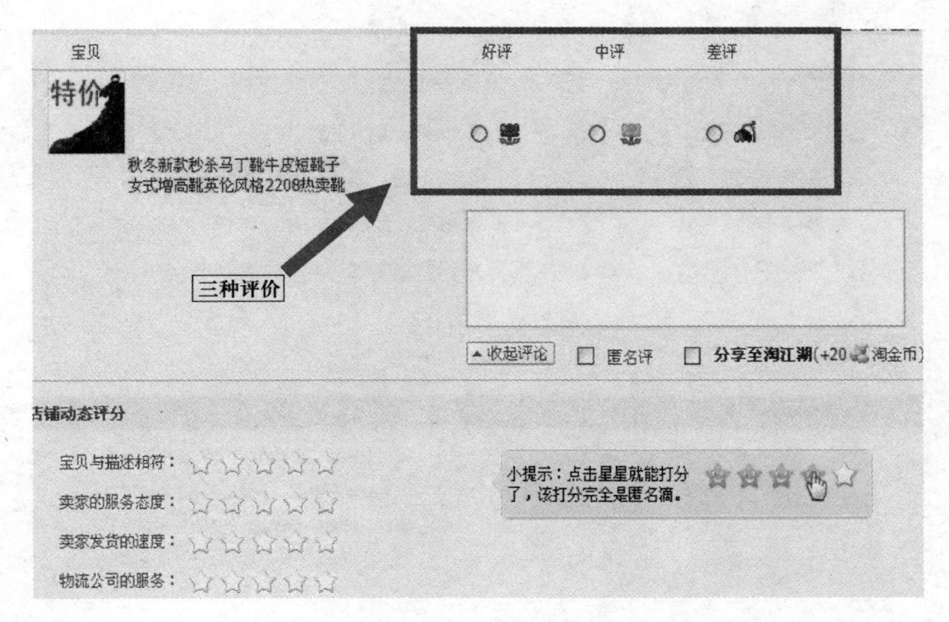

图 7-4　某个商品的评价页面

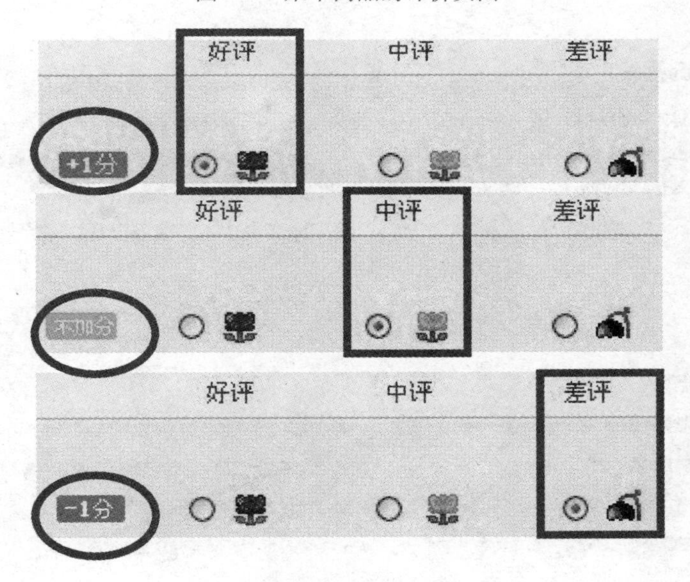

图 7-5　三种评价对应的积分

图 7-6　文字评价信息填写处

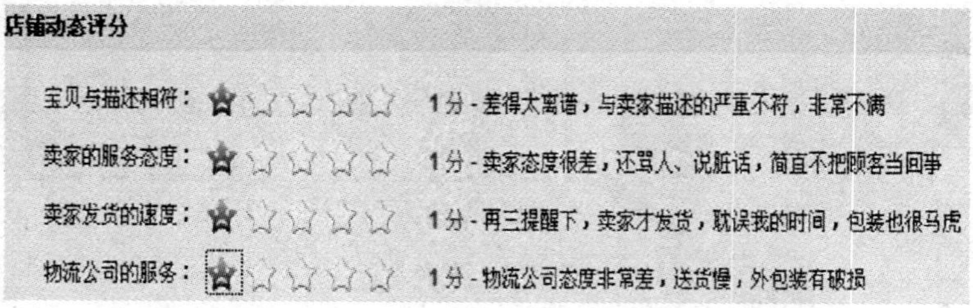

店铺动态评分

宝贝与描述相符：	1分 - 差得太离谱，与卖家描述的严重不符，非常不满
卖家的服务态度：	1分 - 卖家态度很差，还骂人、说脏话，简直不把顾客当回事
卖家发货的速度：	1分 - 再三提醒下，卖家才发货，耽误我的时间，包装也很马虎
物流公司的服务：	1分 - 物流公司态度非常差，送货慢，外包装有破损

图 7-7 “一星”评价

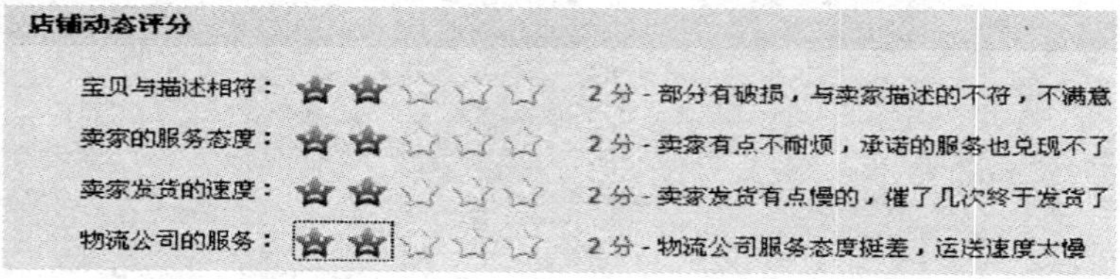

店铺动态评分

宝贝与描述相符：	2 分 - 部分有破损，与卖家描述的不符，不满意
卖家的服务态度：	2 分 - 卖家有点不耐烦，承诺的服务也兑现不了
卖家发货的速度：	2 分 - 卖家发货有点慢的，催了几次终于发货了
物流公司的服务：	2 分 - 物流公司服务态度挺差，运送速度太慢

图 7-8 二星评价

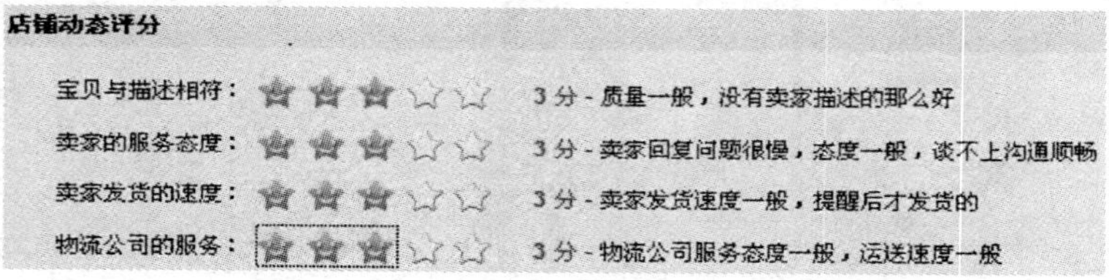

店铺动态评分

宝贝与描述相符：	3 分 - 质量一般，没有卖家描述的那么好
卖家的服务态度：	3 分 - 卖家回复问题很慢，态度一般，谈不上沟通顺畅
卖家发货的速度：	3 分 - 卖家发货速度一般，提醒后才发货的
物流公司的服务：	3 分 - 物流公司服务态度一般，运送速度一般

图 7-9 三星评价

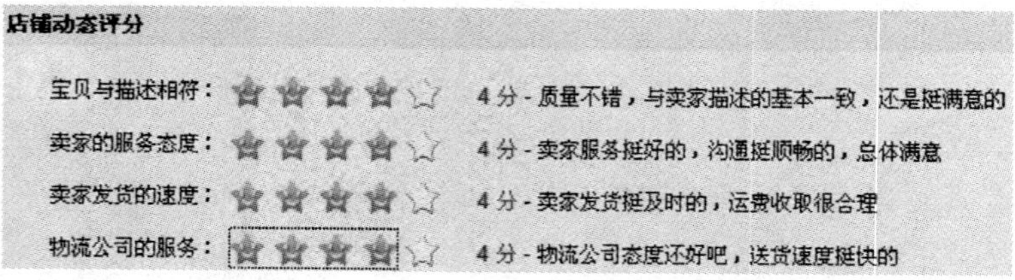

店铺动态评分

宝贝与描述相符：	4 分 - 质量不错，与卖家描述的基本一致，还是挺满意的
卖家的服务态度：	4 分 - 卖家服务挺好的，沟通挺顺畅的，总体满意
卖家发货的速度：	4 分 - 卖家发货挺及时的，运费收取很合理
物流公司的服务：	4 分 - 物流公司态度还好吧，送货速度挺快的

图 7-10 四星评价

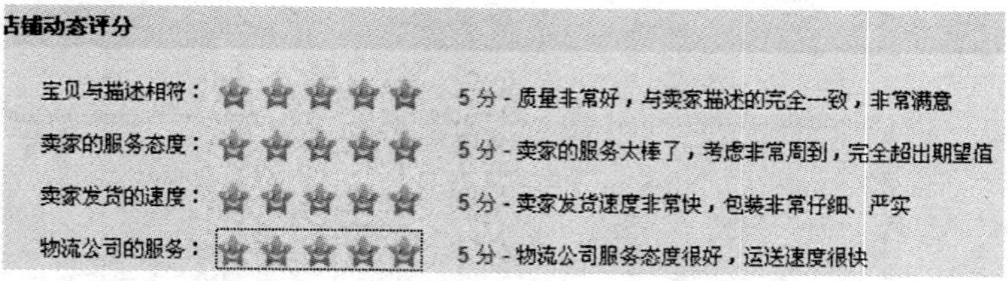

店铺动态评分

宝贝与描述相符：	5 分 - 质量非常好，与卖家描述的完全一致，非常满意
卖家的服务态度：	5 分 - 卖家的服务太棒了，考虑非常周到，完全超出期望值
卖家发货的速度：	5 分 - 卖家发货速度非常快，包装非常仔细、严实
物流公司的服务：	5 分 - 物流公司服务态度很好，运送速度很快

图 7-11 五星评价

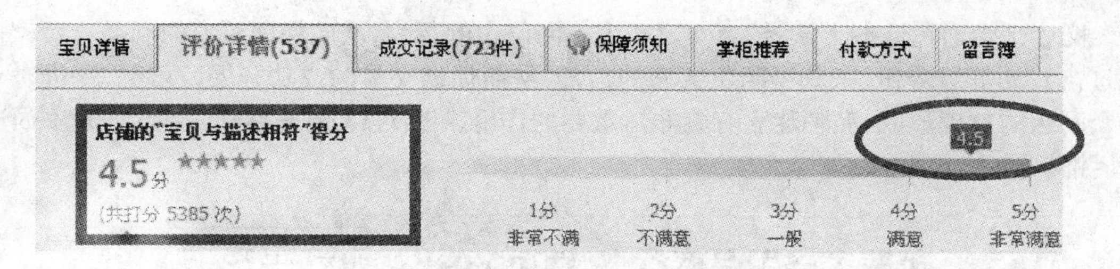

图 7-12　店铺综合得分

网店平台还会每月根据店铺总的积分情况，通过用不同标志和数字来为卖家的信用等级作出相对客观的认定。这个环节即为星级卖家评定环节。以淘宝网为例，将卖家的信用等级和对应的积分关联，如表 7-1 所示。

表 7-1　淘宝网内积分与等级对照表

分值	标志	称号
4~10		一心级卖家
11~40		二心级卖家
41~90		三心级卖家
91~150		四心级卖家
151~250		五心级卖家
251~500		一钻级卖家
501~1 000		二钻级卖家
1 001~2 000		三钻级卖家
2 001~5 000		四钻级卖家
5 001~10 000		五钻级卖家
10 001~20 000		一皇冠卖家
20 001~50 000		二皇冠卖家
50 001~100 000		三皇冠卖家
100 001~200 000		四皇冠卖家
200 001~500 000		五皇冠卖家
500 001~1 000 000		一金冠卖家
1 000 001~2 000 000		二金冠卖家
2 000 001~5 000 000		三金冠卖家
5 000 001~10 000 000		四金冠卖家
10 000 001 以上		五金冠卖家

网店平台通过这些方法，约束卖家在虚拟网络中的行为，从而保证买家的利益。卖家也通过自我的等级身份，来获得陌生买家的信任，从而促进交易的成功开展。可见，评价对于一个网店的口碑形成、品牌建立有着非常重要的作用。图 7-13 是一家好评率为 100% 的淘宝店铺。

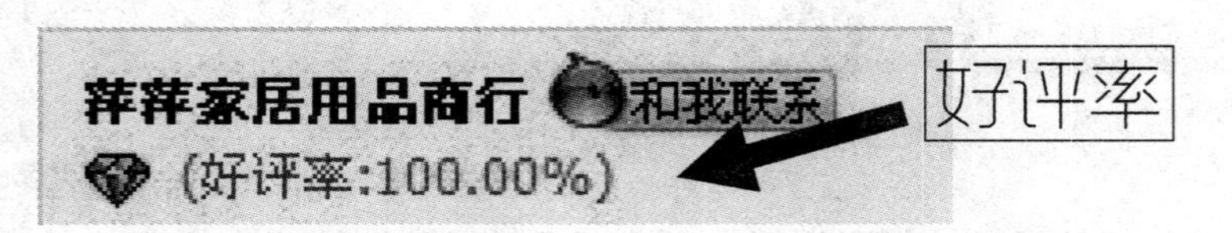

图 7-13　某家店铺的好评率

那么，如果评价中存在着负面信息呢？无疑，这必将使顾客对于在该网店中网购的安全感直线下降，消费者的购买欲也会大打折扣。图 7-14 是某淘宝店铺的差评示例。

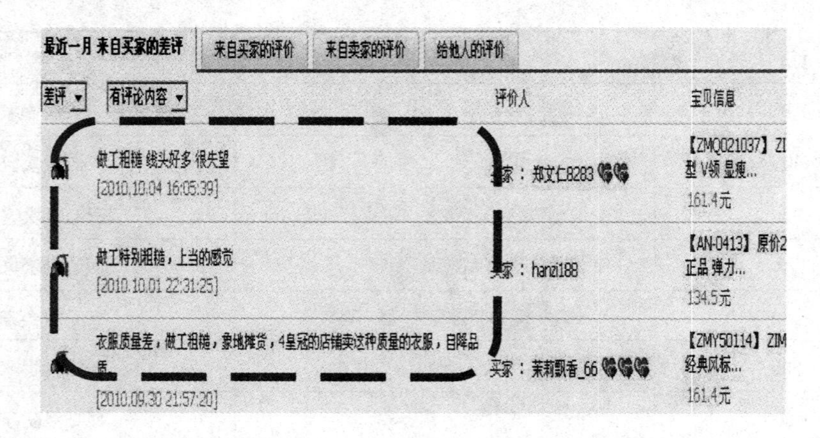

图 7-14　某店铺的差评示例

而作为卖家，在面对买家的差评时，可以根据自己立场和实际情况进行解释。解释内容虽然在一定程度上能够作出一定的说明，减少一定的误会，但是一般收效甚微。而如果卖家因为业务繁忙或者其他原因没有作出解释，那对店铺将造成更大的影响。所以，很多的卖家在产品的销售页面中，往往都会追加如下话语："本店小本经营，惜评价如金，不接受中评或差评。""因为计算机显示频率差异（手工测量等），存在一定误差。如果亲比较介意，请勿拍。拍后，请一定好评。""亲在购买过程中，如果有疑问，请先与售后沟通，勿差评。"等等。如图 7-15、图 7-16 所示。

3. 提炼好评，实现口碑营销

评价积分规则在一定程度上规避了卖家的作弊风险，所以好的评价成为了店铺营销的有利工具，如图 7-17 所示。这样的营销方式称之为"网络口碑营销"。传统的口碑营销是指企业通过朋友、亲戚的相互交流将自己的产品信息或者品牌传播开来。口碑营销的第一步是鼓动；第二步是价值；第三步是回报。

网络式口碑营销：旨在应用互联网的信息传播技术与平台，通过消费者以文字等表达方式为载体的口碑信息，其中包括企业与消费者之间的互动信息，为企业营销开辟新的通道，获取新的效益。

高弹力时尚发圈/发绳/皮筋/扎头绳 决绝中差评

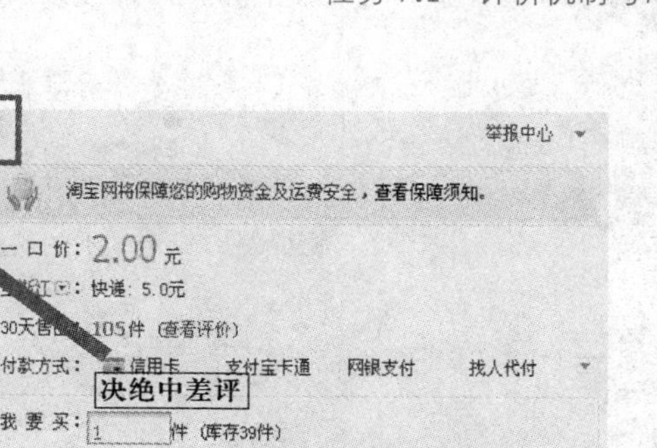

图 7-15　卖家规避差评的手段

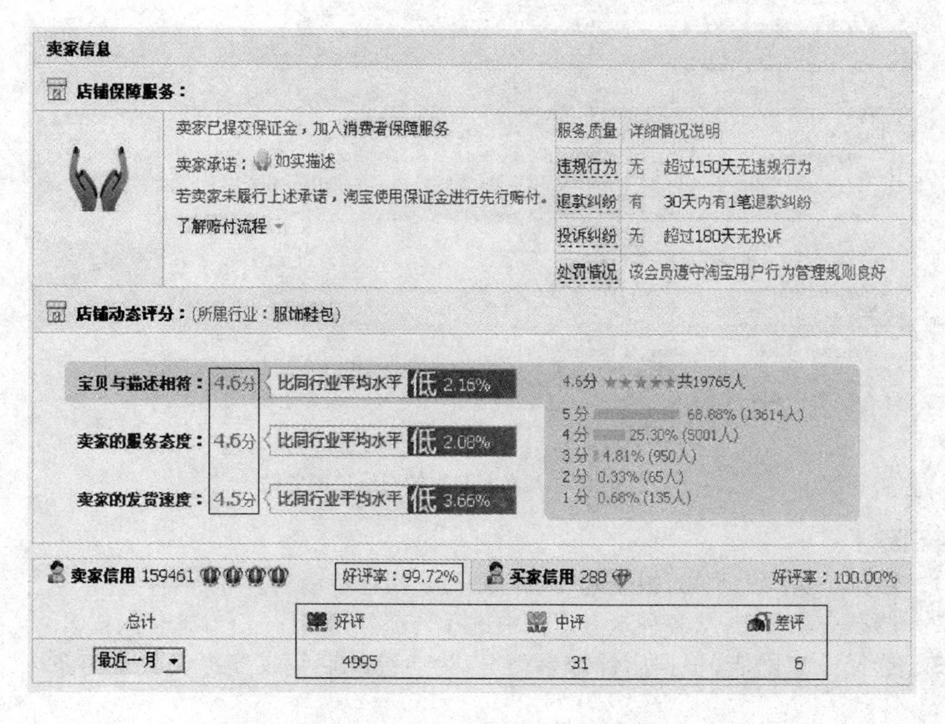

图 7-16　卖家规避差评以追求的效果

图 7-17 中，商家在进行店铺和商品营销时，成功地将顾客的购买评价进行了运用，成为了无懈可击的“口碑营销”。消费者在进行网络购物时，由于受到网络条件的限制，无法对实物进行比对，只能通过商家提供的文字、图片、视频等多媒体信息进行宏观的了解。但是，因为网上商家良莠不齐，消费者单纯地依靠网店提供的信息难以客观对商家进行评价，双方的信任难以建立。因此，第三方的评价在很多时候起到了促进交易达成的关键作用。

而同样作为消费者的第三方使用经验，无疑是最能消除消费者疑虑，快速建立信任桥梁的催化剂。那么，将消费者的评价进行展示，形成有效的“网络式口碑营销”，将是网络营销的新趋势。

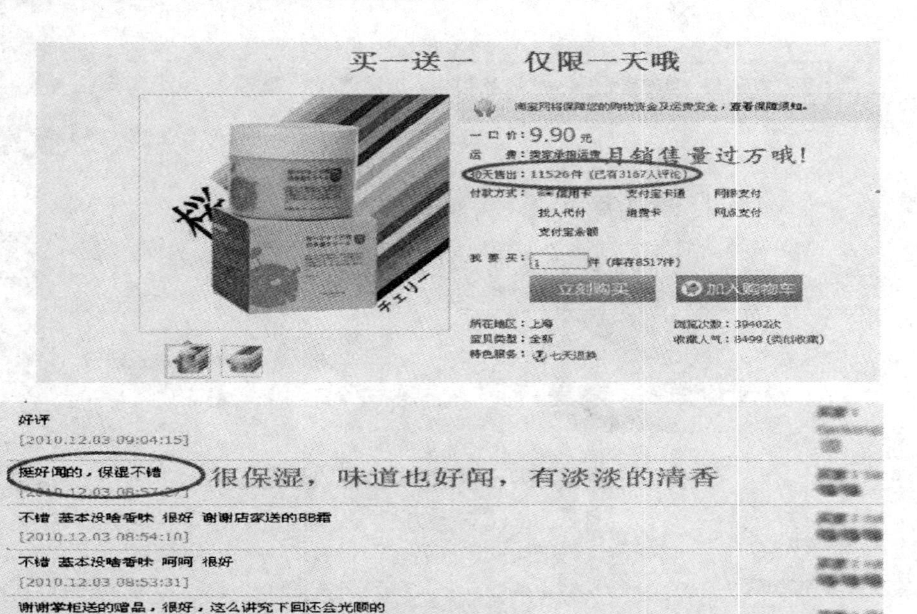

图 7-17 某卖家开展的网络口碑营销

【拓展训练】

1. 尝试一次网上购物，根据购物经历进行一次评价活动。

2. 选择一家网店，从各种现有评价中选择一部分，设计一份口碑营销方案。

3. 选择一家网店，根据店铺综合得分，为店铺的后续发展提供只少三条未来发展的建议。

4. 团队合作，模拟一次差评，请对差评作出合理解释。

【任务评价】

评价内容	自评	组评	师评
语言表述清晰，真实反映情况			
评价选择有效，能实现口碑营销			
建议切实根据店铺实情提出			
建议有一定的价值性			
解释差评的理由充足，“语言态度”良好			

任务 7.2　有效开展客户服务

【任务背景】

据调查资料显示，增加一个新顾客的成本比增加一个回头客高出大约 5 倍以上。所以，在同样时间内，如果流失的买家数与新增的买家数一致，虽然从销售额来看仍然令人满意，但我们却已经陷入了业务运营中的“漏桶”里。

【任务准备】

查阅相关客户服务资料，了解淘宝网提供的客户服务机制。

【任务流程】

了解客户服务相关机制→掌握客户服务礼仪→实行店铺个性客户服务。

【任务时间】

理论学习 1 课时，实践操作 1 课时。

【任务指导】

1. 了解客户服务相关机制

网上客户服务（Customer Service），指一种以买家为导向的价值观，即任何能提高买家满意度的内容都可以属于客户服务的范围。让买家满意，使买家购物前的预期效果与实际购物感受相当，或者更为愉悦即达到了有效的客户服务。

常见的客户服务主要按照发生的时间流程分为三个部分，售前服务、售中服务和售后服务。所以为了提高服务的有效性和针对性，许多卖家会将客户服务人员进行分工，如图 7-18 所示

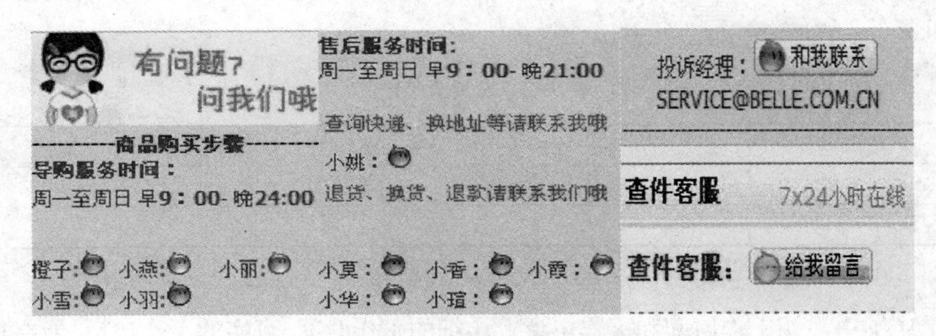

图 7-18　三种不同的客户服务

不同的购物网站平台对于客户服务的要求不同，机制也不同。淘宝网中，现有的以平台为主导的客户服务机制主要包括：如实描述、假一赔三、七天退换、30 天维修、闪电发货和正品保障。卖家可以根据自身店铺的情况，选择性地实行其中的某几项客户服务。

淘宝网关于消费者保障服务可登录
http://service.taobao.com/support/11696.htm 查询。

2. 掌握客户服务礼仪

对于店铺而言，由于和客户接触途径较为特殊，主要为电话沟通和文字沟通，所以涉及的客户服务礼仪主要是交谈礼仪，包括电话礼仪和网络礼仪。

(1) 电话礼仪。[①]

① 声调：应进入高声区，显得有朝气，且便于控制音量和语气。

② 音量：正常情况下，应视客户音量而定，但不应过于大声。

③ 语气：轻柔、和缓但非嗲声嗲气。

④ 语速：适中，每分钟应保持在120个字左右。

(2) 网络礼仪。

① 在文字交流中耐心、细致、诚恳地对待客户。

② 不推诿客户，禁讲服务忌语，不粗暴对待客户。

③ 不隐瞒差错，如发现回答客户咨询错误，应及时告之客户。

④ 根据客户的提问，详细、真实、及时地回复。

⑤ 遇到当时不能解答的问题应作详细记录，并给顾客提供确切的回应范围、时间。

⑥ 对每一次的沟通负责，对每一次的回答负责。

⑦ 较好的专业知识，全面耐心地回答客户问题。

3. 实行店铺个性客户服务

除了常见的在店铺的“公告栏”、“联系我”、“留言簿”等栏目中提供客户服务外，我们建议卖家进行一些个性化的客户服务。

(1) 发货底单与发货单。店铺一旦经营走上轨道，发货成为卖家日常工作重要组成部分之一。作为卖家无论发货途径是哪种，都要做个发货的有心人——留好发货底单。同时，将发货单影印一份，随包裹寄送给买家，相当于传统购物中的购物清单。让买家清清楚楚地消费，如表7-2所示。

表7-2 发货清单样例

时间	产品	发货时间	备注

(2) 店铺中注明工作时间和工作电话。详细的工作时间、真实的工作电话，能在很大程度上消除买家的不信任感。同时让买家能在有效工作时间内，向店铺反映问题，协商处理，避免了一些不必要的猜疑。

(3) E-mail、留言簿等信息在8小时内回复。及时地回复买家的问题和留言，保证在8小时内完成，能让买家觉得“被”重视，能有效促进交易成功开展。滞后的回复，会在无意中失去买家和买家身后强大的购物军团。

(4) 特殊业务，人性化处理。对于店铺的一些特殊业务，比如货到付款、退换货管理等，尽量人性化服务。可以在货物发送后，及时电话告知与确认，表明店铺正在共同关注。

---

① 来自 http://hi.baidu.com/yanhailin2009/blog/item/2ca5e68835d6d2ba0f24449f.html。

(5) 对于投诉,一定给予满意解决。在营销理念中,有一个经典的观点:100−1=0。也就是 100 个客户中有一个客户评价不好,那么。对于企业而言,即意味着毁灭性的客户服务灾难。所以,我们一定要正视投诉问题,一旦有投诉,一定尽一切力量合理、及时、有效地解决。当然,恶意事件除外。

【拓展训练】

1. 团队合作,模拟一次电话沟通、一次网络文字沟通。

2. 设计一份发货清单。

3. 提出 2 条个性化客户服务方法。

【任务评价】

评价内容	自评	组评	师评
发货清单合理			
个性化客服方法有针对性			
个性化客服方法有可行性			

________________项目实训书 NO：

时间：________________

团队：________________

组员：________________

项目实训目的：____

____

____

____

________________网店评价反思

业务 8 巧装快运送惊喜
——商品包装与物流配送

“我的”创业卡

学习目标

@ 了解常见物品的包装，领会它对网店配送的意义和作用；

@ 掌握快递详情单的填写内容；

@ 学会如何处理买家的退换货要求。

项目招标

卖家接到一份订单，请完成对指定商品的包装并拍摄下包装图片，选择一家快递公司填写快递详情单并拍摄填写完毕的快递单图片。

任务分解

@ 巧装包裹；

@ 物流配送是关键。

引子

辛巴：“皇后买的服装和茶具到了吗？”

小蜜蜂：“这个，这个……”

皇后王辛辛（简称辛辛）：“气死我了，气死我了，为什么茶具是破碎的？”

任务 8.1 巧装包裹

【任务背景】

好的商品包装不但能够达到保护商品、方便运输的目的，也能在一定程度上促进商品的销售，甚至可以体现出一家店铺的品质。

为获取顾客的信任，使商品安全到达是卖家要掌握的基本技能。而使顾客从商品包装中感受温暖那是卖家需要提升的服务。

【任务准备】

各种包装用的材料，如纸箱、泡泡袋、牛皮纸、透明胶带、剪刀等。

【任务流程】

了解包装的基本要求→认识一些包装材料→分门别类选包装→选定商品完成包装。

【任务时间】

理论学习1课时，实践操作2课时。

【任务指导】

1. 了解包装的基本要求

根据国标《包装通用术语》定义，商品包装是指在流通过程中保护商品，方便运输，促进销售，按一定的技术方法而采用的容器、材料及辅助等的总体名称，也指为了上述目的而在采用容器材料和辅助物的过程中施加一定技术方法的操作活动。

根据以上对商品包装的定义要素，我们在对商品包装时，要求做到以下几点：

(1) 适应各种流通条件的需要。要保证商品在流通过程中的安全性，商品包装必须具有一定的强度，要坚实、牢固、耐用。对于不同的运输方式和条件，还应该选择相应的包装容器甚至进行技术的处理。总之，商品的包装应该适合运输过程中的运输条件和强度的需要。

(2) 适应商品特性。商品包装必须根据商品的特性，分别采用相应的材料与技术，使包装符合商品理化性质的要求。

(3) 商品包装要做到安全卫生。无论是从包装材料、容器还是技术本身都应是对商品、对消费者而言，是安全的，是卫生的。

(4) 包装让顾客感受到超值。如果我们随便用报纸包装商品，当买家拿到商品时，也可能因心理感受造成负面的评价。尤其对于女性消费者而言，除了商品本身的完整性之外，包装精巧的商品必然能博得女性消费者的喜爱，用小盒子取代塑料袋，马上提升商品的价值感，让买家觉得超值。

此外，为保证包装商品的完整性，也就是指商品经过包装到达顾客手中时和我们跟他描述的质量、规格、颜色、质量等均一致，我们应该细致。如有些卖家在包装时不注意，结果少拿一件商品或者颜色拿错等。这样不仅浪费时间、邮费，也会给买家带来不便，留下不好的印象。

2. 认识一些包装材料

(1) 纸箱。这是使用比较普遍的一种包装，其优点是安全性强，可以有效地保护物品，需填充一些报纸或纸屑来对外界冲撞产生缓冲作用。缺点是增加了重量，运费也就相应增加了，但很多商品的运输都离不了它。此类包装材料我们可以专门采购也可以从生活中积累，如小卖部、小超市里每天都会产生一部分这样的纸箱。

(2) 布袋或编织袋。此类包装物的优点是成本低、质量轻，可以节省一点运费。但它的缺点也比较明显，它对商品的保护性比较差，一般只用来包装质地柔软、耐压、耐摔的商品。为防止商品受潮或者淋湿，采用此类包装材料的商品一般要配以防水牛皮纸或者塑料袋包装。

(3) 气泡袋、气泡布。其优点除了价格相对较低、重量轻之外，还可以比较好地防止挤压，对物品的保护性相对比较强，适用于包装那些本身有硬质外包装（如礼盒、光盘盒）、体积较小、扁平形状的物品。

(4) 牛皮纸。其优点和气泡袋差不多，但是防挤压性较差，适用于包装那些本身有硬质外包装(如礼盒、鞋盒)、体积不是特别大的物品以及比较厚重的书籍。

除以上几种常用的包装材料外，在商品的包装过程中我们也常用到像报纸、海绵、塑料泡沫甚至是餐巾纸，可以用它们做填充物起到缓冲作用。

不同的商品包装也不同，除了考虑安全牢固也要注意包装的简洁和美观。谁不想收到漂亮的东西呢？在外包装上给人的第一印象好也就代表着你对顾客的尊重和对自己工作的负责。

3. 分门别类选包装

对于不同类别的商品，我们在包装时的注意点是有所区别的。

(1) 易变形、易碎的产品。包括瓷器、玻璃饰品、CD、茶具、字画、工艺笔等。包装时多用些报纸、泡沫塑料或者泡绵、泡沫网，这些东西重量轻，而且可以缓冲撞击。对于填充物可收集一些包水果的小塑料袋，平时购物带回来的方便袋，苹果、梨子外面的泡沫软包装，还有一些买电器带回来的泡沫等。例如，图 8-1 是某茶具的包装。

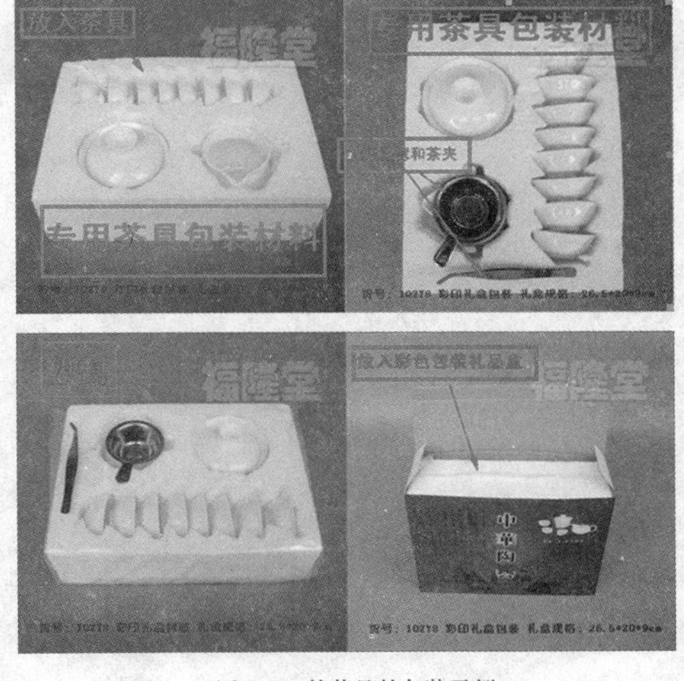

图 8-1　某茶具的包装示例

(2) 首饰类商品。这类商品一般都附送首饰袋或首饰盒，可试用以下方法让你的服务更贴心。

① 一定用纸箱包装。对于首饰来说，3 层的 12 号纸箱就够用。为节约成本，可到网上购买。

② 一定要用填充物填充，以保证首饰在首饰盒里不晃动。

③ 纸箱四个角要用胶带包好。因为在邮递的过程中，你的商品可能会和其他任何物品

混合在一起，以及发生比较重的撞击。所以纸箱的四角一定要包好，以避免液体物品流入或者是与其他物品发生撞击等情况。

④ 最好附送一张产品说明卡，这样显得专业。

例如，图 8-2 是某首饰的包装。

送贺卡
感谢光临本店：
我们会为您选购的每款成品配上合适的包装礼盒！方便您收纳保存。如果您选购的商品是要送给亲朋好友的，我们可以为您代写贺卡，或者是发送空白贺卡由您去填写祝语。让您送礼更体现心意！

图 8-2 某首饰的包装示例

图 8-3 是在淘宝网上买到的饰品包装实拍图片，为体现真实，图片未作处理。

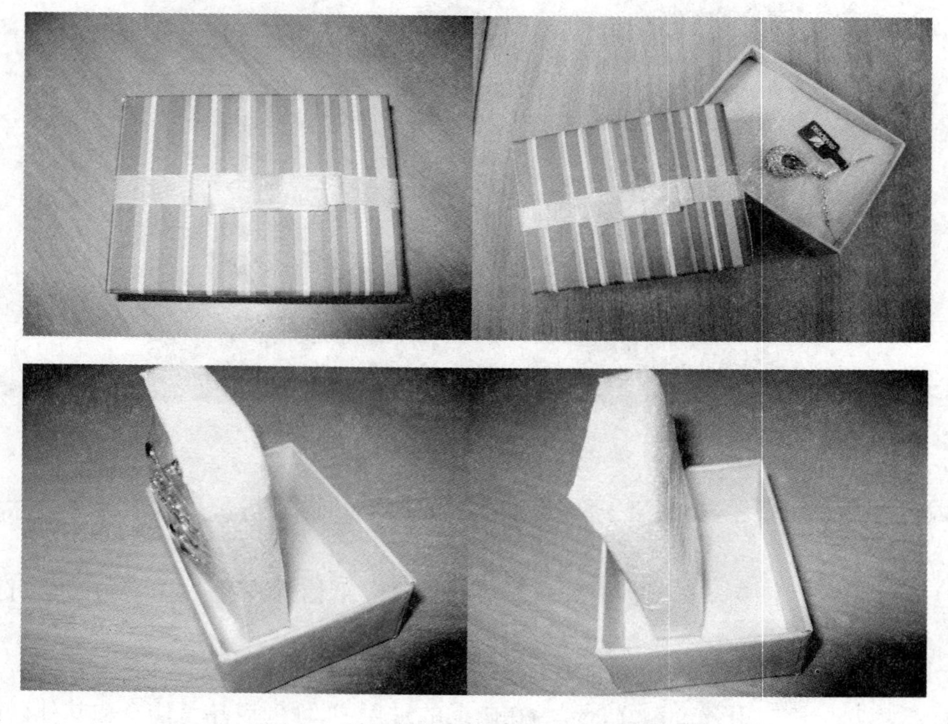

图 8-3 淘宝网上买到的某首饰的包装示例

(3) 衣服、鞋包类商品。服装类产品，可以先用塑料袋装好，再装入精致布袋，这样可以显得更有档次，然后装入防水、防染色的包裹袋中。例如，图 8-4 是用精致布袋包装的服装类产品示例。

图 8-4　用精致布袋包装的服装类产品

遇到形状不规则的包包，可预先用胶带封好口，再用纸包住手提带并贴胶带固定，这样可以减少磨损。

(4) 液体类产品。邮局对此类物品的邮寄有特殊要求，一般先用棉花裹好，再用胶带缠好。可以包厚一点，最后再包一层塑料袋。这样既可以防止撞击又可以防止自己的产品污染到其他物品。

对于香水，则要到专门的塑料店里买些气泡纸在香水盒上多裹几圈，然后用透明胶带纸紧紧封住。但是为了更确保安全，最后，你应该把裹好的香水放进小纸箱里，同时塞些泡沫塑料或者报纸。

(5) 贵重的精密电子产品。包括电话、手机、计算机显示器等。

这类产品比较怕震动，包装时可多用一些泡绵、气泡布、防静电袋等包装材料。并用瓦楞纸在商品边角或者容易磨损的地方加强包装保护，并且要用填充物（如报纸、海绵或者防震气泡布这类有弹力的材料）将纸箱空隙填满，这些填充物可以阻隔及支撑商品，吸收撞击力，避免商品在纸箱中摇晃受损。

例如，图 8-5 是某掌上电脑的包装。

(6) 书刊类。

① 先用塑料袋套好，以免弄脏，同时也起到防潮作用。

② 可用报纸做第二层包装，避免书籍在运输中受损。

③ 外层包上牛皮纸、缠上胶带。

④ 如用印刷品方式邮寄，用胶带封好边与角后，要在包装上留出贴邮票、盖章的空间；包裹邮寄方式则要用胶带全部封好，不留一丝缝隙。

下图是我们发货时的统一打包格式，您收到的快递物品与下图不符时，请开箱检测后再签收！

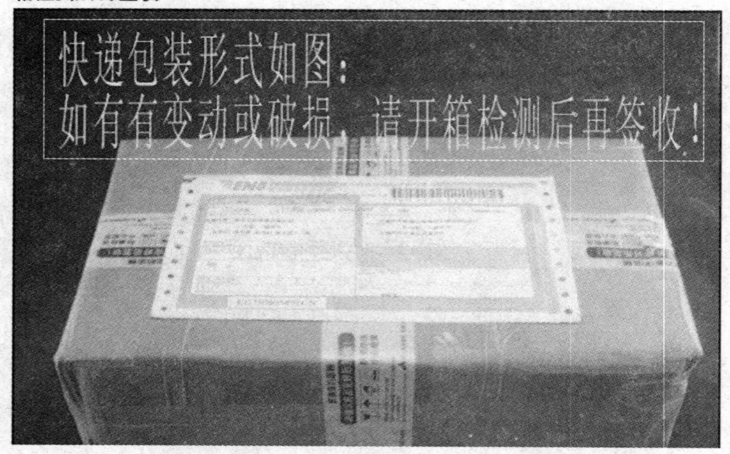

图 8-5 精密电子产品（掌上电脑）的外包装

【拓展训练】

1．为给定商品选择包装材料。

2．为给定商品包装：① 一枚胸针；② 一瓶乳液。

【任务评价】

评价内容	自评	组评	师评
对特定商品的包装材料选择合理			
包装符合基本要求			
包装符合物流运输安全且大方、美观			
合理利用包装材料，动作熟练			

任务 8.2 物流配送是关键

【任务背景】

在信息发达的 21 世纪，网上购物发展趋势很快。可是，能不能做到三天之内在全国的任何一个地方交货？那么物流就显得尤为重要。

【任务准备】

掌握基本的网络搜索信息的技能；快递详情单。

【任务流程】

耐心细致挑物流→填写快递详情单→利用物流跟踪信息查询物流详情→根据客户要求完成退款、退货操作。

【任务时间】

理论学习 1 课时，实践操作 2 课时。

【任务指导】

1. 耐心细致挑物流

包装好商品后接下来的任务就是发货。以淘宝网为例，卖家可以通过以下路径完成发货操作[①]：

(1) 进入“我的淘宝”—“我是卖家”—“已卖出的宝贝”，找到相应交易记录以后点击“发货”按钮，如图 8-6 所示。

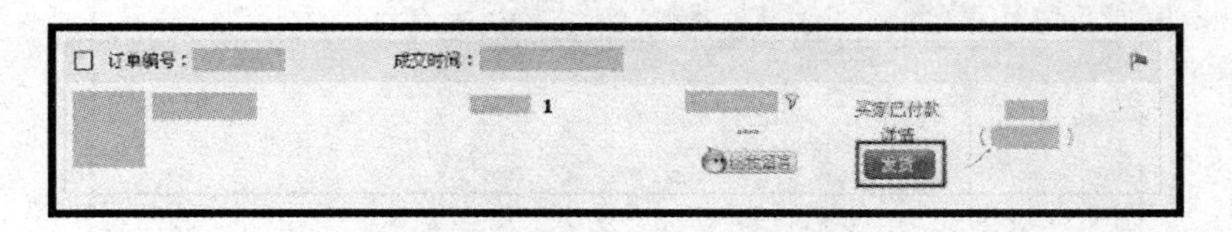

图 8-6　淘宝卖家发货界面

如果卖家是首次发货，系统会要求补充发货地址，否则，系统直接出现的是选发货方式的页面，如图 8-7 所示。

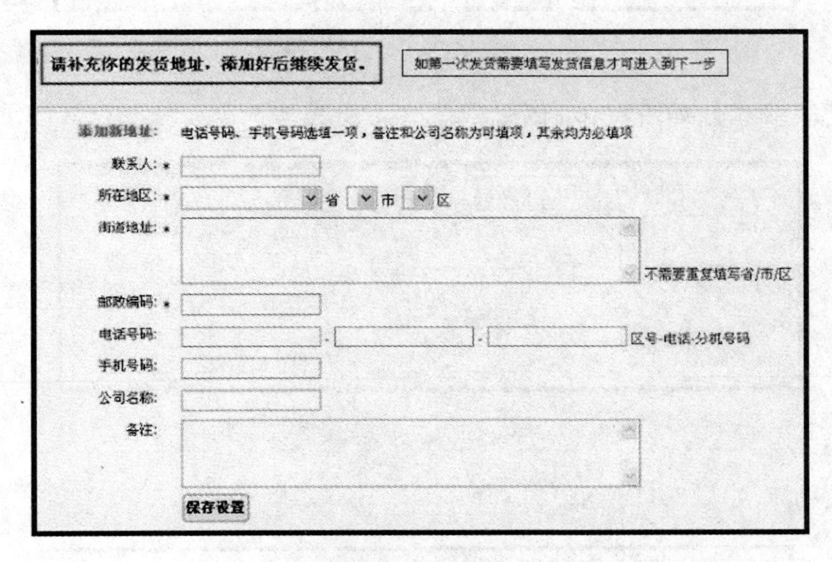

图 8-7　淘宝卖家补充发货地址界面

(2) 选择发货方式：限时物流、在线下单（推荐物流）、自己联系物流、无需物流。

① 限时物流，如图 8-8 所示。

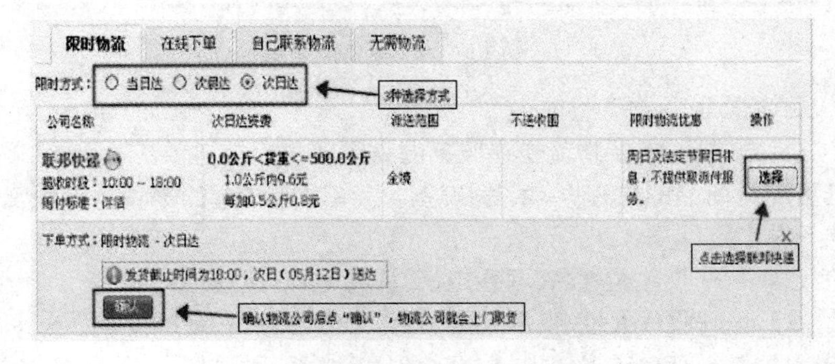

图 8-8　淘宝限时物流发货方式界面

① 发货操作摘自淘宝网帮助中心 http://service.taobao.com/support/help.htm。

② 在线下单,如图 8-9 所示。

选择相应的推荐物流单击“选择”按钮即可在网上下单后等待物流公司上门取件。

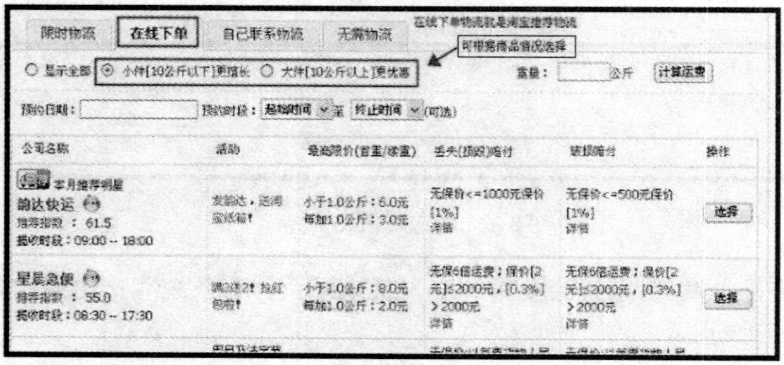

图 8-9 淘宝在线下单发货方式界面

③ 自己联系物流,如图 8-10 所示。

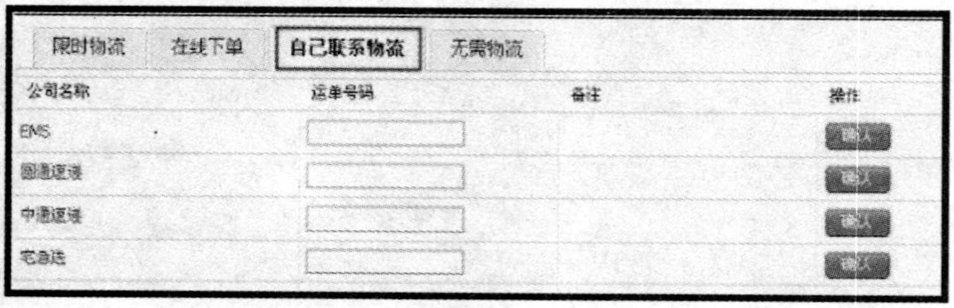

图 8-10 淘宝自己联系物流发货方式界面

④ 无需物流,如图 8-11 所示。

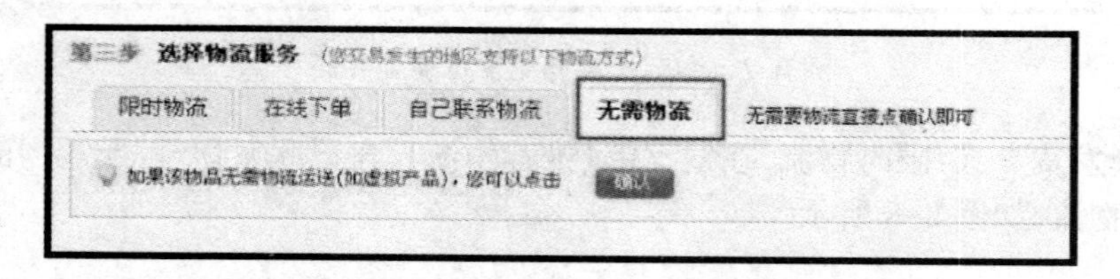

图 8-11 淘宝无需物流发货方式界面

2. 填写快递详情单

当选择好送货方式后,需要物流快递服务的就需要填写快递单,下面我们就来介绍一下在使用快递包裹配送商品的过程中,填写快递详情单时要注意的事项。一般常规的快递详情单主要有以下内容:

【收件人信息】——收件人姓名、联系电话、详细地址、所在地的邮编。

【寄件人信息】——收件人姓名、联系电话、详细地址、所在地的邮编。

【寄件人申明】——有退还寄件人、抛弃处理和改寄三种选择,一般选择“退还寄件人”。

【包裹内物品说明】——主要是写明属性,以便于分类处理。

【保价金额的设定】——一般不写,当货物比较贵重时最好填写。

3. 利用物流跟踪信息查询物流详情

卖家填写好快递单发货后，可随时查询物流跟踪信息，卖家登录到“我的淘宝”—“我是卖家”—“交易管理”—“物流工具”（见图 8-12）—“物流跟踪信息”中，输入订单编号，点击“搜索”按钮即可查看该订单中的物流详情。

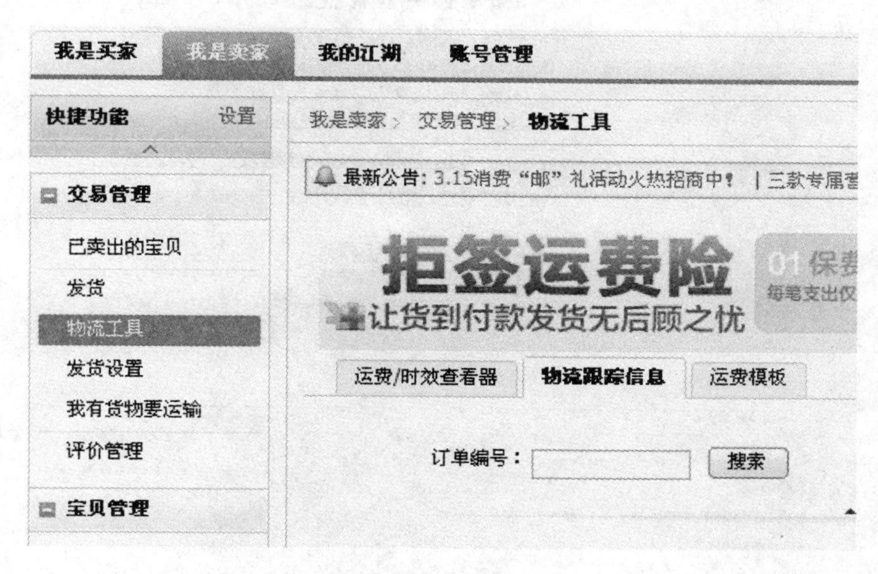

图 8-12 物流工具页面

4. 根据客户要求完成退款、退货操作

作为卖家，经常会遇到买家因为对收到的货物不满意而要求退货。所以，作为卖家必须要学会退款的方法。当买家提出退货的要求后可按照以下操作：

（1）了解买家退货的原因，明确运费归属问题的界定。运费界定如表 8-1 所示。

表 8-1 运费界定表

退货的原因	运费的归属问题
商品的质量问题	卖家承担运费
商品的包装所引起的运输磨损	卖家联系物流公司进行解决
顾客所收到的商品与描述不符	卖家承担运费
买的商品没有问题，顾客只是想更换商品	买家承担运费
顾客使用不当所引起的商品损坏	买家承担运费

（2）具体的退货操作流程。买家提出了退款申请，在这个申请里，他会写明要求退款的原因及要求退款的金额。卖家看到这些信息后，必须要对此申请作出回应。

① 卖家登录淘宝网，收到系统消息的提示（买家退款申请）点击相应的链接进入，如图 8-13 所示。

② 找到提出退款申请的交易，选中“同意买家的退款协议”的可选框，输入支付宝账户支付密码，再单击“同意退款协议”按钮，成功退回货款，如图 8-14 所示。

③ 当卖家同意的时候还会有一个提示：“点击同意退款协议，相关货款将退还给买家！是否继续？”，如图 8-15 所示。

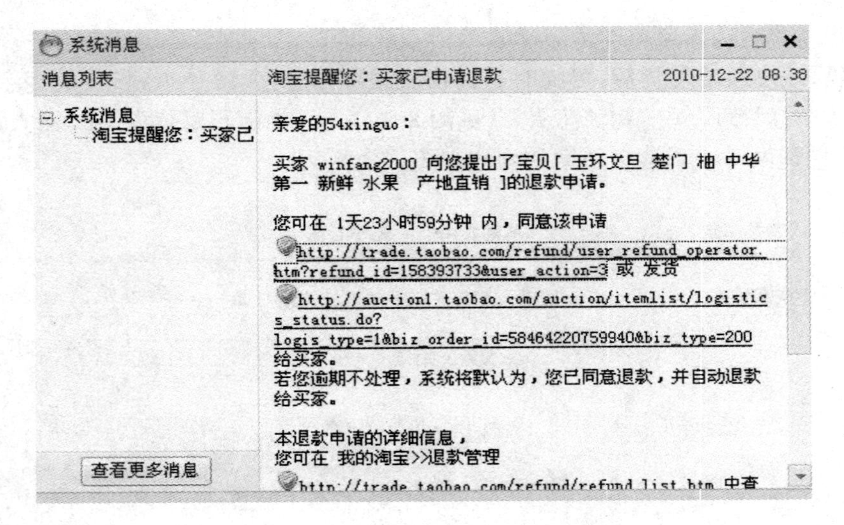

图 8-13 系统提示

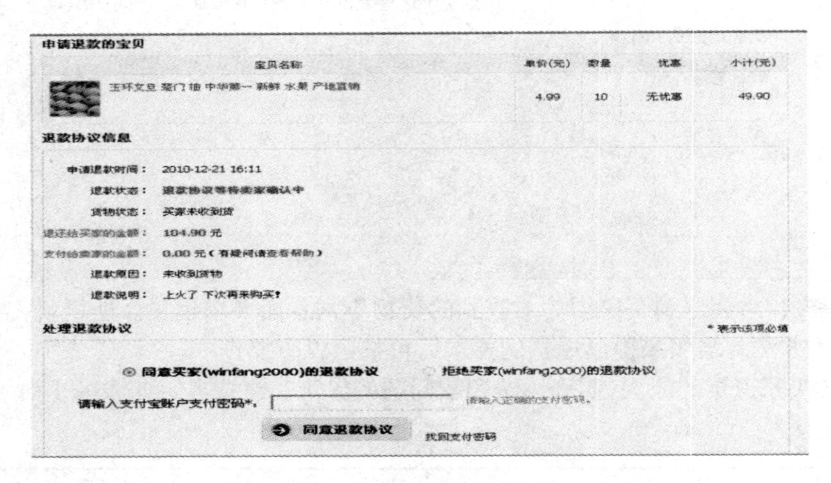

图 8-14 退款协议界面 1

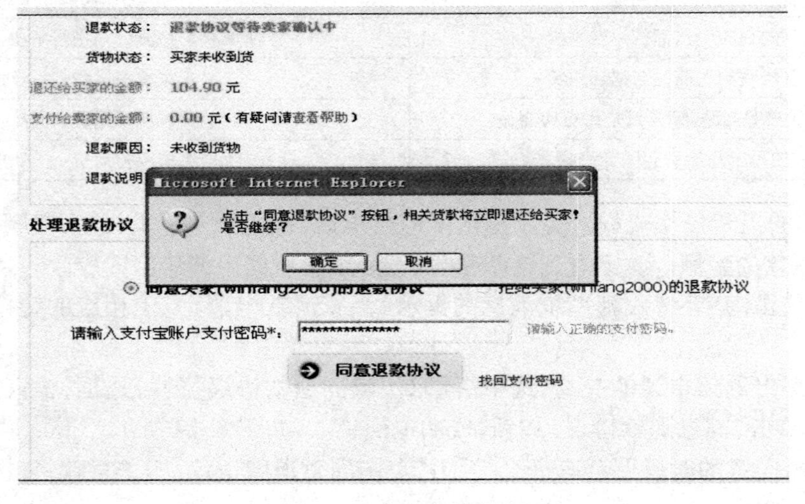

图 8-15 退款协议界面 2

④ 卖家单击“确定”按钮同意买家的退款申请协议后退款成功，如图 8-16 所示。

图 8-16　退款成功

对于换货流程来说，与退货的流程基本相似，即在退货流程的基础上再进行一个新的发货操作。

【拓展训练】

1. 查询网上资料，写出哪些物流公司与淘宝进行合作？

2. 查网上资料，写出哪些物品在快递行业内属于禁运物品？

3. 思考：若买家已收到货，但经双方协商退款不需要退货。这样的退款流程卖家又该如何操作？

4. 选择一家快递公司，填写快递详情单的相关信息。

【任务评价】

评价内容	自评	组评	师评
寻找到适合自己的物流方式进行发货			
根据买家信息，正确填写快递详情单			
利用物流跟踪系统查看订单中的物流详情			
与买家进行交流沟通完成退换货流程			

________ 项目实训书　　NO:

时间：________

团队：________

组员：________

项目实训目的：________

任务1：为下列商品选择适合的包装材料并说明选择理由。

图1　塑料台灯纸巾桶

图2　浪漫樱花梳妆台

图3　笑脸折叠购物袋

任务2：某一顾客在本店铺购买了以下商品各1件，请设计并为他包装产品。

图1　时钟台灯

图2　晾帽架

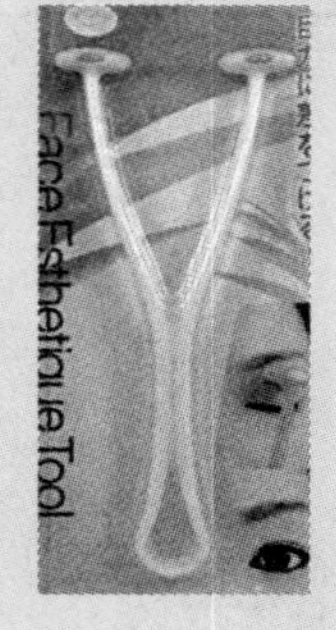

图3　眼部按摩器

图4　长筒袜

任务3：对市场上的物流速递公司进行一次小调查，比较各家物流速度公司的服务和价格，从中选出你认为最佳的一家，并写出你的理由。

任务4：选择一家你认为最佳的物流速递公司填写快递详情单并进行发货处理。

任务5：利用物流跟踪信息查询指定货品的物流详情。

任务6：小组合作扮演淘宝买家与卖家进行退换货操作。

业务 9

收支比较知盈亏
——利润计算与收款提现

“我的”创业卡

学习目标

@ 了解网上支付的方式；

@ 掌握网店进销存日常财务管理与利润计算；

@ 养成细心、一丝不苟的学习态度及严谨、实事求是的工作作风，树立良好的社会责任感以及勤奋、合作的精神。

项目招标

利用财务软件，对网店商品进行日常管理。能对所销售的商品进行收款提现，并进行利润核算。

任务分解

@ 网上支付方式大搜罗；

@ 商品的进销存日常管理；

@ 销售收入与利润分析。

引子

辛巴问蜜蜂甲：“3 分钟 =3 500 万个蜂币，你相信吗？”

蜜蜂甲：“ ”。

辛巴：“听说 1999 年，马云和孙正义在 3 分钟的单独谈判后，获得 3 500 万美元风险投资；网站注册一个月，由高盛牵头的 500 万美元风险资金到账；2000 年，软银投资 2 000 万美元……”

任务 9.1 网上支付方式大搜罗

【任务背景】

伴随着电子商务的不断发展，网上购物逐渐成为人们的一种时尚购物方式。网上支付方式主要有在线支付、邮政汇款、银行汇款、货到付款、使用支付宝、信用卡委托支付等。

【任务准备】

搜集和查询网上购物支付方式的使用情况及相关资料。

【任务流程】

了解网上支付方式。

【任务时间】

理论学习 0.5 课时。

【任务指导】

网上支付是电子商务的一个重要组成部分，是指买家、卖家和网上银行之间使用安全的电子手段，利用电子现金、银行卡等支付工具，通过互联网完成支付的整个过程，如图 9-1 所示。

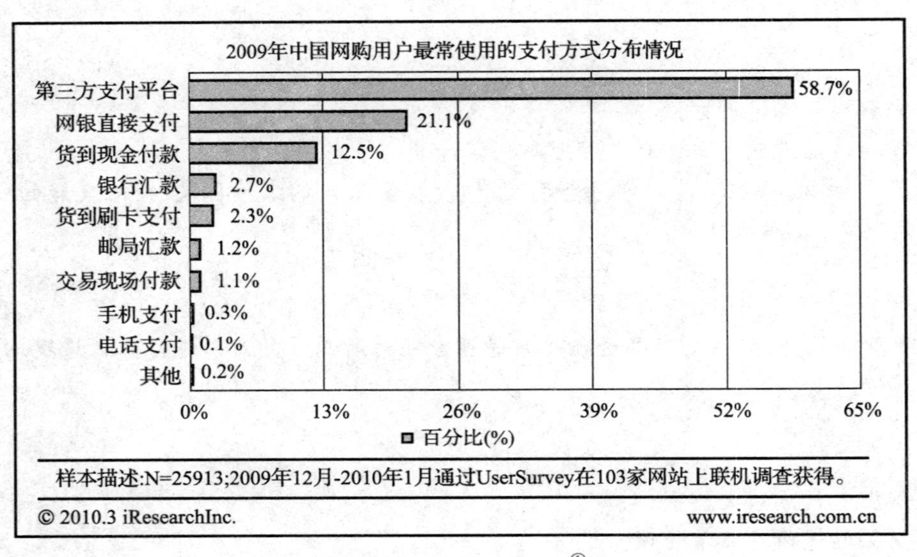

图 9-1 网上支付方式[①]

从图 9-1 中不难看出：网上支付已经成为网上购物最重要、最常用的一种支付方式。具体来说，易趣采用安付通，而阿里巴巴和淘宝则主要是支付宝。在这里我们简单介绍几种常用的网络支付方式：

(1) 在线支付。这是一种便捷安全的支付方式，你不需要去银行、邮局等机构，前提是你的银行卡已经开通了网上支付功能。目前，银行卡在线支付方式支持国内以下银行发行的银行卡：招商银行、交通银行、兴业银行、中国工商银行、上海浦东发展银行、中国银行、中国建设银行、中国民生银行、深圳发展银行、中国农业银行、广东发展银行和中国光大银行。

图 9-2 支付宝

(2) 支付宝。支付宝（见图 9-2）的买家需要注册一个支付宝的账户，用开通的网上银行给支付宝账户充值，然后用支付宝账户在淘宝网上购物并使用网上

① 图片来源：http://www.iresearch.com.cn。

支付，货款会转到支付宝上，支付宝公司在收到支付的信息后通知卖家给买家发货，买家收到商品后在支付宝进行确认，支付宝公司在收到买家确认收货并且满意的信息后，最终给卖家付款。支付宝平台支持的银行有：中国工商银行、招商银行、中国建设银行、交通银行、中国农业银行、中国银行、中国光大银行、上海浦东发展银行、中信银行、兴业银行、深圳发展银行、中国民生银行、杭州银行共 13 家银行。

(3) 神州行充值卡。这种支付是一种快捷、高效、安全的在线支付方式。只需在售卡处（如报刊亭、移动营业厅等）购买中国移动发行的神州行充值卡，即可在网站进行支付操作。

(4) 货到付款方式。这种方式为不方便网上支付，也不便去邮局和银行的顾客提供上门收费的支付服务。

(5) 财付通支付。它是腾讯公司提供的在线支付方式，支付安全，到账及时。使用财付通支付方式，不论你是否拥有财付通账户均可进行支付操作，我们只需持有下述银行发行的银行卡，并开通该卡的网上支付功能即可，财付通支持的银行有中国工商银行、招商银行、中国建设银行、中国农业银行、上海浦东发展银行、深圳发展银行、兴业银行、中国光大银行、交通银行、中国民生银行、中信银行、广银联。

(6) 邮政汇款。这是一种非常安全的支付方式，适用于全国邮政范围所能覆盖的地区，顾客可以将订单金额通过邮政部门汇出，一般货款汇出后到达时间为 3 ～ 5 个工作日，卖家收到货款买家收到货物后交易完成。

(7) 银行柜台转账。这是一种安全高效的支付方式，可以在全国任何一家银行办理银行转账业务。

(8) 快钱。它也是一种快捷的网络支付方式，到账及时，付款安全。无论是否拥有快钱账号均可进行支付。我们只需拥有以下任意一家银行的银行卡，并开通网上支付功能即可。快钱平台支持的银行有：中国工商银行、招商银行、中国建设银行、交通银行、中国农业银行、中国银行、中国光大银行、上海浦东发展银行、中信银行、兴业银行、深圳发展银行、中国民生银行、杭州银行、北京银行、北京农村商业银行、华夏银行、中国邮政等 20 多家银行。

(9) 银行卡手机支付。它是一种安全、便捷的新型网络支付平台，无需开通网银。银行卡手机支付能够使用户通过网络途径进行支付，通过移动电话进行实时信息确认完成支付，确保用户支付的安全。目前支持的银行有：中国银行、中国建设银行、中国农业银行、中国交通银行、中国光大银行、上海浦发银行、中信银行、兴业银行等。

【拓展训练】

1. 从上述的 9 种支付方式中选择 3 种，进行真实体验，比较不同支付方式的优缺点。

2. 根据优缺点，提出 3 条改进建议。

【任务评价】

评价内容	自评	组评	师评
成功地进行支付方式体验活动			
阐述的优缺点符合实际情况			
建议有针对性和有效性			

任务9.2 商品的进销存日常管理

【任务背景】

库存管理是物流管理中的一个核心问题,如何实施正确的库存管理模式和策略,达到高效库存管理,是企业急需解决的问题。

【任务准备】

拥有一套专业的网店进销存管理软件。

【任务流程】

进货管理→销售管理→库存管理。

【任务时间】

理论学习1课时,实践操作2课时。

【任务指导】

1. 进货管理

我们在淘宝网开店后,进货、发布商品、收到订单后发货、通过支付宝收付款、提现,对每天的交易内容进行分析。首先,从进货开始,建立EXCEL统计表。EXCEL格式的表格便于我们进行成本的结算和分析,如表9-1所示。

表9-1 商品入库单

日期	商品名称	商品规格	计量单位	单价	数量	金额
2011.2.25	玫瑰花蕾膏		支	28.00	40	1 120.00
2011.2.25	玫瑰眼贴		合	16.00	100	1 600.00
2011.2.25	紧肤眼霜		支	45.00	20	900.00
2011.2.25	蒙巴拉腮红		合	36.00	30	1 080.00

如果需要对某种商品或某类商品的月进货量进行汇总,可以编制商品入库汇总表,如表9-2、表9-3所示。

表9-2 商品入库汇总表

商品名称(护肤类)	进货时间	进货数量	进货价
玫瑰花蕾膏			
玫瑰眼贴			
玫瑰补水面膜			
合计			

表 9-3　商品入库汇总表

商品类型	进货时间	进货数量	进货价	合计
玫瑰护肤类				
彩妆类				
韩妆中小样				
化妆工具				

2. 销售管理

接下来需要对商品的日常销售情况进行记录，编制简易的销售日报表，如表 9-4 所示。

表 9-4　商品销售日报表

日期	商品名称	销售量	单价	销售额

如果需要对某种商品或某类商品的月销售量进行汇总，可以编制商品出库汇总表，如表 9-5、表 9-6 所示。

表 9-5　商品出库汇总表

商品名称（护肤类）	发货时间	发货数量（件）	进货价	售价
玫瑰花蕾膏		25		
玫瑰眼贴		28		
玫瑰补水面膜		16		
合计		89		

表 9-6　商品出库汇总表

商品类型	进货时间	进货数量	进货价	售价	合计
玫瑰护肤类		89			
彩妆类		38			
韩妆中小样		54			
化妆工具		25			

3. 库存管理

根据进货和销售数量，计算商品的库存数量，如图 9-3①所示。

A	B	C	D	E	F	G	H	I	J	K	L	M
进货时间	总金额	货款金额	商品名称	进货量	发货量	库存数量	进价	库存金额	售价	商品编号	规格	颜色
07.2.25	4700.00	1120.00	玫瑰花蕾膏	40	8	32	28.00	896.00	46.00	ROS-142	22克	—
		1600.00	玫瑰眼贴	100	11	89	16.00	1424.00	28.00	ROS-140	100片	—
		900.00	紧肤眼霜	20	4	16	45.00	720.00	80.00	TKD-334	30克	—
		1080.00	蒙巴拉腮红	30	6	24	36.00	864.00	58.00	MON-004	12克	4号色
						库存总额:		3904.00				

图 9-3 商品库存量

为了详细地记录店铺商品的购销存情况，应建立购销存明细账，如表 9-7 所示。

表 9-7 商品进销存明细账

最高储量

最低储量 单位 名称

编号 规格

年		购进			卖出			库存		
月	日	数量	单价	金额	数量	单价	金额	数量	单价	金额

【拓展训练】

1. 针对开设的网店，对购进的商品编制商品入库单、商品入库汇总表。
2. 根据商品的销售情况，编制商品发出汇总表，并编制简单的销售日报表。
3. 进行商品的购销存明细核算，登记商品进销存明细账。

【任务评价】

评价内容	自评	组评	师评
入库单、入库汇总表编制正确			
出库汇总表编制正确			
正确登记商品进销存明细账			

① 图片及信息来源：http:// wenku.baidu.com 网上店铺经营管理 2007。

任务 9.3　销售收入与利润分析

【任务背景】

资金运作是网络创业的重要组成部分，而科学有效的财务管理能够使网店经营锦上添花。网店的初期、成长期、成熟期都有一定的成本投入，但与实体店相比，网店以其低成本、灵活的经营方式、快捷的交易方式得到许多创业者的青睐，许多人在网上开店，通过网上销售商品赚取利润。

【任务准备】

掌握商品进销存的日常管理。

【任务流程】

销售收入分析→收款提现→销售利润分析。

【任务时间】

理论学习 0.5 课时，实践操作 2 课时。

【任务指导】

1. 销售收入分析

根据日销售信息我们可以作一个销售收入分析，如图 9-4[①]所示。

A	B	C	D	E	F	G	H	I	J	K
交易日期	顾客网名	商品名称	数量	单价	总价	交易总额	发货时间	包裹单号	邮寄地址	备注
		玫瑰花蕾膏	2	46.00	92.00					
07.3.12	aaa311	玫瑰眼贴	3	28.00	84.00	191.00	07.3.13	426	北京市……	（工）3.13
		邮费（快递）	1	15.00	15.00					
		玫瑰眼贴	3	28.00	84.00					
07.3.13	yyh24	紧肤眼霜	1	80.00	80.00	170.00	07.3.13	19832351	上海市……	（支）3.13
		邮费（快递）	1	6.00	6.00					
07.3.14	wff1985	玫瑰花蕾膏	3	46.00	138.00	143.00			江苏省南京市……	
		邮费（平邮）	1	5.00	5.00					
		销售收入：				504.00				

图 9-4　商品销售收入分析

从图 9-4 中可以得出：

商品售价 = 数量 × 单价

交易总额 = 各商品总价之和

销售收入 = 交易总额之和

① 图片及信息来源：http:// wenku.baidu.com 网上店铺经营管理 2007。

2. 收款提现

第一步：进入支付宝账户—“我的支付宝”—“账户信息管理”—“银行账号信息”中设置提现银行卡的信息，如图 9-5 所示。

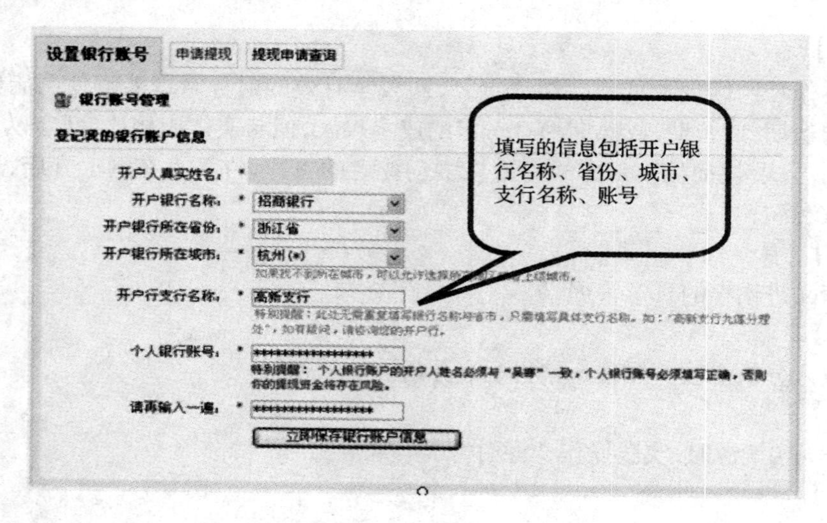

图 9-5 银行账户信息填写界面

第二步：进入“我的支付宝”—“账户提现”中填写提现金额，每天提现次数为 3 次，如图 9-6 所示。

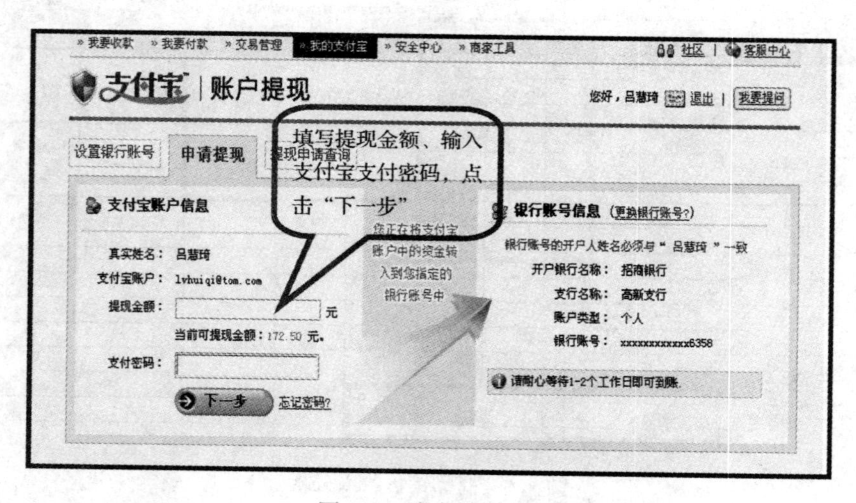

图 9-6 账户提现页面

3. 销售利润分析

根据销售收入和发生的各种成本，可以对销售利润作进一步的分析，编制简易的利润表，如图 9-7 [①] 所示和表 9-8 所示。

---

① 图片及信息来源：http:// wenku.baidu.com 网上店铺经营管理 2007。

A	B	C	D	E	F	G
统计月份	销售收入	进货支出	库存金额	管理成本	店铺资产	备　注
1月	1156.00	1250.00	420.00	160.00	166.00	本月节日集中，销售效果还不错。
2月	2060.00	1800.00	768.00	220.00	808.00	本月销售业绩不好，库存积压太多。
3月	504.00	4700.00	3904.00	80.00	-372.00	截止3月15日，还有半个月数据未计。
4月						
5月						
6月						
7月						
8月						
9月						
10月						
11月						
12月						
小计：	3720.00	7750.00	5092.00	460.00	602.00	

图 9-7　销售利润的进一步分析

表 9-8　利　润　表

年　　月　　日

编制单位　　　　　　　　　　　　　　　　　　　　　　　　　　　　单位:元

项目	本期金额	上期金额
一、营业收入		
减:折扣与折让		
二、营业收入净额		
减:营业成本		
营业税金及附加		
财务费用		
销售费用		
管理费用		
三、营业利润		
加:营业外收入		
减:营业外支出		
四、利润总额		
减:所得税		
五、净利润		

从中又可以得出：

销售收入＝当月交易总金额

销售利润＝销售收入－销售成本

净利润＝销售利润－经营费用

店铺资产＝销售收入－进货支出－管理成本＋库存金额

示例

销售收入及利润的计算

假设在网店开业的前两周内，我们的销售额合计1 500元，销售成本合计800元，经营费用400元。计算销售利润及净利润，并进行财务分析。

销售利润=1 500-800=700（元）

净利润=700-400=300（元）

销售利润率=销售利润 ÷ 总销售额=700÷1 500=46.67%

在网店推广全面铺开后，按预计网店每天销售量为20件订单，并通过目前的利润水平，估算出每件订单的净利润为15元左右，假设每月的经营费用为1 000元。将每月经营费用分摊到每日，即：

平均每日经营费用=1 000÷30=33.33（元）

让我们再来看一个盈亏平衡分析：

销售收入－销售成本＝销售毛利

销售毛利－经营费用＝净利润

每日净利润等于0时的销售量为盈亏平衡点，则：

盈亏平衡点销售量＝平均每日经营费用 ÷ 单位商品净利=33.33÷15≈3（件）

则每天最少作出3件订单能使盈亏平衡。

【拓展训练】

1．根据网店的商品销售情况，计算销售收入与销售成本，分析利润。

2．根据客户的付款方式，完成收款提现。

3．编制简易的利润表。

【任务评价】

评价内容	自评	组评	师评
熟练地进行商品进销存管理			
收款提现操作正确			
正确计算网店的收入、成本和利润			

行情链接

①阿里软件网店版进销存管理软件 ②网店管家进销存管理软件

③宏达“网店收银进销存管理系统”

________项目实训书 NO：

时间：________

团队：________

组员：________

项目实训目的：________________

____

____

____

任务 1. 学习网店商品日常进销存管理，编制商品入库单、出库汇总表和简单的销售日报表。

任务 2. 进行销售收入及利润分析，编制简易的利润表。

任务 3. 进行收款提现操作。

业务 10 标记语言添砖瓦——个性装修与素材制作

"我的"创业卡

学习目标

@理解店铺装修及其相关术语的概念与意义；
@能利用网络的免费资源美化分类栏并丰富分类栏的功能；
@掌握将在线图片资源转存到淘宝图片空间永久使用的方法；
@掌握店招的在线设计和应用方法；
@掌握 DREAMWEAVER 的基本操作；
@能修改和制作店铺装修素材，并应用到自己的店铺中去。

项目招标

美化网店分类栏，添加更多功能，丰富网店首页自定义模块的表现形式，在商品描述页中增加关联营销的模块。

任务分解

@DREAMWEAVER 助力个性装修；
@做"商品详细描述"模板。

引子

蜜蜂甲："我的地盘我做主——要彰显个性。"
蜜蜂乙："走自己的路，让别人说去——要突出风格。"
蜜蜂丙："没有个性，就缺少自信"。
……
辛巴："现在这个社会，个性就是时尚。"

任务 10.1 DREAMWEAVER 助力个性装修

【任务背景】

为了提高网店的视觉识别度，在网店有限的空间内向客户提供更多的信息，我们总是希望网店的自定义功能能够更加丰富。网店平台在提供这些附加自定义功能的同时是需要我们付出更多的资金的。以淘宝的旺铺功能来说，目前提供的标准版旺铺功能月费 50 元，年费 360 元；扩展版旺铺功能月费 98 元，年费 998 元；旗舰版旺铺功能年费 2 400 元。因此，在初创阶段，我们有必要充分利用现有的免费资源来丰富和扩展我们的店铺功能。

【任务准备】

能将本地图片文件保存到“图片空间”。

【任务流程】

DREAMWEAVER 软件基础操作→修改网上下载的免费店铺装修资源。

【任务时间】

理论学习 1 课时，实践操作 2 课时。

【任务指导】

1. DREAMWEAVER 软件基础操作

首先，我们需要学会使用网页编辑软件，在这里介绍给大家的是使用广泛、功能强大又易学易用的网站制作软件——DREAMWEAVER。

启动 ADOBE DREAMWEAVER CS4 软件（以下简称 DW），如图 10-1 所示。

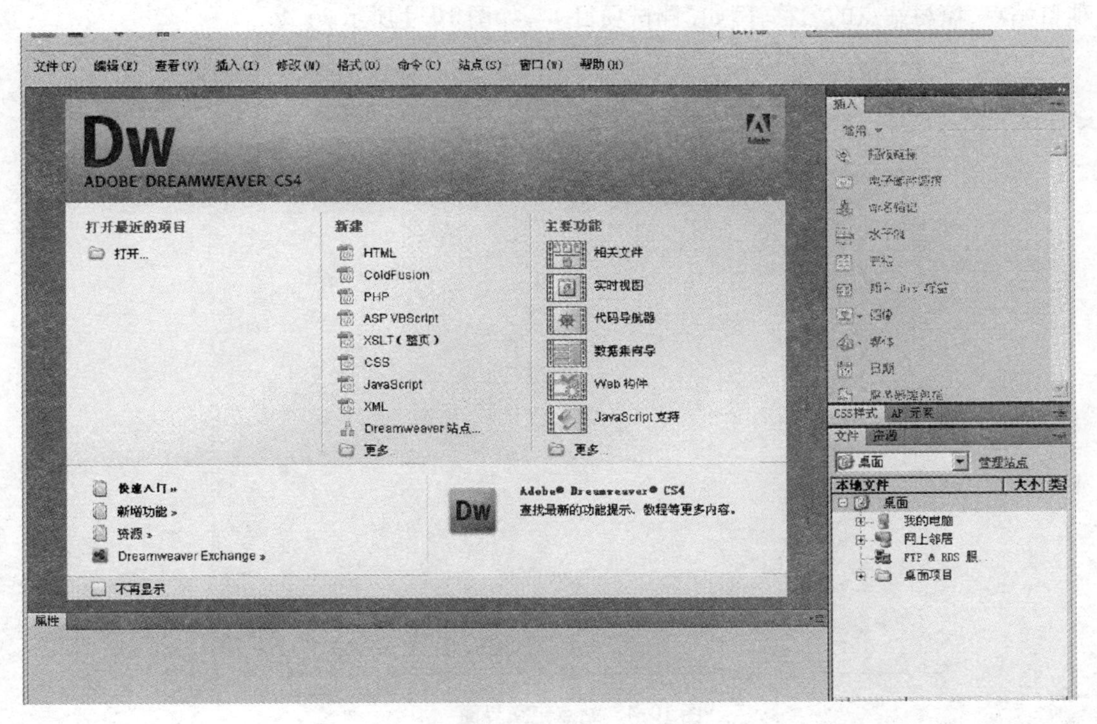

图 10-1　ADOBE DREAMWEAVER CS4 软件界面

开始使用 DW 制作店铺相关项目时，第一步要做的事是创建一个站点，规划好文件存放的路径。单击软件右下方“文件”面板中的“管理站点”的文字，打开站点管理的对话框，如图 10-2、图 10-3 所示。

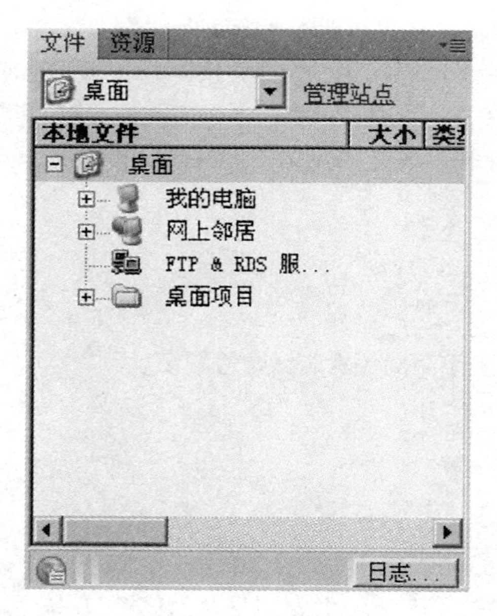

图 10-2 “文件”面板

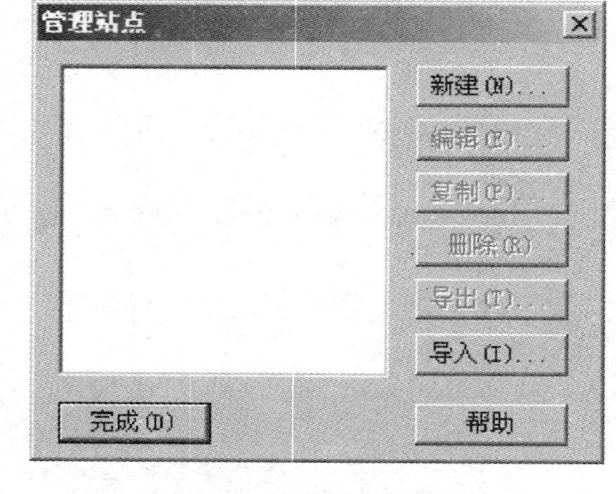

图 10-3 “管理站点”对话框

单击“管理站点”对话框中的“新建”按钮，在弹出的快捷菜单中选择“站点”，新建一个项目站点，填写站点的名称，例如“测试项目 1”，如图 10-4 所示。

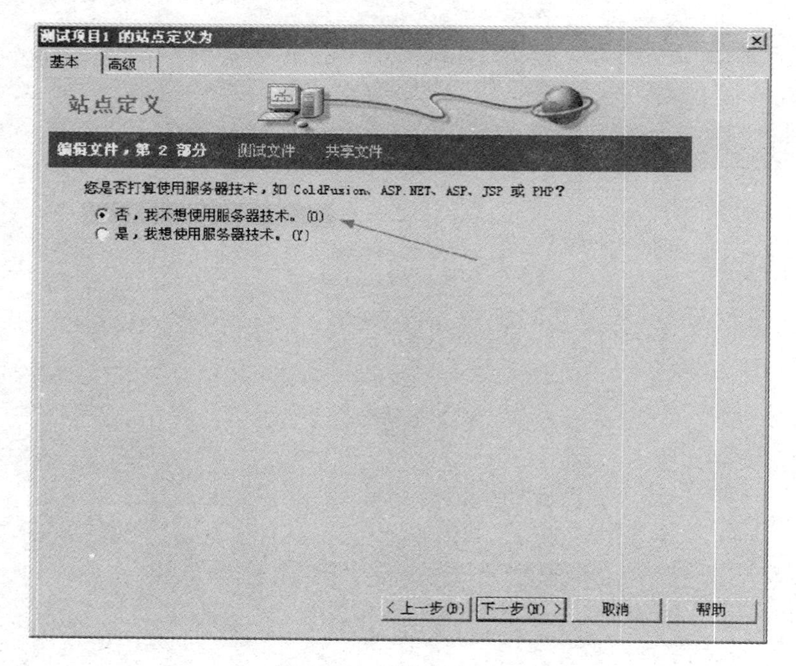

图 10-4 站点定义界面

单击“下一步”，选择“否，我不想使用服务器技术。”如图 10-5 所示。

单击“下一步”，在对话框中选择“编辑我的计算机上的本地副本，完成后再上传到服务器(推荐)”这一项，再指定文件保存在计算机上的位置，这可以是一个已经存在的文件夹也可以是一个不存在的文件夹，例如，“我的文档”下“测试项目 1”，如图 10-6 所示。

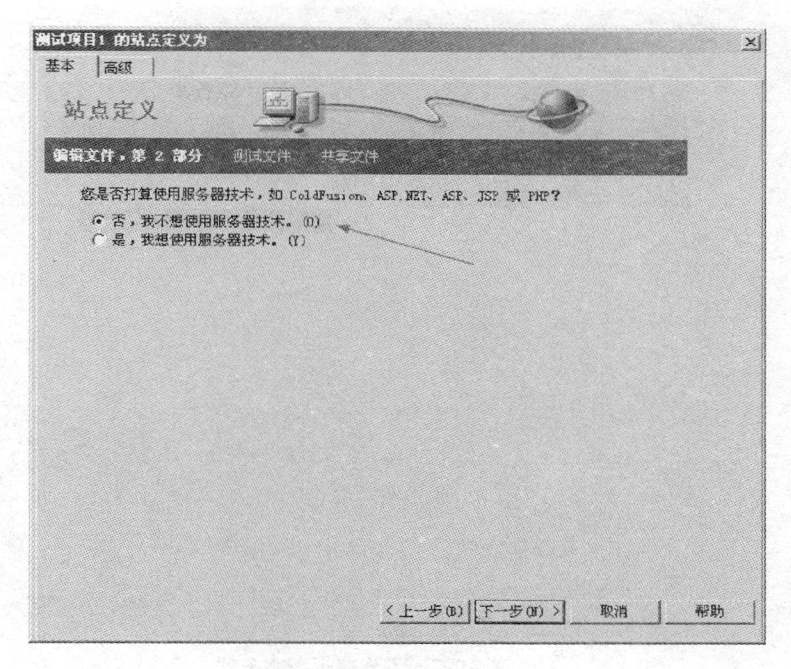

图 10-5　不使用服务器技术

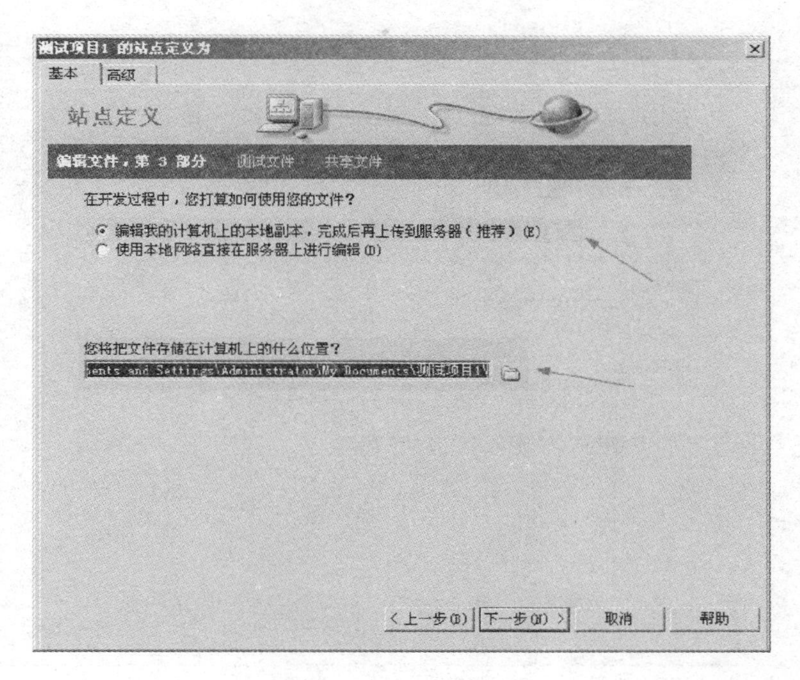

图 10-6　站点文件保存位置

单击“下一步”，在对话框中“您如何连接远程服务器？”项选择“无”，如图 10-7 所示。单击“下一步”，再单击“完成”按钮，如图 10-8 所示。

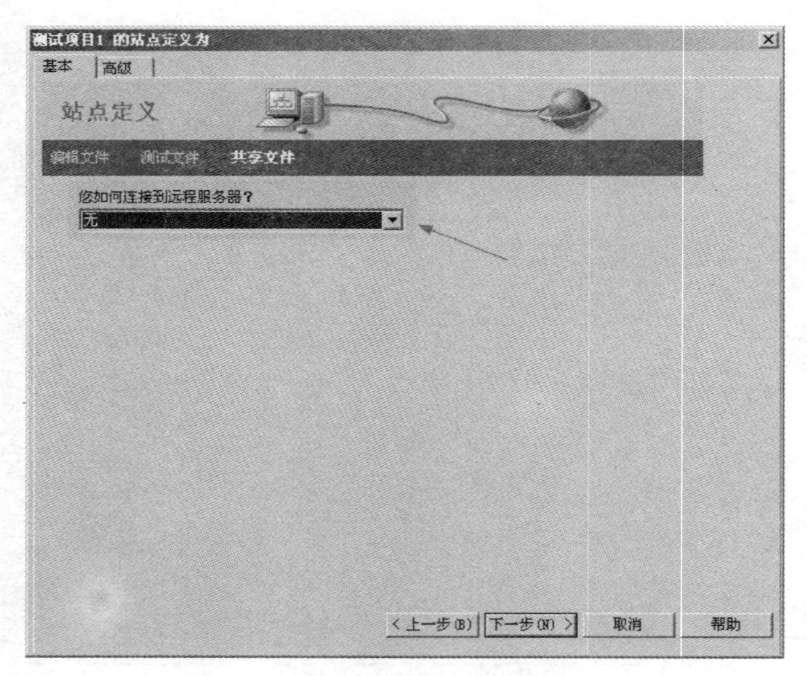

图 10-7　不连接远程服务器

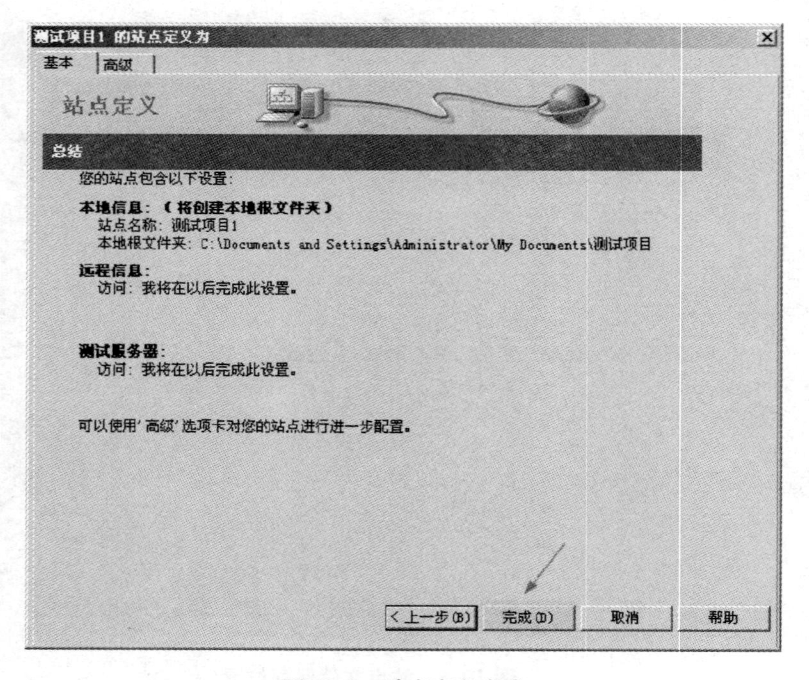

图 10-8　站点定义完成

在“管理站点”对话框中选择需要编辑的站点，名称“测试项目 1”，单击“完成”，如图 10-9 所示。

在文件面板中，单击右上角的按钮，如图 10-10 所示。

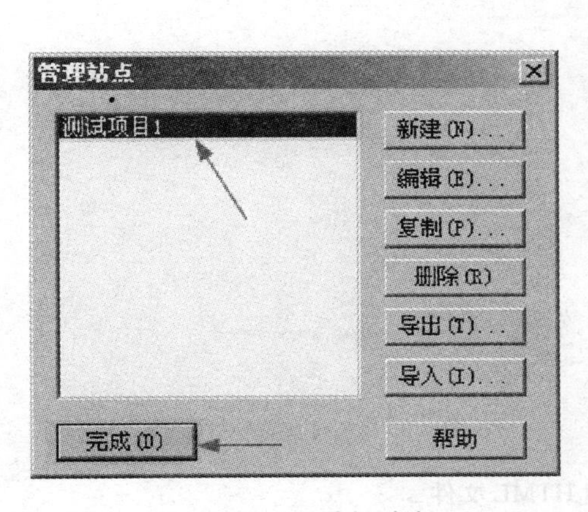

图 10-9 选择站点

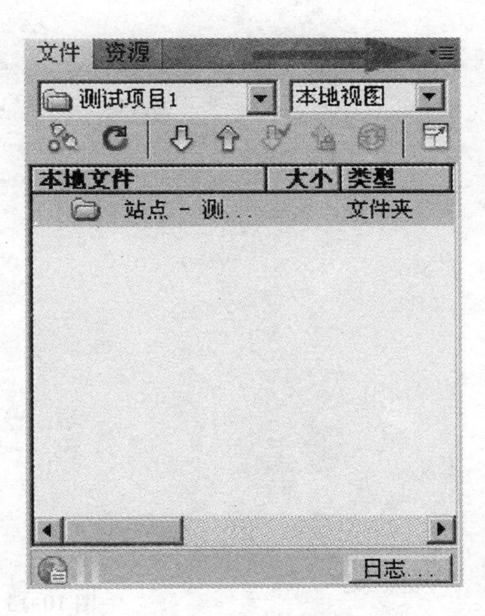

图 10-10 文件面板

在弹出的快捷菜单中，选择“文件” — “新建文件夹”，如图 10-11 所示。

将新建的文件夹改名为“images”，这个文件夹专用于保存各种图片，如图 10-12 所示。

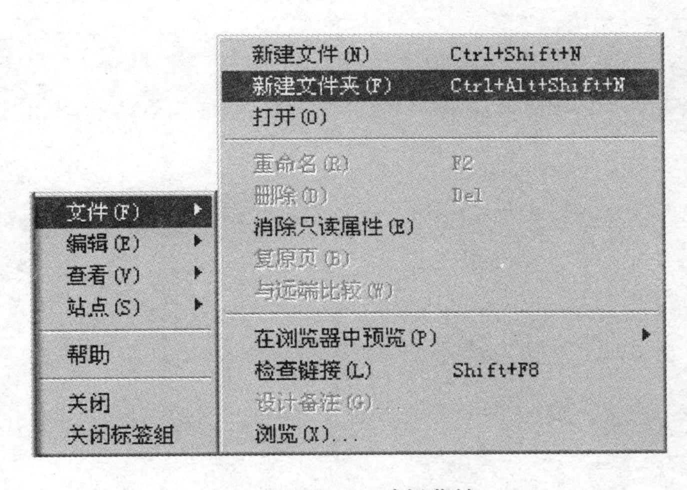

图 10-11 选择菜单

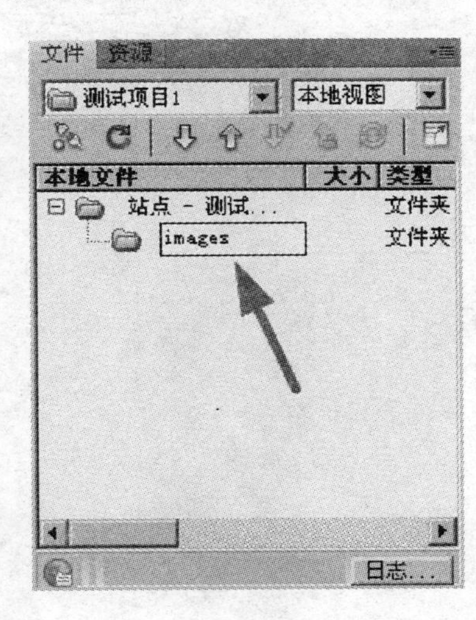

图 10-12 新建 images 文件夹

单击“新建”项目下的“HTML”按钮，如图 10-13 所示，新建一个网页。

单击“文件”菜单中的“保存”，在保存对话框中输入保存的文件名“index.htm”，如图 10-14 所示。

在需要编辑这个项目的文件时，只要双击文件面板中的 index.htm，就可以进行编辑和修改了，如图 10-15 所示。

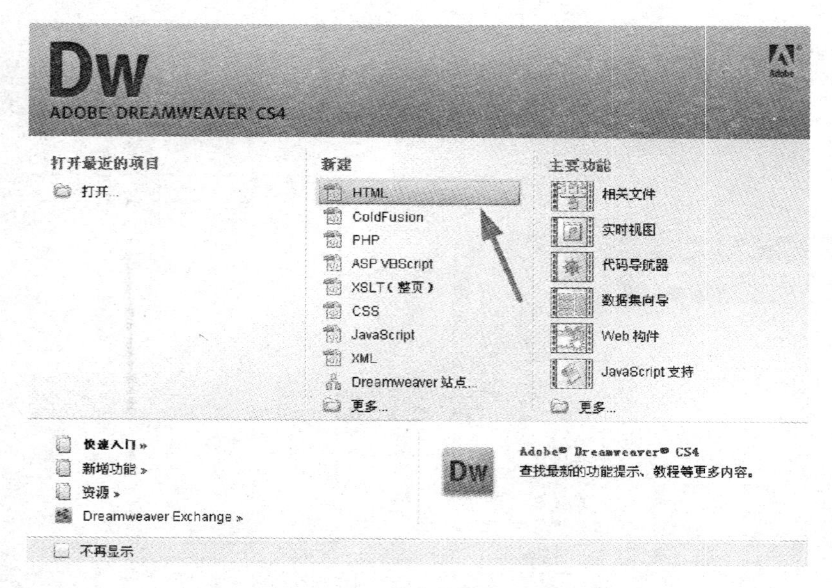

图 10-13　新建 HTML 文件

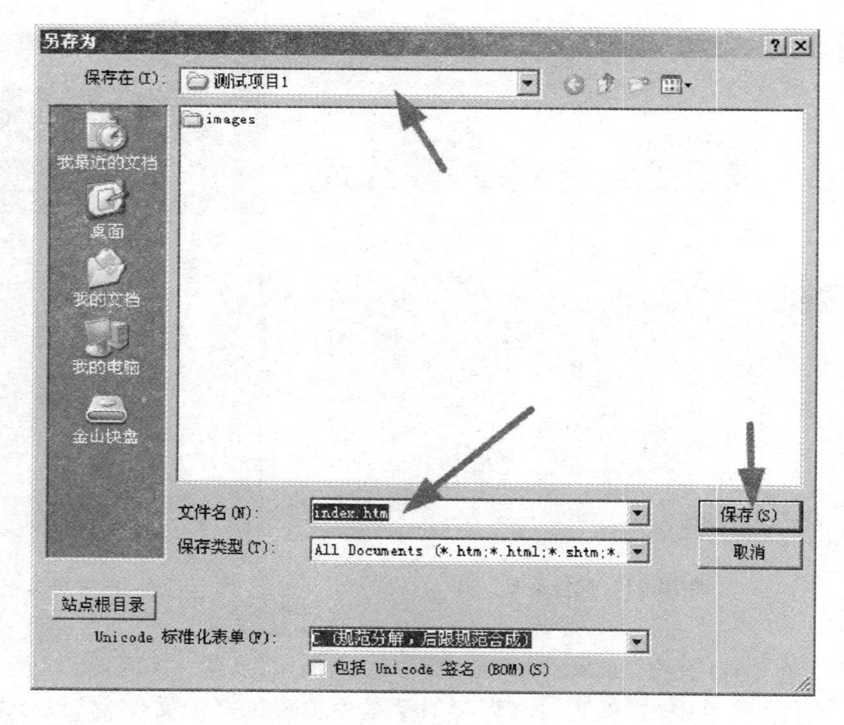

图 10-14　保存文件

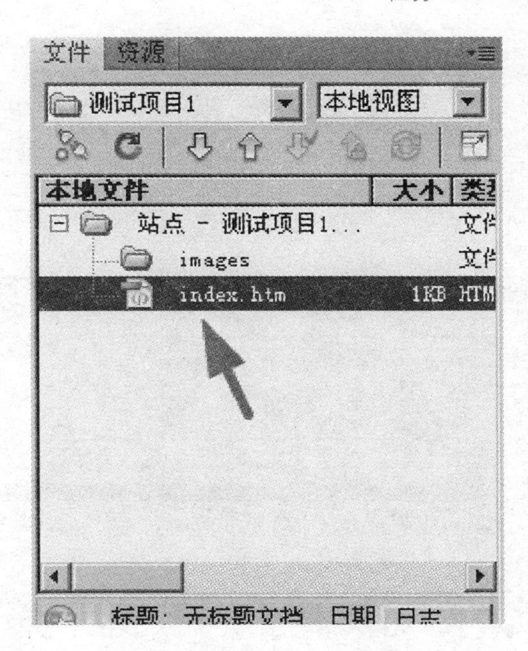

图 10-15 双击站点文件进行编辑

2. 修改网上下载的免费店铺装修资源

我们继续以简单容易入手的网上免费素材开始，来装扮我们的店铺。素材用得好，可以在不增加资金投入的情况下，提升网店的价值。

进入“三角梨”免费装修素材“旺铺促销”网页(http://sc.sanjiaoli.com/wpcxmb)，如图 10-16 所示。

图 10-16 三角梨装修素材网页

选择适合自己网店装修风格的模板，点击进入，如图 10-17 所示，找到“下载地址”，单击即可保存装修素材。

图 10-17 下载地址

将“下载地址 1”所指向的压缩文件下载到本地计算机上，然后打开，如图 10-18 所示。

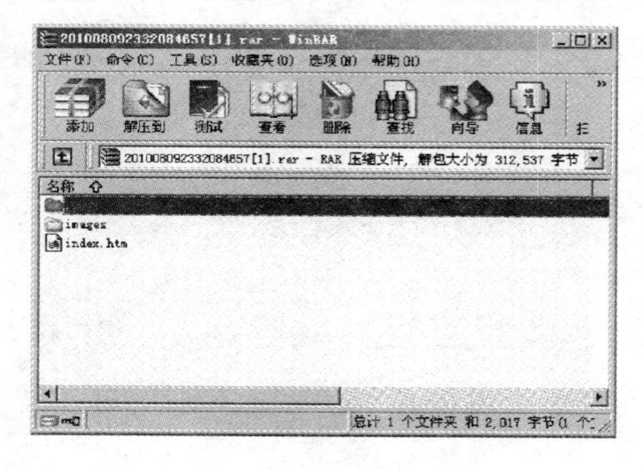

图 10-18 打开压缩文件

选中所有文件和文件夹，单击“解压到”按钮，将所有文件解压到我们刚才创建的“测试项目 1”文件夹中，如图 10-19 所示。

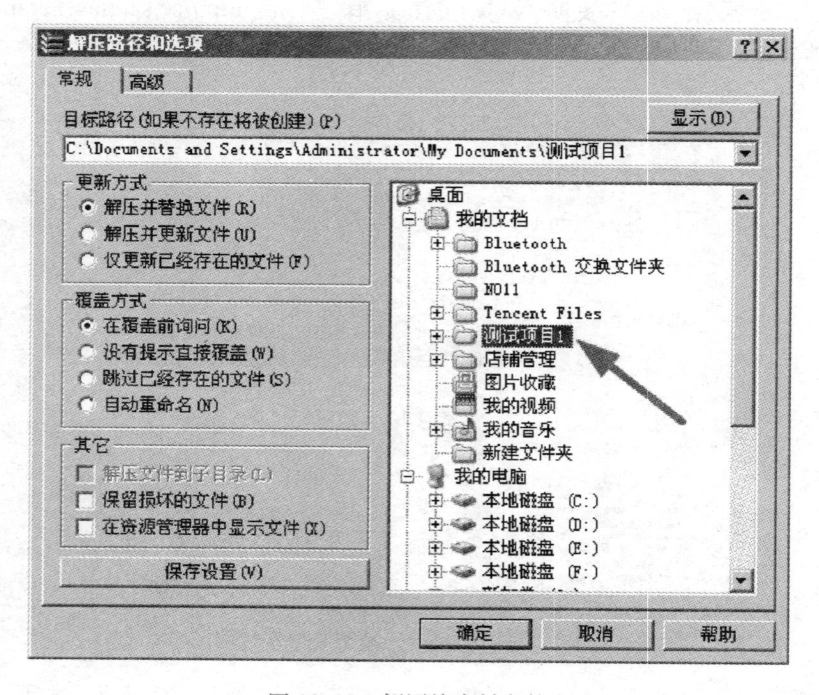

图 10-19 解压缩素材文件

启动 DW 软件，双击打开“测试项目 1”中的 index.htm 文件，如图 10-20 所示。

图 10-20 装修素材效果

在店铺公告和联系方式内输入文字，将输入的文字分别选中，然后设置格式，如图 10-21 所示。

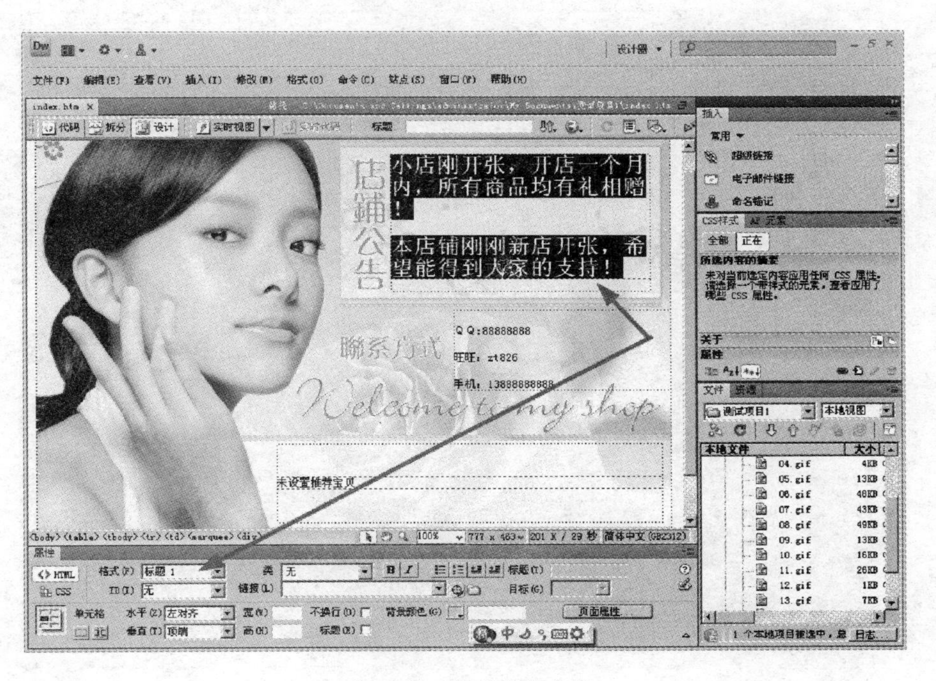

图 10-21 修改素材文字

将事先准备好的特别推荐的商品图片p1.jpg~p2.jpg复制到“测试项目1”下的images文件夹下，如图10-22所示。

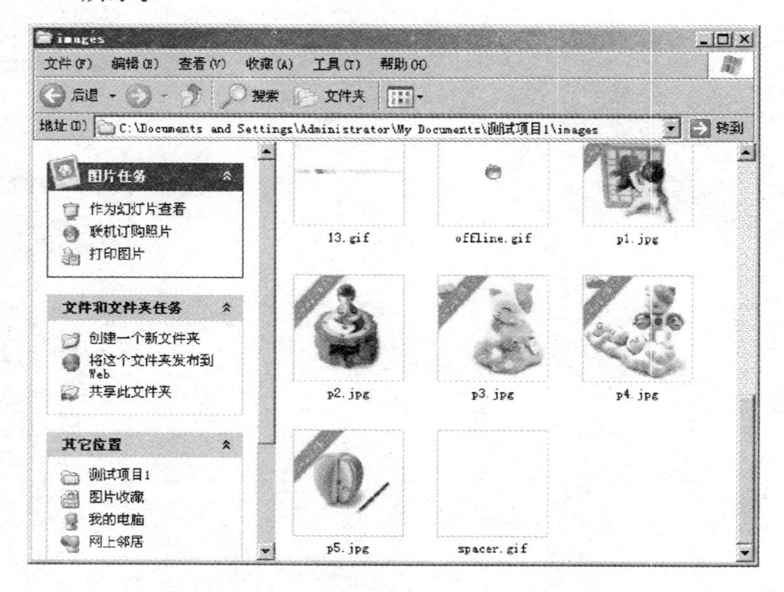

图10-22　保存素材图片文件到images文件夹

依次将图片放入“推荐区”，将原来的文字“未设置推荐宝贝”删除，将每个图片调整到合适的大小，如图10-23所示。

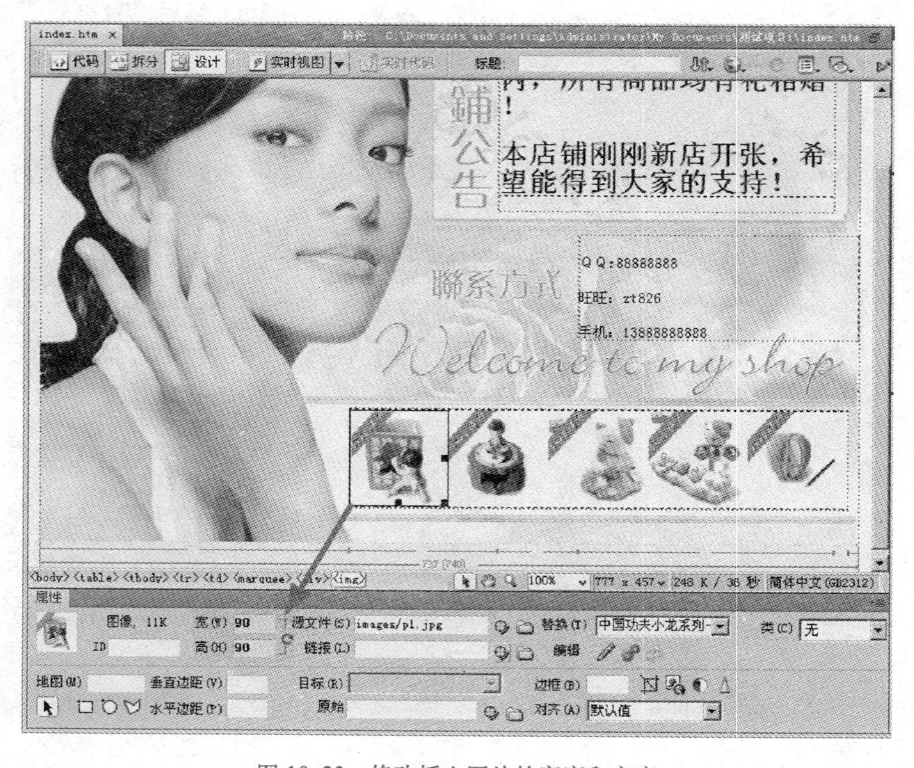

图10-23　修改插入图片的宽度和高度

在自己的网店中打开第一个推荐商品的页面，复制地址栏内的地址，如图 10-24 所示。

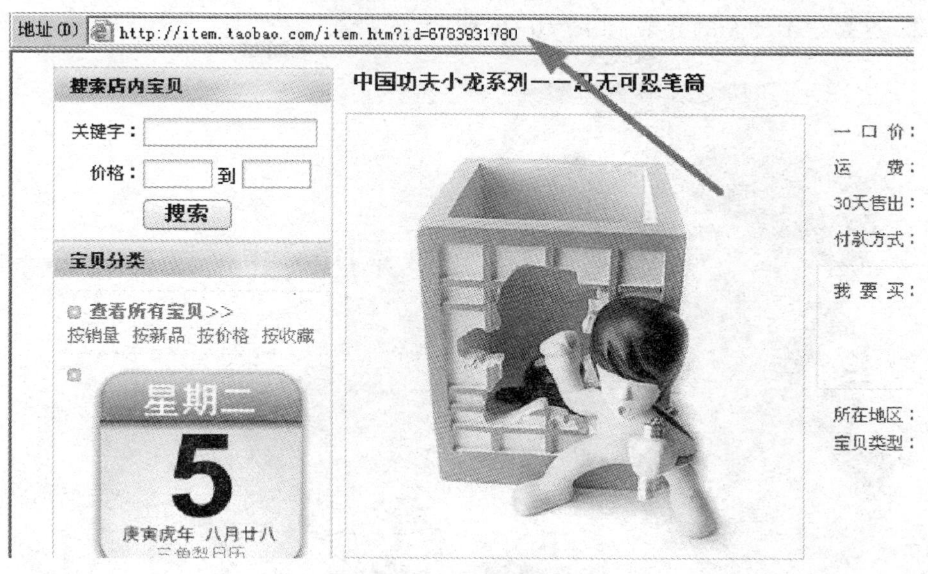

图 10-24 链接商品的地址

在 DW 软件中，选中第一个推荐商品的图片，在属性栏内的“链接”文本框中粘贴上一步复制的地址，“目标”项选择“_blank”，“边框”设为“0”，如图 10-25 所示。

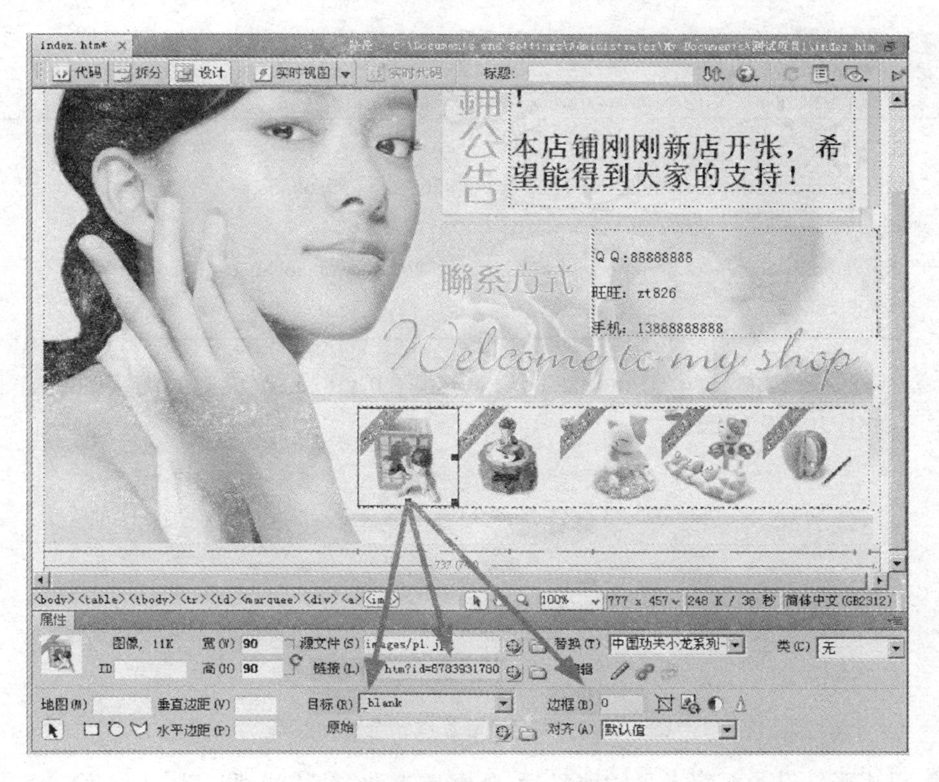

图 10-25 修改图片链接属性

其余图片也照以上两步操作，进行设置。编辑完成后，保存该网页。按F12键，查看最终效果，这是一个动态的效果，如图10-26所示。

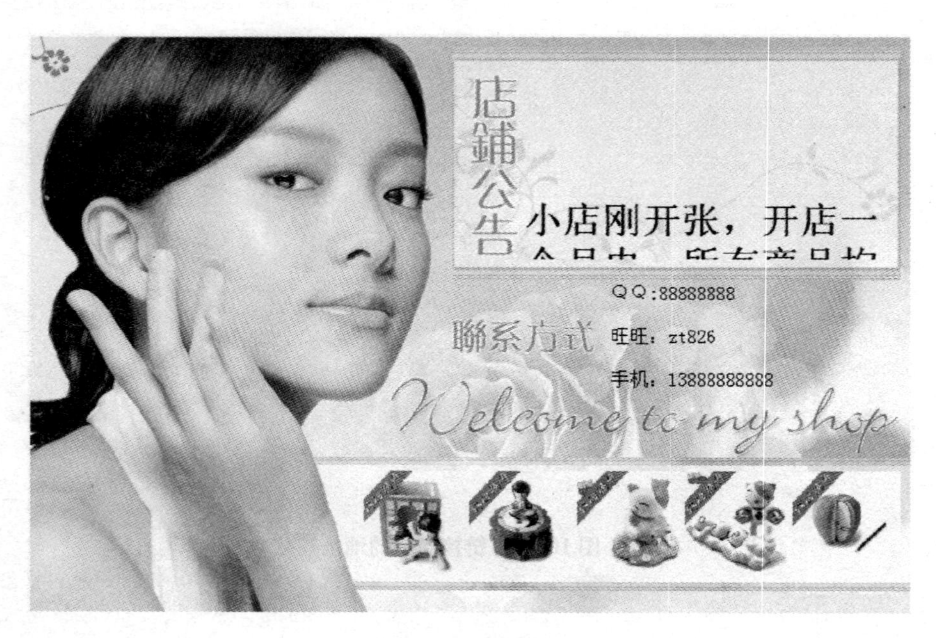

图10-26 装修效果

有时我们要在店铺中放置多个淘宝旺旺沟通工具的在线状态提示图标 和我联系，可以使用类似下面的标记：

```
<A
href=http://amos1.taobao.com/msg.ww?v=2&uid=zt826&site=cntaobao&s=1 >
<img
src="http://amos1.taobao.com/online.ww?v=2&uid=zt826&site=cntaobao&s=1" border=0>
</A>
```

其中需要修改的是两处“uid=zt826”，将这里的“zt826”改成你的淘宝旺旺的账号名就可以了，如图10-27所示。

图10-27 淘宝旺旺在线状态图标效果

将旺旺账号设为客服人员的账号后，顾客单击此图标就能和客服人员通过淘宝旺旺来联系了。这个图标的现实效果会根据淘宝旺旺账号实际在线状态自动更改。

上面我们已经在自己的计算机上完成了店铺公告的设计和修改，下面我们将这个公告搬到网店上去。

打开淘宝网站，“我的淘宝”—“店铺管理”—“图片空间”，选择上传图片，将“测试项目 1”中 images 文件夹中的文件上传到淘宝图片空间中，如图 10-28 所示。

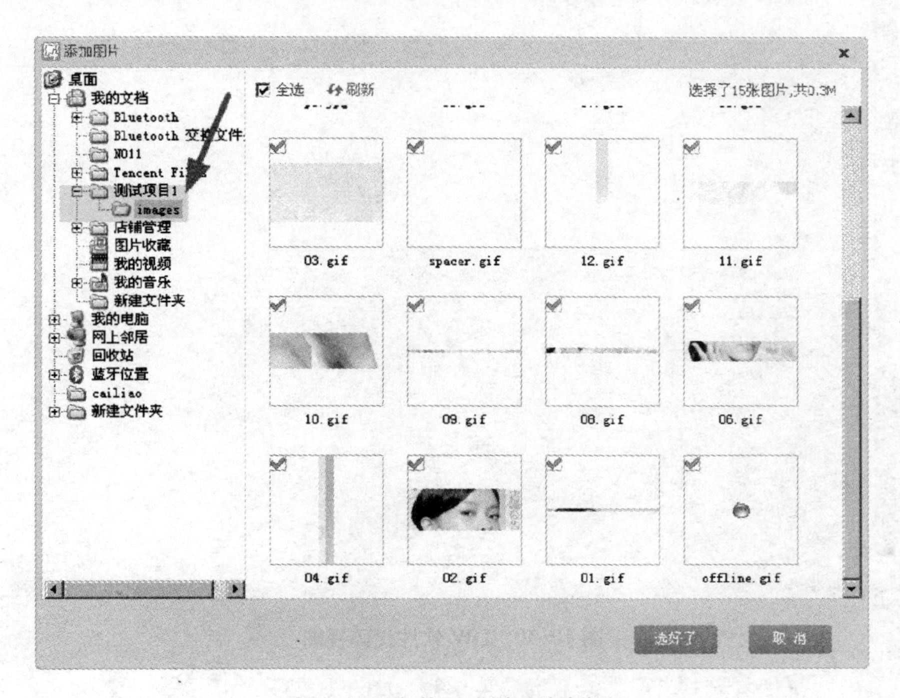

图 10-28 上传图片到图片空间

在淘宝“图片空间”中找到刚才上传的图片，例如，原来的“01”图片，复制链接，如图 10-29 所示。

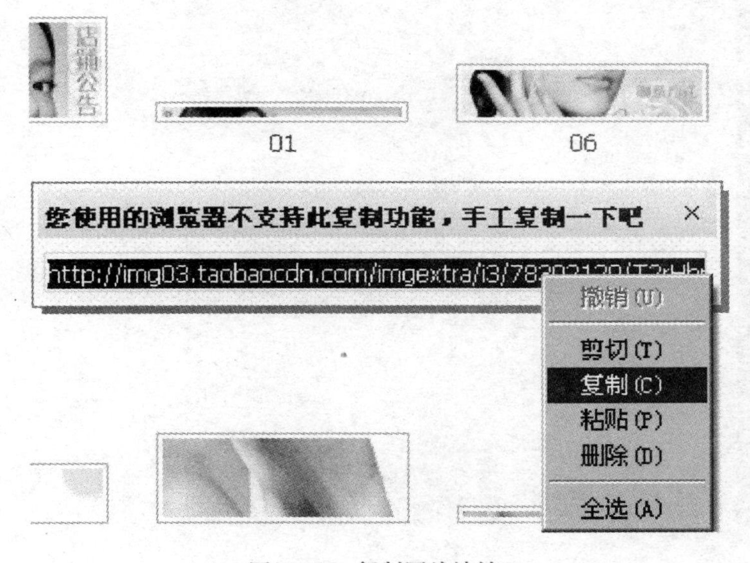

图 10-29 复制图片地址

回到DW软件操作界面，切换到代码视图，如图10-30所示。

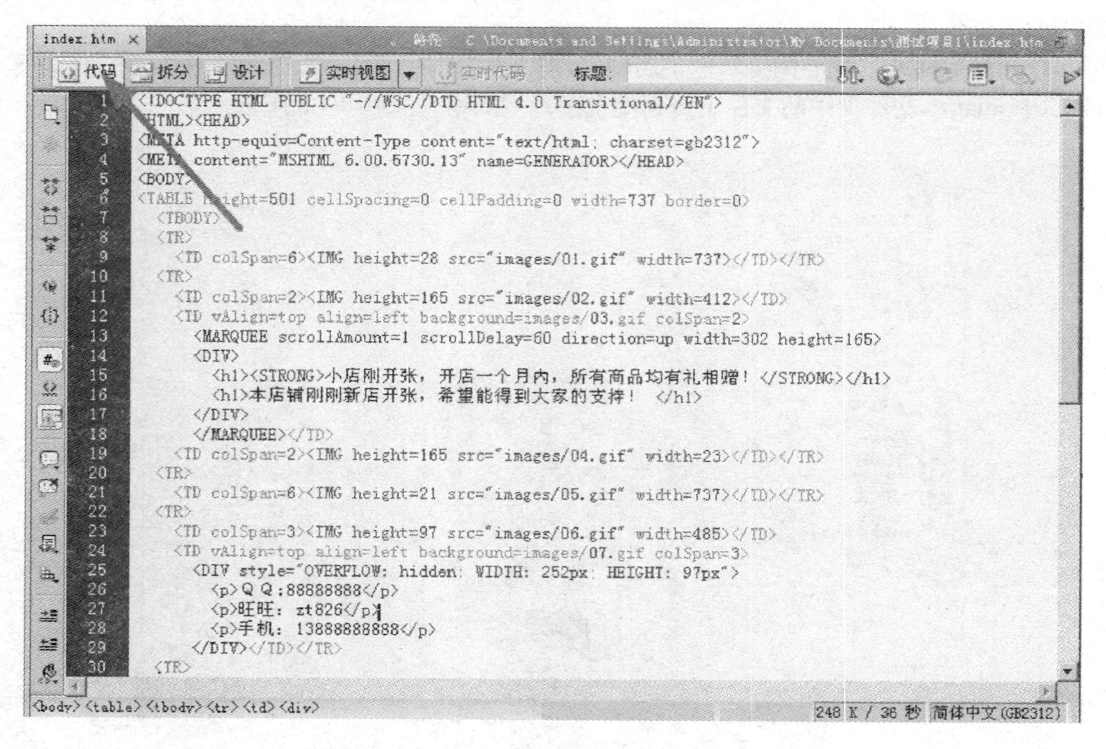

图10-30 DW软件代码视图

在代码中点右键，选择“查找与替换”菜单项，如图10-31所示。

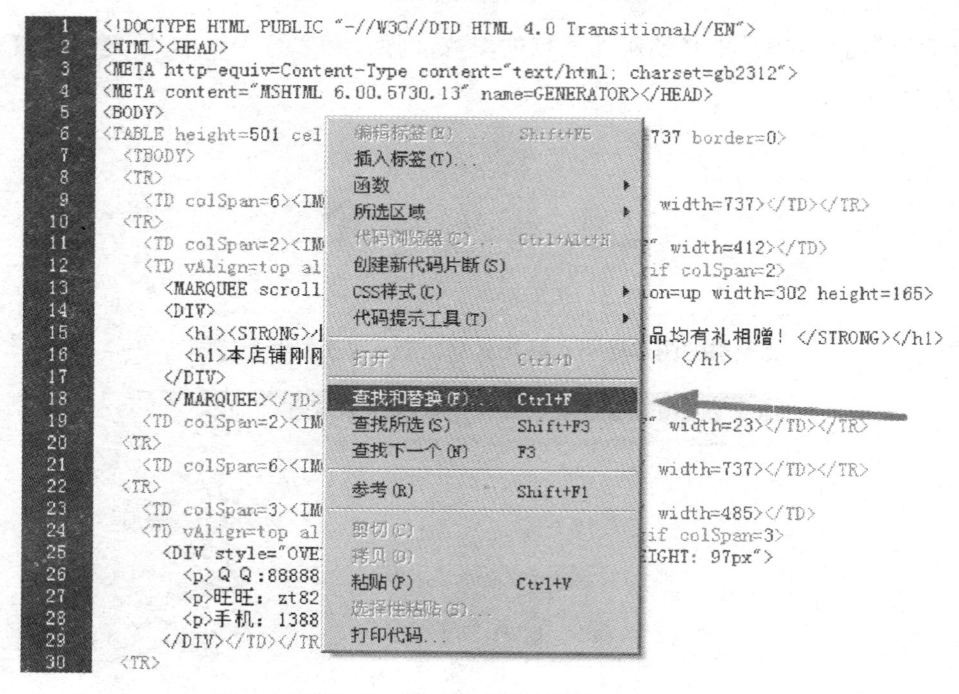

图10-31 “查找与替换”菜单项

接下来要把所有的图片都替换成淘宝图片空间中的图片。例如，要将 01.gif 图片替换，在“查找和替换”对话框中，“查找范围”栏选择“当前文件”，“搜索”栏选择“源代码”，“查找”文本框中填入“images/01.gif”，“替换”文本框中粘贴入上一步复制得到的图片链接地址，然后，单击“替换全部”按钮，如图 10-32 所示。

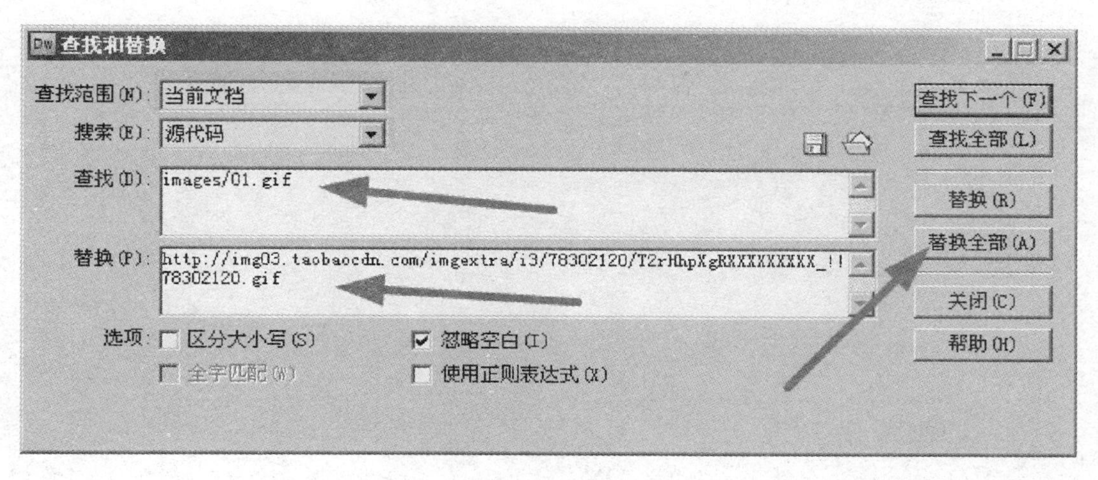

图 10-32　“查找和替换”对话框

网页中图片的标记是“<img />”。<img src="images/p1.jpg" alt=" 中国功夫小龙系列——忍无可忍笔筒 "width="90" height="90" border="0" /> 这段标记中 src 项指定了图片的来源地址，alt 项是图片的文字提示，width 指定了图片的宽度，height 指定了图片的高度，border 指定了图片的边框。

上面的替换操作，就是把所有 src 项的值都替换成图片空间中图片地址。

按以上方法，将所有的图片地址都替换成淘宝“图片空间”内的对应图片的地址。完成所有的图片替换工作后，切换到代码视图，将代码全部选中复制。

打开淘宝网站，进入“我的淘宝”—“店铺管理”—“店铺装修”，单击自定义模块中的“编辑”按钮，如图 10-33 所示。

图 10-33　进入“店铺装修”模式

在编辑界面中，按 [按钮图标] 按钮，进入代码编辑界面，如图 10-34 所示。

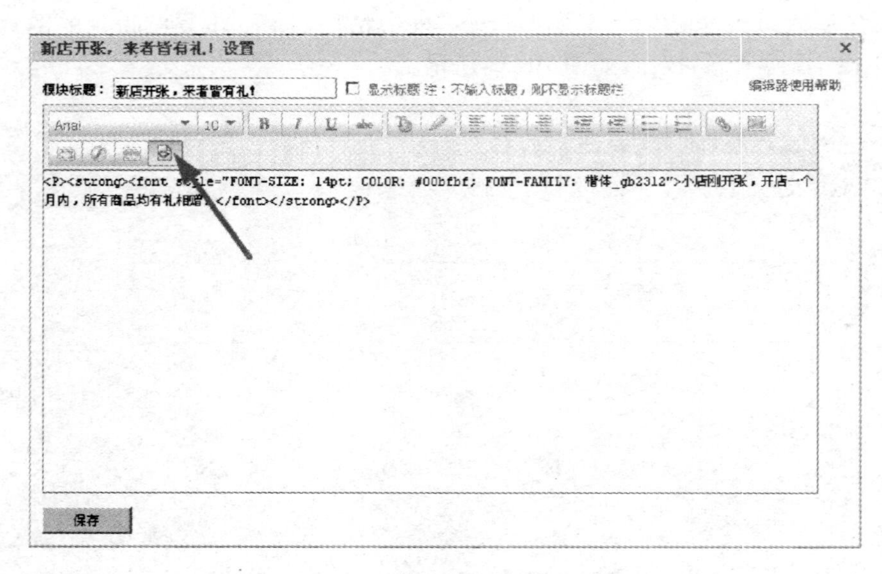

图 10-34　店铺装修中代码视图

删除原有代码，将前面复制的代码粘贴到代码框内，按“保存”按钮，如图 10-35 所示。将装修后的网店进行发布，就可以看到效果了，如图 10-36 所示。

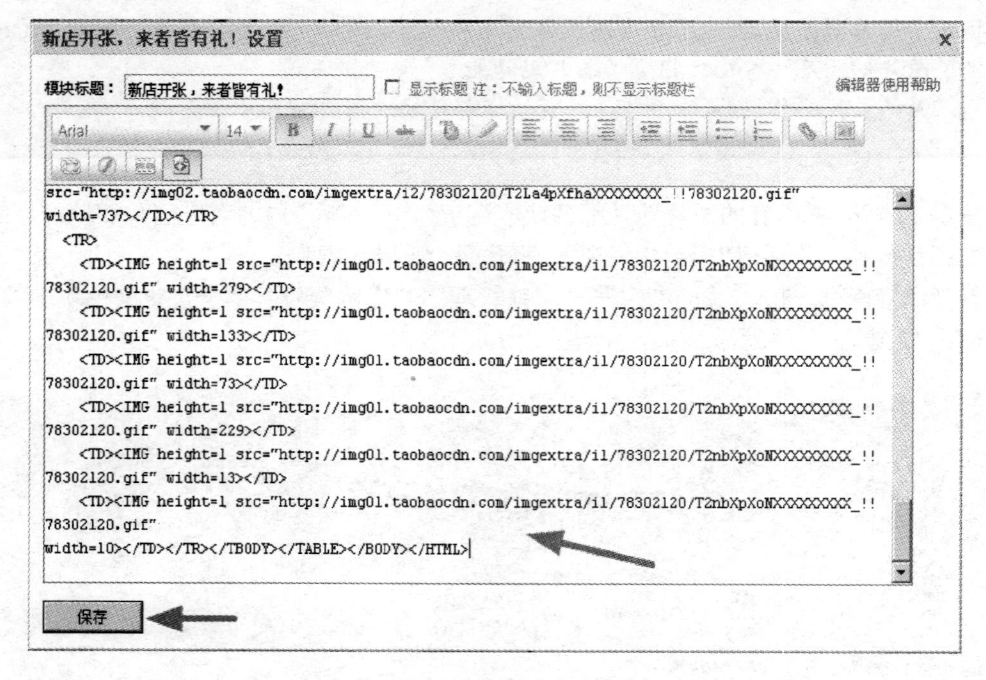

图 10-35　保存代码

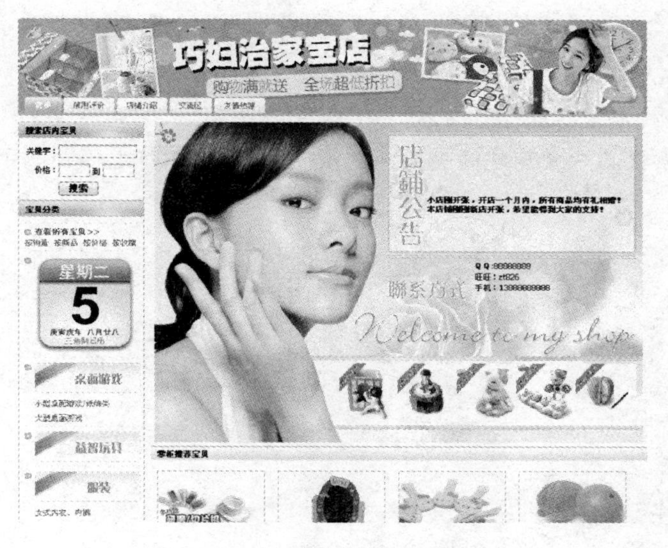

图 10-36　店铺装修完成后的效果

【拓展训练】

使用 DW 创建网站基本结构和主要文件，包括一个 images 文件夹和一个 index.htm 文件。进入 http://sc.sanjiaoli.com/wpcxmb 下载一个店铺装修素材，并解压到正确的位置，使 DW 能够在站点中打开主文件 index.htm 正确显示素材基本效果。使用 DW 修改网上下载的免费店铺装修资源，使其内容与网店业务相匹配。将修改好的装修资源上传到图片空间，并修改装修资源中各图片的源文件地址。

【任务评价】

评价内容	自评	组评	师评
能按要求修改资源，达到预期效果			
成功上传照片			
正确修改资源中各图片的源文件地址			

任务 10.2　做“商品详细描述”模板

【任务背景】

在我们的网店设计中，可以在每一个商品的描述页中同时展示一系列商品的图片和导航链接，通过这样的设计可以将客户每一次点击都变成广告展示的机会，提高我们商品的曝光度。通过个性化的商品详细描述模板的制作，掌握一定的标记语言的知识。

【任务准备】

完成任务 10.1，会将素材图片上传到图片空间，能进行简单的代码替换操作。

【任务流程】

制作商品详细描述页模板→应用模板。

【任务时间】

理论学习 1 课时，实践操作 2 课时。

【任务指导】

1. 制作商品详细描述页模板

这次我们使用素材图片来构建商品描述的模板，将素材图片上传到淘宝“图片空间”，如图 10-37 所示。

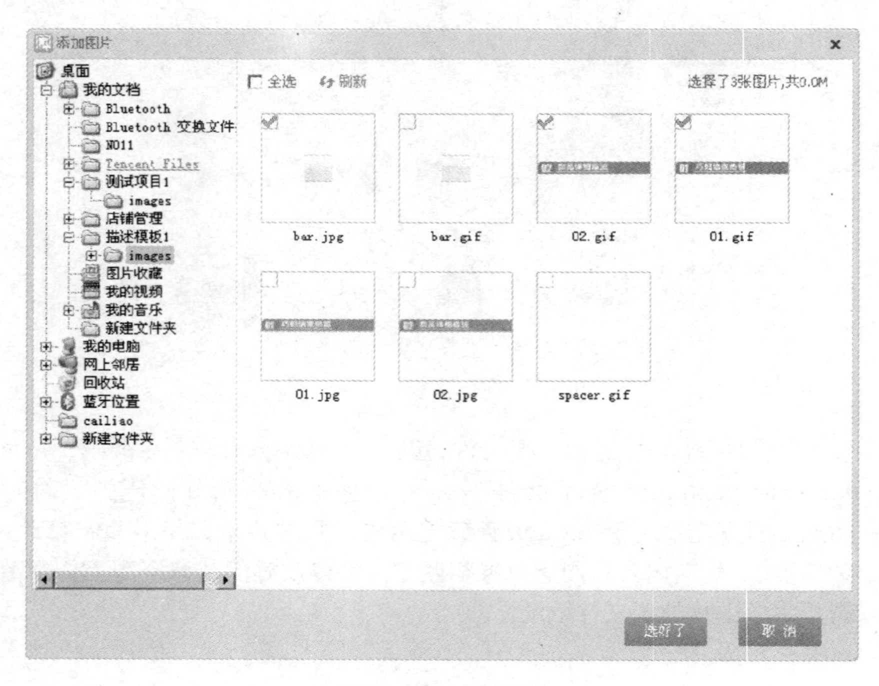

图 10-37 上传图片

运行 DW 软件，通过菜单命令“站点”—“新建站点”来新建一个站点，名字为“描述模板 1”，指定保存的文件夹为“我的文档”中的“描述模板 1”文件夹，结果如图 10-38 所示。

图 10-38 站点文件夹结构

双击打开 index.htm 文件，选取菜单项“修改”—“页面属性”，将“编码”修改为“简体中文(GB2312)”，单击“确定”按钮，保存文件，如图 10-39 所示。

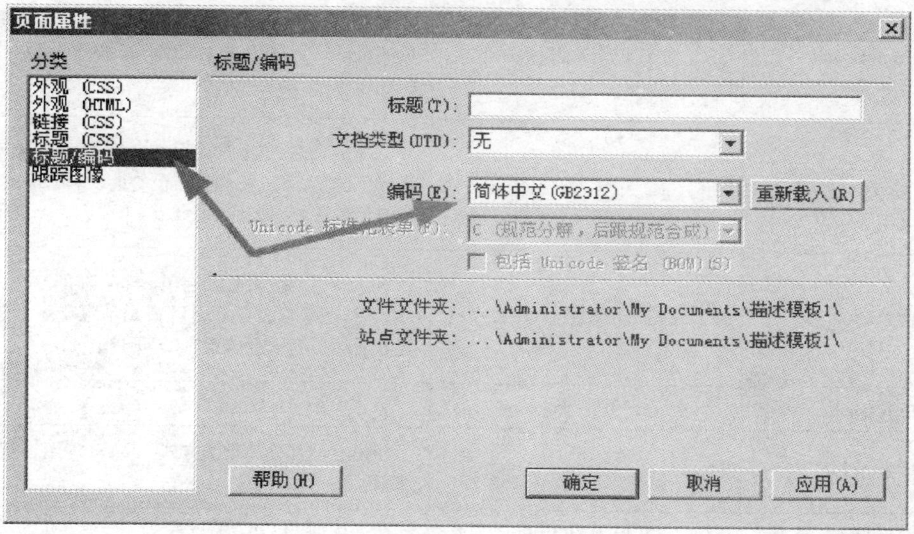

图 10-39　修改页面属性

切换视图到“代码”模式，将已有的代码删除，输入以下代码，保存。

```
<DIV style="MARGIN: 0px; WIDTH: 778px; HEIGHT: 100px">
  <MARQUEE scrollAmount=1 behavior=alternate>
    <IMG src="images/01.gif ">
  </MARQUEE>
</DIV>
```

一对“<DIV></DIV>”标记定义一个容器，在这个容器内可以放置各种网页元素，而且元素是可以嵌套的。例如，<DIV><DIV></DIV></DIV>。Style 是样式描述符，它指定所在的容器表现为哪种样式。“Style=”后面的内容就是各种样式的具体描述，语法是：“标记：值；”。常用的样式描述符与意义如表 10-1 所示。

表 10-1　常见的样式描述符与意义

标记	常用取值	意义
WIDTH	数字 px 或数字 %	宽度，px 表示像素，% 表示百分比
HEIGHT	数字 px 或数字 %	高度，px 表示像素，% 表示百分比
MARGIN	数字 px	边距，px 表示像素

续表

标记	常用取值	意义
background-color	# 三位十六进制数	背景色,第一位代表红色的量,第二位代表绿色的量,第三位代表蓝色的量,如 #00F 代表没有红色和绿色,就是纯蓝色
Color	# 三位十六进制数	文本的颜色,第一位代表红色的量,第二位代表绿色的量,第三位代表蓝色的量,如 #F00 代表没有蓝色和绿色,就是纯红色
FLOAT	LEFT;RIGHT;NONE	表示容器的位置是跟在前一个容器的左边(LEFT)还是右边(RIGHT)或是不跟在前一个容器后面另起一行放置(NONE)
FONT-SIZE	数字 px	字体大小
OVERFLOW	hidden	超出容器部分的现实方式 ,hidden 表示隐藏不显示
CLEAR	LEFT;RIGHT	清除前面 FLOAT 的效果

<MARQUEE></MARQUEE> 标记表示其中的内容进行滚动变化,这是我们经常会用到的一个标记,它能让静止的文字和图片动起来,具有吸引注意的作用。其中参数如表 10-2 所示。

表 10-2　<MARQUEE> 标记参数与意义

标记	值	意义
behavior	scroll,slide,alternate	Scroll 单向滚动，slide 只滚一次，alternate 来回滚动
direction	up，down，Left，right	滚动的方向
scrollamount	数字	速度
scrolldelay	数字	停留时间,单位毫秒
loop	数字	循环次数,缺省为永久循环

保存后,按 F12 键查看效果如图 10-40 所示。

01 巧妇治家热荐

图 10-40　代码效果

继续输入以下代码：

```
<DIV style="MARGIN: 0px; WIDTH: 778px">
    <DIV style="WIDTH: 160px; margin:5px; float:left;  border:solid #CCC 1px">
        <DIV style="OVERFLOW: hidden; HEIGHT: 160px;">
                <img src="#" alt=" 商品照片 " width="160" height="160" />
        </DIV>
        <DIV style="FONT-SIZE: 12px; OVERFLOW: hidden; HEIGHT: 24px; TEXT-ALIGN: center;
background-color:#CCC;  width:160px">
                商品说明
        </DIV>
    </DIV>
</DIV>
```

这段代码中使用了容器的嵌套，如果我们只留下“<DIV></DIV>”标记的话，剩下的代码如图 10-41 所示。

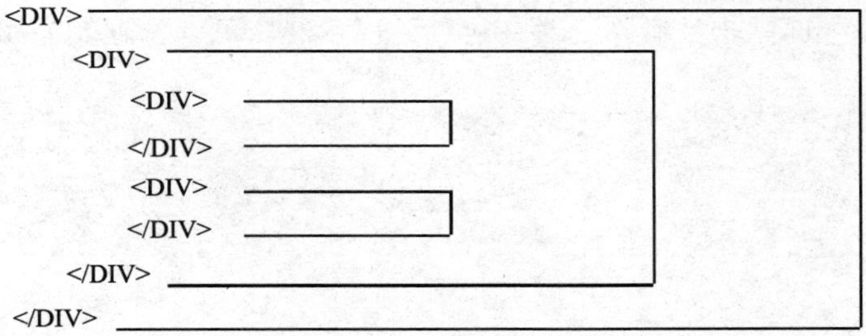

```
<DIV>
    <DIV>
        <DIV>
        </DIV>
        <DIV>
        </DIV>
    </DIV>
</DIV>
```

图 10-41　<DIV> 标记的容器效果

这种结构就像一个盒子里面套了一个小盒子，这个小盒子里又放了上下两个更小的盒子。而上面代码中的 <img/> 标记则表示在最里面的盒子里放上一张图片。Style 属性中的各个项目则是对盒子的大小、并排放或上下放等作出说明。

保存后按 F12 键，可看到效果如图 10-42 所示。

01 巧妇治家热荐

商品照片

商品说明

图 10-42　效果

将上面代码中的第二层盒子的代码复制下来,粘贴 1 次,如图 10-43 所示。

```
<DIV style="MARGIN: 0px; WIDTH: 778px; HEIGHT: 100px" align=right>
    <MARQUEE scrollAmount=1 behavior=alternate>
        <IMG src="images/01.gif">
    </MARQUEE>
</DIV>
<DIV style="MARGIN: 0px; WIDTH: 778px">
    <DIV style="WIDTH: 160px; margin:5px; float:left;  border:solid #CCC 1px">
        <DIV style="OVERFLOW: hidden; HEIGHT: 160px;">
            <img src="" alt="商品照片" width="160" height="160" />
        </DIV>
        <DIV style="FONT-SIZE: 12px; OVERFLOW: hidden; HEIGHT: 24px; TEXT-ALIGN: center; background-color:#CCC; width:
160px">
            商品说明
        </DIV>
    </DIV>
    <DIV style="WIDTH: 160px; margin:5px; float:left;  border:solid #CCC 1px">
        <DIV style="OVERFLOW: hidden; HEIGHT: 160px;">
            <img src="" alt="商品照片" width="160" height="160" />
        </DIV>
        <DIV style="FONT-SIZE: 12px; OVERFLOW: hidden; HEIGHT: 24px; TEXT-ALIGN: center; background-color:#CCC; width:
160px">
            商品说明
        </DIV>
    </DIV>
</DIV>
```

图 10-43 代码复制与粘贴

继续重复上面一步的操作 6 次,保存后按 F12 键,可以看到效果如图 10-44 所示。

图 10-44 重复粘贴的效果

在 DW 软件中将视图切换到“设计”视图,如图 10-45 所示。

接下来需要对每一个展示商品的图片地址、图片说明和商品说明进行重新设置。进入自己的淘宝店铺,查找到需要推广的商品列表页,在需要推广的商品图片上点右键选择“属性”,在属性对话框中复制图片地址,如图 10-46 所示。

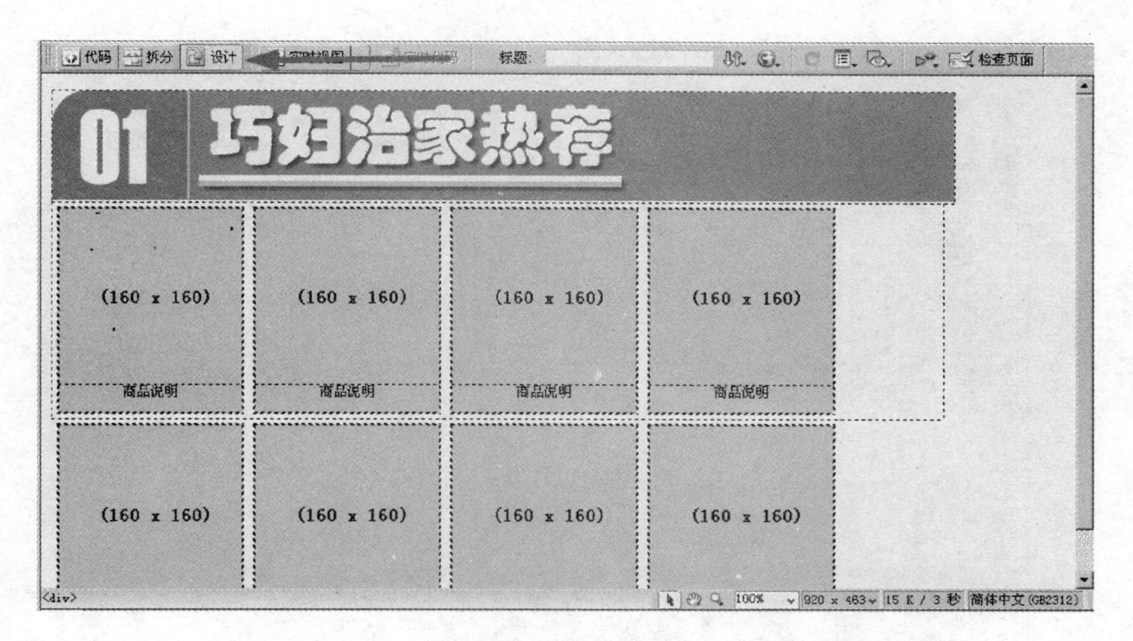

图 10-45 “设计”视图

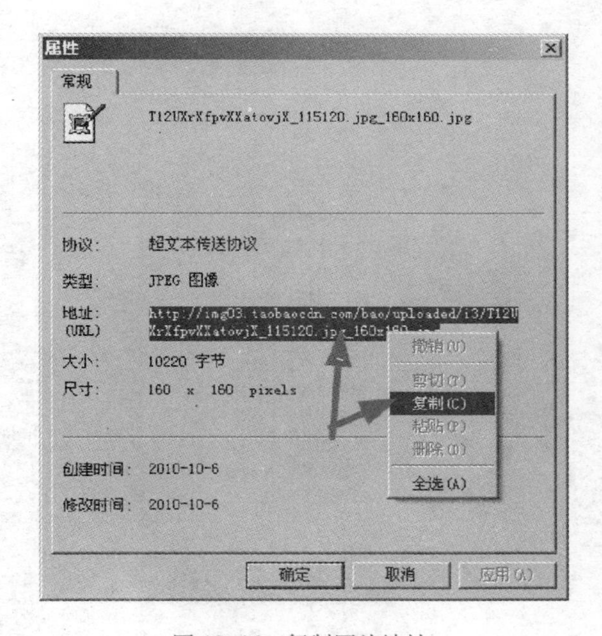

图 10-46 复制图片地址

在 DW 软件中，选中推广的图片，将复制的地址粘贴到“属性面板”中的“源文件”文本框中；在“替换”栏内输入商品的名称；边框设为 0，如图 10-47 所示。

在店铺中将该商品的链接地址复制下来，如图 10-48 所示。

在 DW 软件中选中需要链接到商品的图片，在“属性”面板的“链接”文本框中粘贴入刚才复制的地址，在“目标”框内选择“_blank”，如图 10-49 所示。

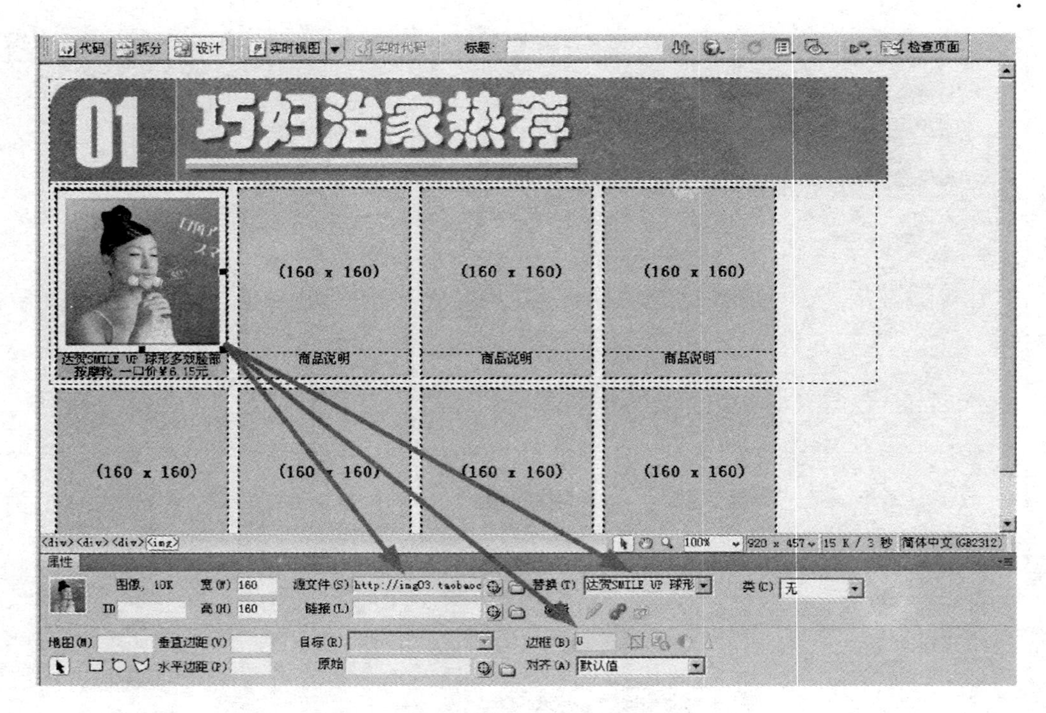

图 10-47　设置图片属性

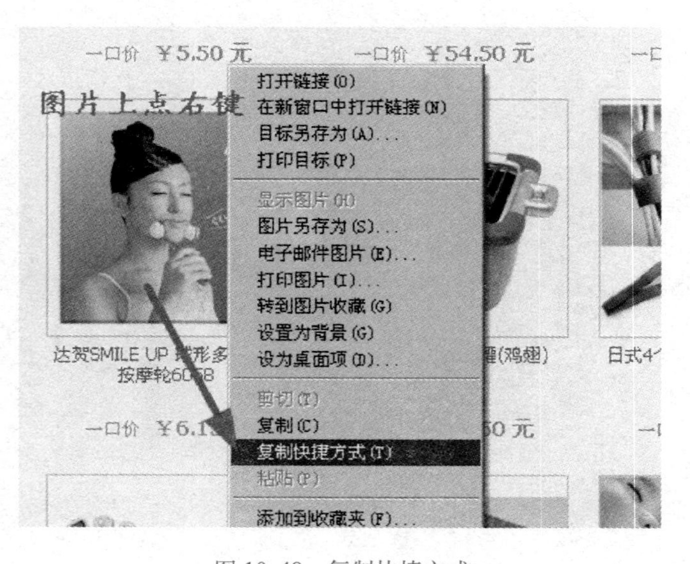

图 10-48　复制快捷方式

选中商品说明的文字，按上面一步的操作设置链接地址。

按前述方法，完成其余 7 个推荐商品广告位的设置。最终效果如图 10-50 所示。

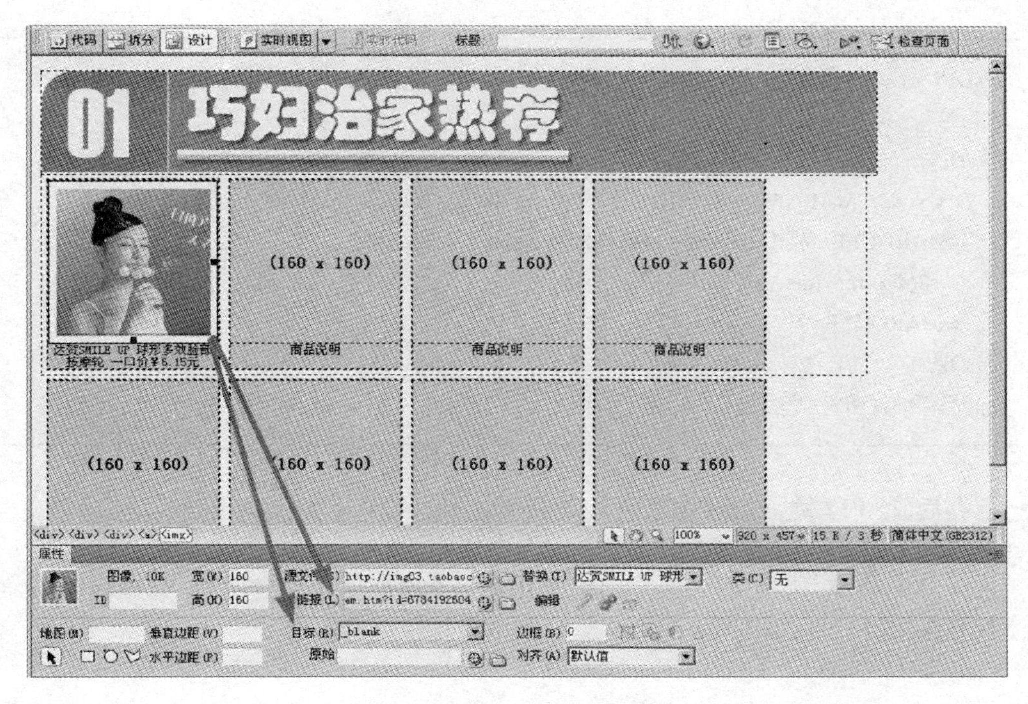

图 10-49 修改图片链接属性

图 10-50 “巧妇治家热荐”栏目效果

这样，一个关联营销的模块就完成了。下面来继续完成商品描述模板的制作。

在 DW 软件中切换回“代码”视图，在代码最后另起一行，输入如下代码：

```
<DIV style="MARGIN: 0px; WIDTH: 778px; HEIGHT: 30px; clear:left" align=right>

</DIV>
<DIV style="MARGIN: 0px; WIDTH: 778px; HEIGHT: 100px; clear:left" align=right>
  <MARQUEE scrollAmount=1 behavior=alternate>
    <IMG src="images/02.gif">
  </MARQUEE>
</DIV>
商品详细说明写在这里。
```

保存后，按 F12 键，可看到如图 10-51 所示效果。

进入淘宝图片空间，将标题图片的地址复制下来，如图 10-52 所示。

进入 DW 软件，切换回“设计”视图，选中第一个标题图片，在“属性”面板中“源文件”文本框粘贴文件地址，如图 10-53 所示。

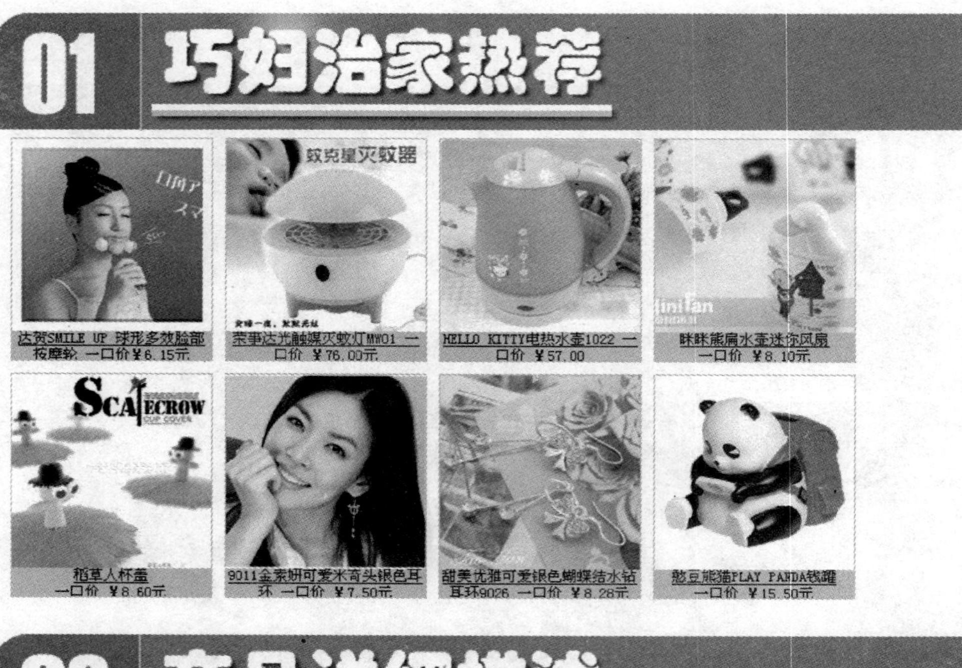

图 10-51 商品描述标题效果

图 10-52 复制标题图片地址

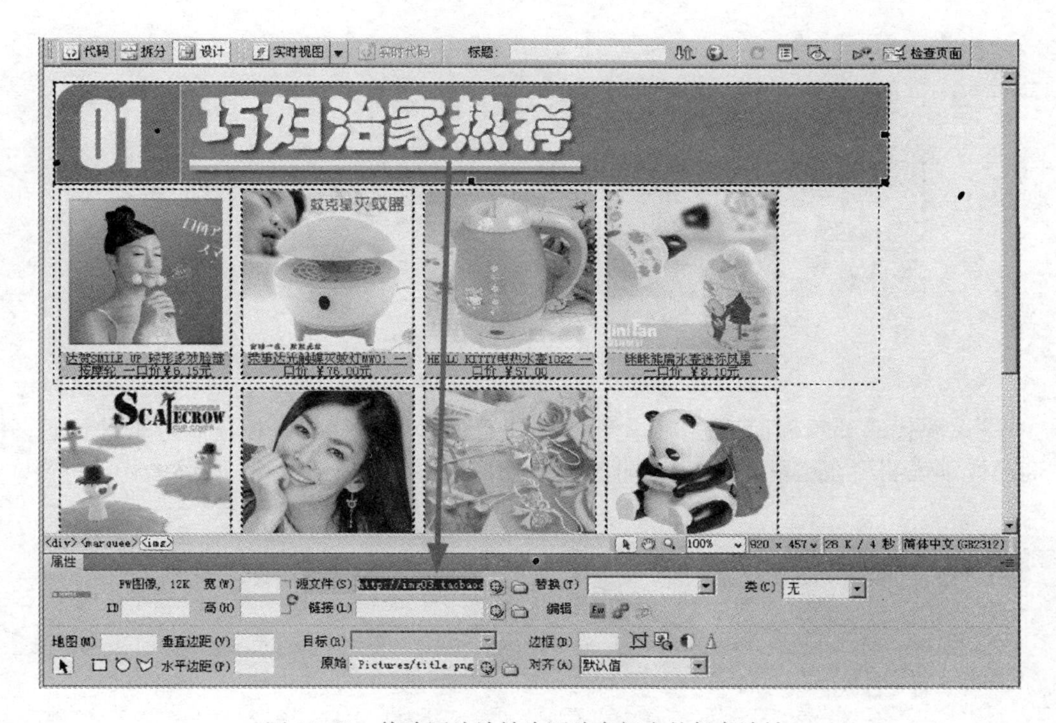

图 10-53 修改图片地址为图片空间中的保存地址

按以上两步操作，将第二个标题图片的源文件地址也修改成图片空间中的地址。这样一个带有关联营销功能的商品描述模板就制作完成了。使用类似的方法，还可以将更多内容添加到这个模板上。

2. 应用模板

有了商品描述的模板，我们就可以在添加商品时利用这个模板创建有自己特色的商品描述了。下面我们来看一下利用这个模板修改已经发布的商品描述，对于新发布的商品而言，应用模板的操作是相同的。

进入 DW 软件，打开描述模板 1 的文件 index.htm，切换到“代码”视图，将所有的代码复制下来。进入淘宝“我的淘宝”—“宝贝管理”—“出售中的宝贝”，找一个需要修改商品描述的商品。单击“编辑宝贝”链接，如图 10-54 所示。

进入商品描述的编辑界面，单击“编辑源文件”，如图 10-55 所示。

图 10-54 “出售中的宝贝”界面

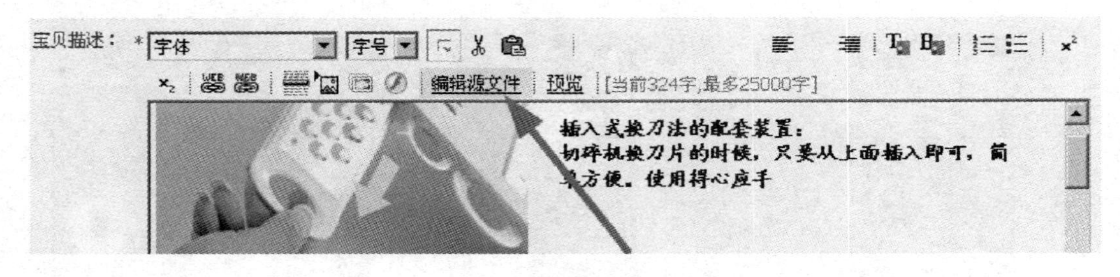

图 10-55 编辑宝贝描述

进入源代码编辑界面后，在原先已有的代码的前面粘贴从模板复制过来的代码，并将“商品详细说明写在这里。”这行字删除，其余均保持不变，如图 10-56 所示。

图 10-56 编辑商品描述源代码

修改完其他的商品信息后，确认发布，即可看到该商品描述页，如图 10-57 所示。

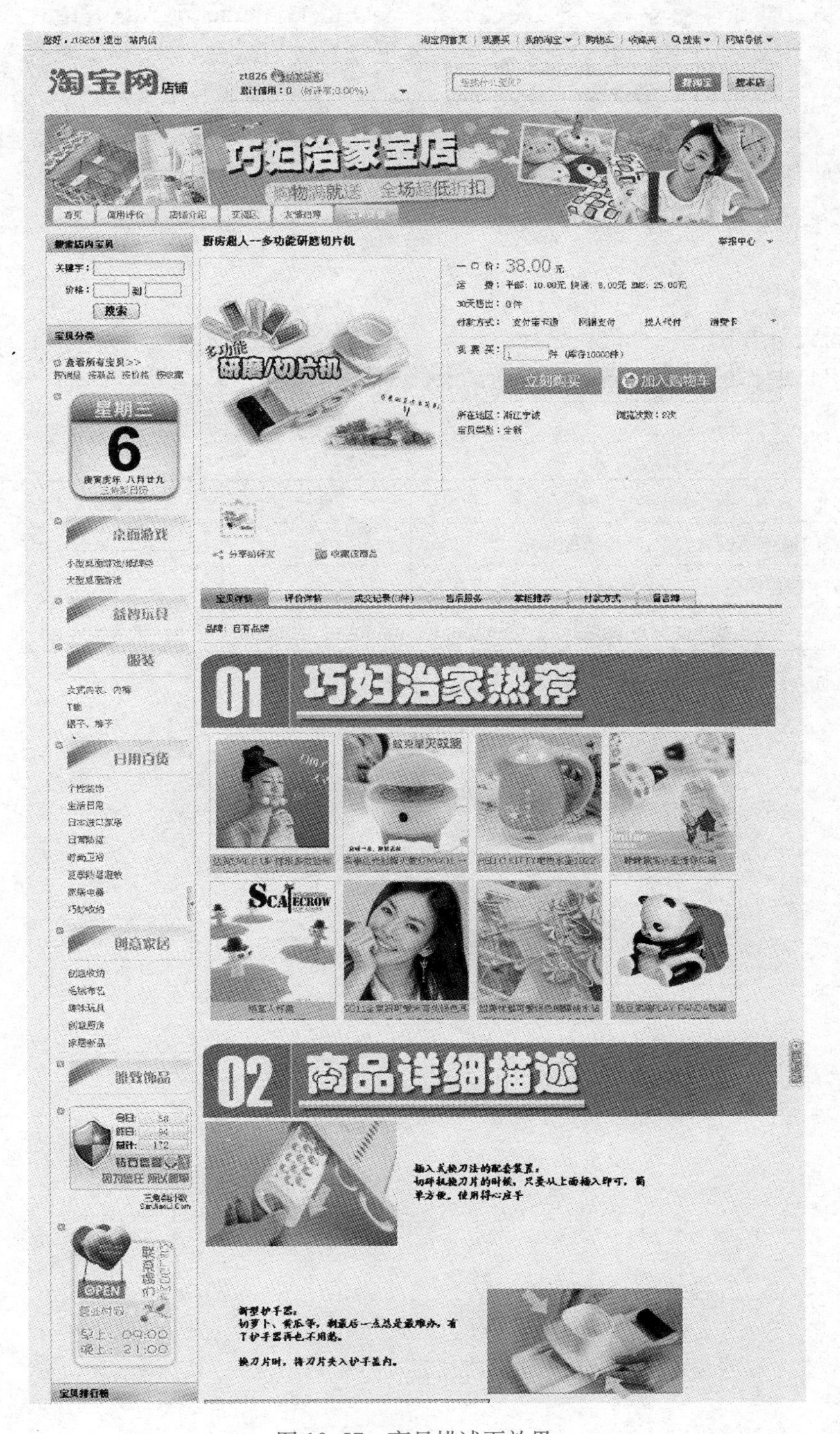

图 10-57　商品描述页效果

在营销策略中有一种“关联营销”(Affiliate Marketing),就是通过一个或一种产品,形成一个网状的关联体系。在电子商务网络营销中,网页里的超链接就是实现这种“关联营销”的最好工具。通过在每一个商品描述页中植入一系列商品的展示和链接,将大大提高客户每一次点击的信息推送量,并多提供了一次将客户引导到目标商品去的机会。

【拓展训练】

1. 自己设计并制作一个描述模板。
2. 将设计制作的描述模板应用于店铺装修中。

【任务评价】

评价内容	自评	组评	师评
设计的描述模板有新意,符合店铺风格			
制作的模板与设计稿相符			
能按要求应用于店铺装修中			

________________项目实训书　　NO：

时间：________________

团队：________________

组员：________________

项目实训目的：____

____

____

任务 1：为店铺装修设计一份个性装修方案。

任务 2：根据装修方案逐个进行店铺装修。